遭遇异质文化

ZAOYU YIZHI WENHUA

——哈佛访学二

焦小婷 著

東北林業大學出版社
Northeast Forestry University Press
·哈尔滨·

图书在版编目（CIP）数据

遭遇异质文化：哈佛访学二／焦小婷著．—哈尔滨：东北林业大学出版社，2016.12（2024.8重印）
ISBN 978－7－5674－0992－7

Ⅰ．①遭… Ⅱ．①焦… Ⅲ．①随笔—作品集—中国—当代 Ⅳ．①I267.1

中国版本图书馆 CIP 数据核字（2017）第 015602 号

责任编辑：赵　侠　国　徽
封面设计：宗彦辉
出版发行：东北林业大学出版社
（哈尔滨市香坊区哈平六道街 6 号　邮编：150040）
印　　装：三河市天润建兴印务有限公司
开　　本：710 mm×1 000 mm　1/16
印　　张：20.75
字　　数：295 千字
版　　次：2017 年 9 月第 1 版
印　　次：2024 年 8 月第 3 次印刷
定　　价：59.80 元

如发现印装质量问题，请与出版社联系调换。（电话：0451－82113296　82191620）

目　录

姊妹淘

波士顿第二天，天气晴好，办完部分手续。昨夜的一场梦唤起我想写写几个姐姐的冲动。

母亲曾经说过，她一生最得意的是身边有四个女儿。母亲还常说“一个儿女一条心，你们都在我心上挂着呢”。真不知母亲离世时，到底有多少的不情愿，才把我们一个个地从她的心上解开，留在身后的世间。虽是同一爹娘所生，血肉相连的我们四个，相貌不甚相似，个性各有千秋。先说大姐。

大姐比我大 16 岁，她结婚时我才刚满 3 岁。记得我快 4 岁时跟着母亲去她家看刚出生的小外甥女，不小心被她家养的蜜蜂蜇了额头。据说蜜蜂蜇了人以后它是活不成的。我要感谢那只蜜蜂，它用生命在我的脑门上一撞，把大姐的第一印象深深地留在我最初的记忆里，否则还真不知对大姐的记忆要往后推多少年。

最早印象中的大姐，肤色随母亲，白皙透亮。中等身材，瓜子脸，小嘴巴，短头发。说话的语速不紧不慢，声音不大不小。那双漂亮的大眼睛里，永远装着满满的忧郁和忧伤。即便她后来的日子那样地艰难劳苦，都未曾磨损大姐外表的秀气和清爽。

大姐讨厌一切流俗、做作、虚情假意，她活得真实、可爱、高贵。她的思想有点封闭、传统，任何新潮起先皆入不了她的眼，有时她穿件新衣服都不好意思出家门。但她绝不迂腐狭隘，她和一般的农村妇女最大的不同，在于她一直非常关心国内外大事，干活时手边一直放着个收音机，即使是在她生病卧床的时候，她也坚持听收音机。乡下人喜欢听的，大多是地方台的戏曲，而她喜欢听的一定是中央台的新闻和报纸摘要。我一直想不明白，大姐近乎封闭的、小小的内心，怎么愿意容纳这么大的世界？难道她是想用世间的宏博大事，来消解日常生活的杂乱烦琐？

大姐性格内向、耿直、倔强，不善言表。天大的委屈和不悦，她都只会留给自己偷偷消化。婚后生活里，她要面对性情古怪的公公婆婆，两个刁钻多事的小姑子，其心情、心态可想而知。日子刚有好转，姐夫却遭遇车祸身体致残，同时也是大姐苦日子的开始。她用瘦弱的双肩，扛起了一家老老小小七口人的生活，耕作着十几块水田。她不得不像个男人一样，站在夜半寒冷的荒野里浇地，蹲在正午酷暑的麦田间收割，打场送粪，喂牛施肥……争强好胜的她一样都不少干，一点也不差。

大姐说过的一句话让我心疼至今。她说每年春节刚过，她就开始发愁夏收秋播了。她们家平整干净的庄稼地和一仓仓丰收的粮食，耗损的岂止是她的血和汗，那是可怜的大姐用生命做的交换！

1985 年寒假我去她家，看见大姐一人在昏暗的牛棚里，用铁锹把又湿又重的牛粪从两米多高的墙洞里往外送。地冻天寒，她身上穿着的那件花格子衬衫却湿了半截。这个画面从此永远刻在了我的心里，既痛又酸。

大姐的高贵在于心。她总是用自己的一点温暖，化开别人心头的冰雪。她眼里装着天地，却看不到自己脆弱的身体；她心中装满气节，却没装下她自己的命。20 世纪 70 年代粮食紧张的日子，每次来我们家，大姐总会在厨房搜罗一些烤黑烤煳的没法吃的馒头，偷偷泡在粥里自己吃下，把像样的饭菜留给父母和弟弟妹妹。我一直心疼地怀疑，她在我家呆的那些时日里会不会常常饿着肚子？

我曾经以为大姐的身体是累垮的，慢慢地才明白，其实她更是因操心而病倒的。作为家中老大，她一辈子都在为别人牵肠挂肚，哪家的房子还没翻新，哪家的孩子是否健康，哪家的地里还缺化肥……原来，心累照样能耗损人的命脉。

聪明的大姐，怎么不知道身体是血肉之躯，扛不过世界的坚硬；心的柔软是有限的，容不下超负荷的亲情。她以为自己的精神力量可以承担现实中一切重压，所以总是在用自己的生命与不幸抗争，和命运交战。生活的风霜终于摧毁了她疲惫不堪的肉身。她曾经推得动几百斤重的粮食，最后却迈不动自己的双腿，曾经能咽下万千苦辣的喉咙，最终竟咽不下一口粥。大姐病倒了。她放下了一切，绝情地走了……只留下无限的悲伤给所有爱她的人！

长姊若母。母亲过世后，大姐成了世上那个最疼我的人。她的离去，让我这个小妹尝到了入骨入髓的痛。

换换心情，说说老二。

二姐和我一个属相，在我们姊妹中个头最高，身体最结实，性格最豪爽，她是那种为亲戚朋友可以两肋插刀的个性，人缘好得经常让别人妒忌。她做事雷厉风行，说话高声快语，走起路来风风火火。母亲说，她一进门，房上墙上都会掉渣落土。用现在的流行语说，可爱的二姐，是一个典型的"女汉子"。据她自己说，她小时候上房揭瓦、下河捉鱼、打架斗殴样样都干过，为此没少挨乖巧本分的大姐的骂。

二姐结婚前是村戏班子的主要成员，唱秦腔里的旦角，完全属于自学成才。这个戏班子并不正规，全然是自己喜好，找个乐子。十里八村谁家有个红白喜事，她常被请去给人家凑凑兴，添个热闹什么的，不要任何报酬，事后一人分得几块点心算作酬劳。二姐晚上外出唱戏，成了我 6 岁前天大的幸事。半夜听到敲门声，我准是第一个醒来，趴在被窝里，焦急地等着她舍不得吃带回来的小点心。嘴馋如猫的我，哪儿能等到天亮，迷迷糊糊中狼吞虎咽后，才得意地舔着嘴边的糖末，甜甜地步入梦乡。要不是由衷地感谢二姐带给我童年的口福，我现在都不好意思写出自己当时的那副没出息的贫相！

二姐传承了母亲爱干净整洁的好习惯。她们家几净窗明，一点儿也不比小时候的我们家差。1976年地震，大伙儿都搭建地震棚住在外面，邻里们这才真正见识了她的干净。传言说，连她家的地震棚都和别人家不一样，干净敞亮、整洁温馨。

一副好心肠，一个豪爽性情，一双勤劳的手。二姐走到哪里，欢笑就在哪里。别人眼中天大的事，在她的一哭一笑中顿时消散。她总是用体力消化着生活中大大小小的不如意。如今快60岁的人了，还不停地寻找一切机会打工养活自己，活得那么有尊严，有骨气，有人格！

这样的姐姐，谁会不爱?!

说说老三。

三姐遗传了父母相貌上的所有优点，长得最为漂亮。她的冷幽默是她智慧的外扬。年轻时的她是乡里有名的美女。绝不夸张，如今的当红明星卸过妆后，胜过年轻时她的美貌的不会太多。来家里说媒提亲的人差点没把家里的门槛踢烂。我小时候跟着她一起外出看露天电影，别人会撵着看她这个美女。要不是那时候基本没有什么开心的事，我保准会羡慕嫉妒到恨她。

1976年三姐初中毕业，富农出身的她，名字写在学校黑板上，是高中推荐生的第一名，只不过名字后的括号里，写着刺眼的两个字——“可教”。不管怎样，她风风光光地上了高中，成了当时村里不多的女高中生之一；她风风光光地做了校花，成了学校里无人不知的名人；她风风光光地演戏演到了省城，还差点成了演员；她后来风风光光地嫁给了帅气有为的姐夫，如今和她那几个同样漂亮的女儿、帅气的儿子一样，日子过得风生水起，甜甜蜜蜜。

似乎该说说自己了：镜子里可以看清平凡得有点丑的表象，心里却勾画不出自己性格的模样。留给别人去说吧……

我们姐妹性格迥异，从前只要有机会聚在一起，就像有人戳了鸟窝，叽叽喳喳，哼哼哈哈，岂止一台戏？正话没有，废话、笑话、闲话几箩筐。各自极尽幽默、风趣、夸张之能事，不笑得前仰后合、两行眼泪，绝不罢休。有时相互吐槽从前的糗事，互为笑柄；有时戏说八方邻里的奇事趣闻，声情并茂；有时还会不厚道地模仿别人的说话腔调、走路姿势，甚至连狗跳、猫叫、猪哼哼都不放过。别人经常会质疑，你们姊妹之间怎么会有那么多趣事？如今经常听身边朋友说，她跟自己的姐姐通话时，都很认真地说着彼此的生活。而我们姊妹间那种游戏式的相处方式、那种特有的欢闹气氛，依然如故。至今全然不顾长途话费的昂贵，只要拿起电话，还会把玩笑开得翻山越岭，笑声传得腾云驾雾。要是母亲还在，肯定会提醒我们“傻孩子们，注意节约”；要是大姐还在，准还是像她生前那样听着、笑着、不参与，然后佯装生气说着那句老话：“淡话真多。”

唉！有时候自己思乡想家，其实就是留恋曾经的那一个个幸福愉快的瞬间，那一段段再也回不去的温暖时光，当然更有那几个一直爱着我、疼着我、惦念着我的姐姐们！

我爱她们，永远永远。

Teda

时差作祟，我晚上无法整理心情，只好昨日事今日毕。前天傍晚下了场大雨，昨天上午放晴，天蓝得有点刺眼，白云都不知道藏到哪里去了。上午在大使馆我尝试完成网上注册，失败。

我顶着大太阳去附近举世闻名的美国国家纪念园游玩，这里被美国人看作风水宝地，是来波士顿观光的游客的必选之地。据说这里可以找到世界上所有的树种，地下安息着几千位历史名流。来前没做功课，我先浅游小看，以后再说，反正只有两站路程。这里不仅有满世界的树种，简直还有满世界的绿色：墨绿、浅绿、淡绿、黄绿、嫩绿，我词穷了！中间点缀着叫不上名字的七色小花齐放，百鸟争鸣，松鼠欢快地跳上跳下，我只感觉被透明清纯的空气环抱着，想看看不见，想闻闻不着，想抓抓不住。在门口接待室的电脑上一查，才知道这里竟然还安歇着黑人女作家，以写奴隶叙事出名的 Harriet Jacobs 和诗人 Longfellow。留张照片就好了，别惊扰他们的长眠。

一座古老的教堂前面的草地上，一位黑人老者趴在瑜伽垫上，对着手里的手机小声唱着歌。我面带微笑上前打招呼，套近乎地说了自己的研究方向，老太太很欣喜，打开了话匣子，开始讲述起了自己以及童年发生在她身上的神秘事件。她叫 Teda，是牙买加移民，曾经的职业是护士，业余时间读书、写诗、画画、创作歌曲，现有一个画室，她坚信小时候发生的事激发了她的想象力、创造力，并受到神谕。

近一个小时过去了，Teda 兴致盎然，没有停止的意思，我们最后约定一定再见，畅聊天地万物人事，并一起出去玩。彼此留了电话、邮箱，不舍地道了再见。偶遇第二位黑人女性，如此富有创造性的业余生活，让她的生命之光遮住了肤色的暗淡，大放异彩。

还是补充一下她的神秘顿悟经历：社区里一位大叔给了她一枚粉红色硬币，她高兴地跑回家。没到家门口，她已经头晕目眩，看不清站在家门口等着她回家的妈妈。半醒半迷中，她能听到周围家人的说话声，神游了各种地方，遇见了各色人物，念念不忘的是一位长者给她讲起的有关生命，有关爱，有关救赎的故事。她一周后清醒，发现自己躺在舅舅的怀里，周围人释然。

给她硬币的人后来被抓，在法庭上，当着她的面受到可怕的鞭刑，但是她不顾家人反对，提出原谅他。最后判定惩罚他赔偿 5 亩(1 亩约等于 666.67 平方米）地和一头牛。“你赔得起吗?”她这句话惹笑了法官。出于莫名的同情，她坚持只要了一头小牛犊，后来成了她生活的玩伴，陪她成长。

Teda 说她长大后慢慢地意识到，有些人做坏事并非出于坏心，有时可能就是瞬间的小冲动，本无恶意，就像那个送她沾有毒药的硬币的邻居大叔。

对这个生活中偶然事件的反思，让她了解了生命、人生和人性；七天的昏迷，让她得到神谕和广博的想象力，也让她从一个非凡的视角阅历了神秘的世界，收获了别样的认识。

令人欣慰的是，Teda 的故事里不仅有她童年的生活，更有她对这些生活片段的认知和思考。

期待下次她能给我更多惊喜！

第一次课，第一次见导师

我记错了时间，昨天早上九点半赶到 Barker Center 听每周一次的讲座，我到了才发现讲座是中午 12 点的。坐在空空的大厅里面，边等待边和朋友网聊。大约 10 点黑人小伙 Crusta 进来做多媒体准备，随后办公室秘书 Krishina 进来，确认新学期一切是否安排妥当。我的访学申请被导师认可接纳后，是 Krishina 一直负责跟我联络。她博士毕业，三十来岁，个头不高，有点胖，但长相可爱，尤其是说话的声音，甜得像天使，和她的身材极不协调。直觉告诉我，她是那种八面玲珑的办公室女性（女郎一词不太适合她的形体），但不易走近。

今天的讲座是由导师 Henry Louis Gates Jr. 主持。导师 Gates 教授是英国剑桥大学博士毕业，主要从事黑人文化及文学研究，也写传记和小说随笔。当今世界范围内做文学研究的，没人不知道他的盛名。他的主持内容和国内的开场白没什么区别，先是“Long time no see.”式的问候，接着是对本学期系列讲座和今天主讲者的简单介绍。

从不远处看见他拄着手杖（小时候得过小儿麻痹，不算严重）走进大厅（其实也不算大，能容纳六七十人）的那个瞬间，只觉得他是从我的书架上走下来的，很梦幻，内心小有波动。本来约好周五去见他，没想到提前见到真人，体验了一把小粉丝追星的心理。

讲座结束后，他再和周围的人一一打招呼问好。我等人少时走上去，激动地前言不搭后语地介绍了自己，没想到他善良慈爱地给了我一个拥抱，还在脸上亲了一下，主动让旁边拿着大炮一样相机的摄影师来了张合影。得寸进尺的我，也趁机让旁边的人用手机留了影。随后才恍然大悟，以后有的是见面机会，何必在那时那刻大庭广众之下凑热闹？分明是追星的节奏么！有点过。

这次讲座的题目为 *A Love Supreme*，是对一位英年早逝的黑人爵士乐作曲家 John Coltrane（1926—1967）系列作品中博爱主题的解读。主要观点总结起来，即"每个音符都有爱"，期间穿插播放了创作者几个著名的音乐片段。尽管我对如何解读音乐艺术的理论高度知之甚少，但我想说，经典的音乐可以走心穿肺，短短的几分钟，你会感觉精神抑或是心灵在被拔高，被洗礼，被抚慰。愉悦的同时，仿佛被带入一个奢靡、豪华、隆重的场景里，促发你幻想不断，浮想联翩，梦想连连。

这大概算是音乐的魅力吧！没有国界，没有隔阂，更没有歧视，人人都可以心扉大开，尽情吸纳其中的精髓，摄取专属于自己的精神养料。那一刻，我真正体会到片刻的陶醉和迷离，绝无夸张。

说说这里的听众。年轻人反倒不多，听众基本都是校园内圈子里的教授们，主讲者是哈佛名人、黑人爵士乐研究的开拓者，著名学者 Ingrid T. Monson，也有个别学生是慕名而来的，或站在后边，或沿两侧空地席地而坐。世界一流大学的教授们，如此有兴致地听讲座，讨论起来如此热烈而兴趣盎然（尽管有些话题严重跑偏），鼓起掌来如此持久卖力，都让我这个旁观者感触良多。学术成就的取得，大概不仅仅是把自己框定在狭小的空间里单打独斗，也需要纵横恣意地触类旁通。如此这般，思维才可以发散，风马牛也会相及。

午饭照样是三明治，便捷是第一，味道居于次。饭后在图书馆完成大使馆注册，我去学院前台处取回正式的银行卡。想想今天的主要任务顺利完成，坐公交回“府”。

晚饭后，刚搬走的室友回来拿东西。这是一个可爱的印度女孩，26 岁，化学专业，硕士毕业后在哈佛的实验室工作。我问了两次姓名，还是记不住绕口的印度人名，罢了。聊了近一个小时，但印度英语实属考验我的听力。她姊妹两个，妹妹在美国读大学，尽管家庭条件不错，但两人都很幸运地申请到奖学金。明年准备攻读哈佛的博士。让我想起了当年在英国访学时认识的那个印度女孩 Shengi，印度裔女孩难道都这么健谈、可爱、幽默、智慧？

晚上朋友王悦过来小坐。她是去年来自大连理工大学的访问学者，专业也是美国文学。她去年是和还在上高中的女儿一起来的，中途改变主意，想让女儿在美国参加高考，因而申请延续了一年。9 点多送完她回来，我疲惫不堪，眼皮打架，腿疼腰酸，真的是……（就是不提那一个字!）那些还没回的邮件，先待在电脑里吧。明天见!

邮局、邮筒、图书馆

昨天，我依然是 4 点半醒来，翻看到微信里的学生留言，幸福满满。能被学生惦念着，怎么说也是做老师的一点荣光。

6 点半我起床做饭吃：煎鸡蛋、烤面包、牛奶加麦片。饭后首次在手机上 Google 了离住处最近的联邦邮局，步行去寄邮件。那里的服务人员又是帮忙复印材料，又是帮忙贴照片，热情、周到、耐心、健谈，还礼节性地送了很多祝福。予人玫瑰，手留余香。她的快乐大概不会小于我的快乐，这样的蝴蝶效应可以给一个民族平添不少的欢声笑语吧。

我在邮局门前的路上徘徊了很久，才确定该站在对面等前往 Harvard Squre 的 73 路车。我站在十字路口玩自拍打发时间，发现身边总有车停下来，这才注意到前方不远处路边有个透明的存报箱，大多是老人开车来拿报纸的。报箱一米多高，没有上锁，其实路人随意掀开盖都可以任意拿取，谁也可以多拿几张的。这大概也是西方国家的道德习俗，以最大的信任来换取你最高的自觉，而“自觉”的蝴蝶效应大概影响到的是一个民族的文明吧。

我直接坐车回学校的 Widner 图书馆，在二楼资料室里翻看了一会儿学术现刊，极少收获，最多算是适应吧。期刊室大概有二三百平方米，书架沿墙体一圈放着，中间是排列整齐的桌子，每个桌子上有个台灯。靠近窗户一边，放着一排看上去都很舒服的沙发，供读书累了的人小憩。这里的读者基本人手一台苹果电脑，不全是读书做笔记，大部分也就是做作业。这个阅览室里聚集了全世界社科类各种语种、各种专题、各大著名学术期刊上千种。扑面而来这么多的精神食粮，能把人对知识的渴求刺激到最高点！会有不读书会发疯的感觉，只恨生命有限，什么时候才能啃完这么多的“山珍海味”啊！

我随后走进一个自习室，《红楼梦》里刘姥姥对大观园啥感觉我就啥感觉！不同年龄、肤色、性别的书虫们蜷缩在书窝里自顾自地啃着，周围仿佛只有空气，大部分在放着台灯的桌子上猎取，小部分坐在地上查寻。周围书架上放着厚、重、老、笨的参考书籍，大概连秦始皇后花园里有几只蝴蝶都可以查得出来。最直观的感觉是：高，大，上，美，亮，宽敞，舒适，安静，豪华，渴望读书，好好珍惜。我最后去书库借了三本书。要是在此继续说这里的藏书如何丰富有点多余，尽情发挥你的想象力吧！一周来没读任何书，忽然翻看眼前的书页，读几行字，心里略过一种兴奋。

午餐同前几天一样。

下午 4 点半坐车直接到终点站的超市买了些日用品，回“家”。

晚饭后出去散步，凉风习习中看到悄悄爬上来的月亮，我想到了即将到来的中秋佳节，还有与这个节日相关的所有人！

亲爱的，你那里月亮升起来了吗？

教师节感悟·第一次讲座

一觉醒来，教师节的问候语争相从手机里飞出来，我认真咀嚼每一个字词，细心体会学生们的良苦用心，顿时觉得喜乐满满！想当年上大学时曾一度发奋读书，目的是将来可以不当教师。阴差阳错！谢天谢地！

平心而论，天底下所有的职业中，教师是唯一一种愿意为自己的“合作伙伴”掏心掏肺，把所有的精神财富全盘端出、拱手相送的当事人。他们会为合作者的不成功痛心，为其不努力疾首，为其大作为自豪和得意。其实这不关乎“伟大”这类光芒四射的字眼，我也无意为自己和同行煽情讨巧，纯粹是职业本性使然。不管怎样，应该感谢孔老夫子的这一职业发明，让我有了一生的最爱。

今天，从各种渠道、以各种形式、用不同的文字发到眼前的问好、祝福，让我体悟到作为一名教师简单的幸福。不曾想过要“蜡炬成灰”，没有刻意要组装别人的“灵魂”，只是带着一颗真心、诚心、爱心，恪守基本的职业道德和责任，把自己的所学、所知，尽心尽力地传授给学生，竟也可以有这么多的精神收获，多少有点受之有愧。我，何德何能?

我从教二十多年，不知道教过多少学生，但总有一些可爱的面孔刻印在脑海，和自己的青春一起，沉淀出岁月情深。感谢缘分，冥冥之中不知修行了多少载，今生恰好成了师生，你爱他们的可爱，他们爱你的存在。

很是奇怪，今年的教师节我首先想到的不是感恩自己的老师们，而是感动于学生成就了自己人生的部分幸福，于是高调地秀快乐。实际上，自己求学路上也曾有过不少恩师：小学的数学老师，从未嫌弃我家的地主成分，他曾经不顾政治后果地关心过我，他悄悄塞给我的课外书、练习本，还有作业本上鲜红的表扬评语，至今仍然在童年记忆里闪着光。初三的英语老师，认定我能够学好外语，上课给了我那么多表现的机会。高中当了一年班主任的政治老师，从精神上给予我的关心和支持，让我体验到受人重视的自信和满足……有些感恩，是渗透到生活、工作态度里的必然，无须语言。

在属于自己的节日里，放纵自己的虚荣，高调秀出一位前景无限的学生写给我的邮件，我愿意努力成为她想象的样子：

喜欢你/清晨站在窗前的样子/那时候/初升的晨晖给我们一道美丽的剪影；喜欢你/静静思考的样子/那让我/想起一棵树/一颗广袤浓密葱绿优雅的树；喜欢你/在课堂上和我们讨论的时光/那时候/这里是一片欢乐的海洋/只愿一段光阴就此沉淀；喜欢你/手背轻抚一个发烧同学的额头/那一刻/让我想起家/想起母亲；好像上一辈子/在你那里储存了巨大的财富/今生才能与你相遇；内心的感激决堤一般涌出/我却找不到可以表达的字眼/于是/我只好选取这世间最平凡的两个字/谢谢。焦老师，是否还记得这首为你写的诗？此去经年，学生不才，一事无成，起起伏伏，终没做成想做的那个塔尖上的自己，幸运的是，一路有恩师鼓励，泥泞路上，一路向前，无怨无悔。光阴荏苒，年少时从您那里学知识，年长时受您的气韵感染，努力做一个从容、内心充盈独立的女性。谨以旧作祝您节日快乐，缅怀逝去的时光。

若有来生，还做老师，就为了能再次遇见今世缘分里那群可亲可爱的学生！

我再次回忆起9日的那场迎新会。要是在国内，这样的场合我会有小小的排斥，不会主动跟不认识的人打招呼，更不愿跟别人深谈，且对有些脸上挂着媚俗、在大众场合夸张地逢迎的人颇有微词。但在异国的人文环境里，人们彼此只是对方的平行线，有缘分了停下来招招手，交换一下彼此感兴趣的信息，然后各取所需，继续匆匆赶路；没缘分的点个头说声“Hi”，如风吹过。既然没有相交的可能和机会，也无所谓你强我弱，你衰我盛，因而相处起来简简单单，干干净净。所以我更愿意在这种场面停留，带着一颗真诚的心，一个纯粹的学习目的，倒觉得轻松自然，如鱼得水，傻傻的勇敢倒惹得中国朋友们羡慕。拍拍脑门自问，是我吗？

五千年漫长的中国文化传统，良莠皆有，不少糟粕的生命力仍然旺盛。太多的时候人们都太多地关注别人，也太多地被别人关注，直把别人逼到虚荣心的外壳里，累得气喘吁吁，也把自己裹挟在生活的夹缝里期期艾艾，怨天怨地。何苦呢？

说说下午1点院里常规性的讲座。主讲者是来自 Winthrop University 英语系的 Gree Hecimovich 教授，主讲内容是有关第一位美国黑人女性小说家汉娜·克拉夫茨（Hannah Crafts）的生活时代解析。结合小说文本内外的内容，从历史文化政治事件、风土人情、地理环境甚至人证、物证、文字证明等多个角度，论证了19世纪40年代确实有过这样一位黑人女性，她确实写过这样一部21世纪初轰动一时的《女奴叙事》（*The Bondwoman's Narrative*）。严格来说，Gree Hecimovich 的研究属于文学社会学的范畴，和我去之前期待听到的纯文本分析相去太远，跟中国的学术研究路径截然不同，感觉收获甚微。

讲座结束之后我如约和学院曾经的客座教授 Harold Weaver 一起吃午饭。老先生主要研究中非文化传播，20世纪80年代在中国待过很长时间，和张艺谋、陈凯歌、吴天明等导演都有过影片制作方面的合作，说他家里藏有近千张中国电影 video。中国的天南海北没有他没去过的地方，他对湖南菜、麻婆豆腐和西安的羊肉泡馍印象尤其深刻，三个月前刚从中国回来。还说每次回到美国，最受不了的是美国的饮食。他还非常看好中国的未来（经济、政

治和文化），认为美国没未来，因为美国是律师当家，而中国的掌柜的是搞经济出身。不管他是出于礼貌还是真心话，我在祖国之外听到这样的话都很顺耳。如今他已经退休，老先生还为手下几个大的项目忙碌，精神可敬。

下午4点多跟随Google地图，七拐八拐，步行了30多分钟到了同事姜租住的房门口，发信息让她下来接人。几十年的同事，在异国他乡见面，我总感觉和在学校东门口的菜市场碰面没什么两样。没有久留，10分钟不到即返程，乘86路到哈佛广场，再换73路回住所。朋友提醒明天是“9·11”，最好不要出行，当年的两架飞机可都是从波士顿的机场起飞的，明天就宅在家里吧。回程车上的所见所闻，我留到以后总结，今天到此止笔。

永别了，爱恨都不悔的昨天！

有感“9·11”

我今天整天宅在住所，干的正事就是做饭、吃饭、睡觉，读了几页小说，有点自责愧疚！

倒不是因为昨天被人提醒今天这个特殊的日子不要出门，而是天色阴沉，大概有四级的大风冷飕飕地吹着，严重影响心情，不想出门。

按照中国的说法，老天这是在以他满脸的悲愁，祭奠16年前逝去的三千多名无辜美国人的亡灵。每年的这个日子，纽约都会有大型悼念活动，听新闻讲今年也不例外。奥巴马在五角大楼大喊大叫，发誓要领导联盟各国，加大反恐力度。霸气十足！

我向来对国际风云变幻不太感兴趣，一帮政治狂徒，以牺牲弱势群体的利益和普通老百姓的身家性命为代价，满足自己的权力欲望。而这又关乎人性，各国历朝历代莫不如此。作为一个小老百姓，除了可怜可怜那些死于非难的平民，诅咒荼毒生灵的霸道者之外，还能怎样？说影响了自己的心情有点狭隘，显然是会改变对世界、对人生、对未来的看法的。大概要让孔老夫子失望了，“修身齐家治国平天下”的儒学梦，我做不到。

傍晚，天稍微放晴，风也小了不少。出外散步，路上遇见一个领外孙散步的中国女性，浓浓的东北口音，退休前在北京工作，退休后来美国替女儿看孩子。女儿十几年前嫁给一位白人定居在这里了，从她和刚刚从家里走出来的孩子的外公的长相、身材不难理解，她女儿怎么被老外看中。北京大姐热情地介绍说，这儿附近有不少中国人，还有个夕阳红中心，每周六上午9点至11点，供来美的中国人聚会交流，也为在美国出生的“ABC”们教汉语。我不准备去那个叫夕阳红的地方，毕竟还没真的活成夕阳。

我回想起刚刚读过的关于美国的中国移民人数有上千万的数据，据移民专家说，2020年，离开中国移民西方国家的人会超两亿。天啊！《华尔街日报》上曾提出一个问题，崛起的大国历来是吸引移民的磁石，但中国怎么越是崛起，人口越是外流呢？不禁为老美担心起来了。有朝一日，没准白人会变成少数族裔。

距离住处步行十来分钟的路程，有一个很大的绿色草坪（英语里叫 play field），相当于四个足球场那么大，算上跟随主人来撒欢的小狗，也不超过20个人在此休闲。真有点浪费资源。七八岁的小孩居多，大人们大多是陪着孩子来踢球玩的。不禁想起了河南大学东部塑胶铺就的操场，到了夏天，人多得像集市。附近的市民抱着孙子、推着老伴搭伙成群而来，在人声鼎沸中坐几个时辰，还好似沾了好大的光一样满足，实在令人痛心！

其实人颇似路旁这些参差不齐的树。同样的树种，不同的土壤环境和地域特色，注定了它们截然不同的命运。有的能享受阳光雨露，有的则难逃风霜雨雪。所以开什么样的花，结什么样的果，环境、命运当家做主。纵使有个别靠后天发奋努力改变“面貌”的，它们深埋于土壤里的根，却不会轻易改变。

绕着草坪转了几圈，看见一位五十多岁的女性坐在草坪上，耳朵里塞一副耳机，旁边卧着一只壮实的狗，慈祥安静，在如茵绿草和夕阳的衬托下，美得像幅油画。我主动上前打招呼，了解到她是附近一家医院的护士，工作30多年了，很热爱并享受自己的职业（平生第一次听人说享受护士这一职业），每天下午这时候都会来这里遛狗。她到过很多国家，中国是她的下一个目标。祝她早日实现“中国梦”。一个女性，这样的时间点，这样的年龄，难道不是应该在家洗洗涮涮，或儿孙绕膝，坐在电视机前看那些无聊、无趣、无知的电视剧吗？怎么可以这样安宁地享受着岁月静好？是什么样的女性可以轻松地从生活的琐碎中剥离出来，心无旁骛地活在自己的世界？心生羡慕加钦佩。

晚上7点半走在返回的路上，草地里蛐蛐高一声低一声有节奏地鸣叫，树冠中小鸟的呢喃细语，加深了周围的寂静。看着路两边别人家窗户里柔和温暖的灯光，我有点想家。

公交见闻

这是我来美访学的第三个周末。早晨醒来，天半阴半晴，我赖在床上直到 8 点。9 点半我和朋友一起外出，路过附近一家摆在院外的 Moving Sale（搬家大甩卖）。洗涮得发亮的锅碗瓢盆，一尘不染的小家具、衣物和工艺品。感兴趣开车来看的人还真不少，买卖双方讨价还价间谈笑风生，仿佛久未谋面的老朋友。

天气凉爽，我来到前两天散步的大草坪。今天这里聚集了四五队踢足球的小学生，外加来观战的家长，好不热闹。看到这些在草坪上跑着喊着笑着跳着的小孩，自然想到国内活得沉重的孩子们。长期以来扼杀孩子天性、阻滞孩子想象力拓展的教育观念什么时候才能改变啊?

从中午开始，雨一直下，秋风、秋雨里带着秋殇。

昨晚 12 点多，“一枕清宵好梦”被脚步声和开门声惊醒。前两天房东 Lida 没在家住，整个屋子只有一人一猫，晚上倒没觉得害怕，可昨晚的响动，我体会了一把头发竖起来的感觉。斗胆拉灯开门出去查看，原来是猫。相处了一段时间，对猫不再有恐惧感，白天还尝试过直视它的眼睛，竟发现以前一直忌讳的猫眼里的那种阴森和诡异少了很多。一年之后没准我还会爱上这只猫呢！看来情感不仅需要时间培养，也需要悉心经营。连猫都懂这个道理！第一次见面它就很友好地在我的脚下绕来绕去，搬进来后只要我坐着，它都会凑过来故意用头在我的腿上蹭来蹭去，有时不惜把身体弓成三角。之前我想都不敢想，有一天会用这样的语气描述猫，要知道，我可是被猫吓大的。

还有一件想不到的事，是赶公交成了每天的必修课。每天路程来回差不多一个小时，顺便我也有机会观察车里形形色色的乘客。肤色混杂的老弱病残幼，大概可以概括车里乘客的组成。偶尔会有穿着职业装的白人，但上下匆匆，显然只是某一天的无奈之举，绝不是常客。整个一个世界人民大团结！有的全身裹得只剩下眼睛，有的黑得彻底纯粹，有的杂糅得一塌糊涂，根本判断不出是哪个半球人的后裔。人群构成的层次，决定了车上读书的人只是少数。我曾尝试在颠簸的车上学点洋人的好习惯，第一次拿出一本文论书，看不进去；第二次尝试一本小说，还是不行。车子启动停止转弯间，我的目光早已经从一个不熟悉的术语跳到另一个生涩的长句，根本搞不清语句的意思，更不用提意图、意义和意境了。我早已适应了国内环境的眼睛，根本不适合对付国外晃动中的文字。长期生活在小城市，我基本不坐公交，仅有的坐公交的记忆，拥挤不堪，脚大的人连放双脚的地方都难找到，大家只顾着自己还有没有呼吸，哪儿有兴致、空间和可能拿本书来读？

公交车上的让座话题曾被国内媒体热炒过。美国的公交车上，前排有专门留给老弱病残的座位，一般人上车都不会抢先去坐，但也常常会有年轻人或放学的学生们占着，而且有老人上车，他们也未必站起来让座，但脸上会有明显的不自然或负罪感。年轻人偶尔的情绪逆反是常态，高峰期因人多不得不站着的老人，也表现得很坦然，没有像国内媒体报道的那样义愤填膺、理直气壮、势在必得地要求别人让座的，更不会因此而起冲突以至大打出手的。我一直坚持认为有些荒唐的社会事件的发生，肤浅的媒体宣传难辞其咎。让座与否纯粹是个伦理道德问题，可以提倡，但谁也没有权利强求。媒体某些时候为达目的，过分渲染一些狭隘的观点，分不清法律条文和道德界限，错把伦理当法律，把宣传当蛊惑，把纵容当鼓励，结果导致某些畸形的社会事件频频发生。

我曾碰到一种让座现象，国内不太常见。车上乘客一旦看到双手提着大包小包的购物者上车，不但没人会露出厌烦，反而会有人让座。昨天就碰到这样的情况：我从超市购物出来上车，马上有个年龄偏大的女性站起来让座，本以为她在下一站下车，说完感谢后心安理得地坐了下来。没想到两站过后，她还在我的前面站着。后来再有提着东西上车的人碰到让座的，会听到“It's OK, Thank you!”（好的，谢谢！）这才恍然大悟。尴尬！

还有个细节值得一说。如果有坐轮椅的乘客需要上车，司机开动按钮，车门台阶的上面会自动弹出一个平板供轮椅上车，之后司机还带着极大的耐心，熟练地掀起前排的座位，不管车上多么拥挤，都会留足够的空间，待前后左右都用铁链之类的东西固定好后才回到驾驶座。伸手帮助病残的人在国内也不少见，但令我好奇的是，被帮助者看起来心安理得，没丝毫的不安或过分感激的话，其他乘客也一律耐心等着，没任何抱怨。当帮助别人成为生活常态，被人帮助也成为生活常态时，人们大概也就习以为常、见怪不怪，社会大概就不会那么令人心寒了。

到了晚上，雨还在下，我早早洗完澡躺在床上读小说。清冷的雨天夜里有自己一个舒适的小窝读书，也很美。

公共场合的高声喧哗

早上出门，晴空万里，没有白云点缀，纯蓝的天空少了点妩媚。正如欲望太多的人生，有时需要遗憾衬托幸福，又如秋天之美，需要枯叶陪衬。坐在公交上，一片安静，我开始揣摩有些人（尤其是祖国人民）在公众场合为什么会高声说话。

记得六月底我在河大邮局等待领取论文评阅费时，正值毕业生托运行李。天气燥热，邮局里面的嘈杂简直可以用“鼎沸”来形容。无奈地自问，我们不大声说话难道无法交流了吗？这是一种什么样的习惯和心理？

是太长时间的沉寂和失声，希望借此打开自己狭隘封闭的内心世界，还是急于声张自我存在，渴望表达自我意愿？是缺少优雅文化熏陶，不认为这样讲话会妨碍他人，还是习惯性以自我为中心，根本无暇或不屑关注他人的存在？是有意用高声释放内心的不平静和焦虑，还是消解潜意识中的不顺心和郁闷？是自己根本无所谓隐私，还是根本没有隐私，因而也无心顾及彼此间的隐私？

更倾向于相信《史记》中管仲那句“仓廪实则知礼

节，衣食足而知荣辱”，不关乎道德，不关乎文化，也不关乎发展阶段和体制特点，实在是“薄厚之实异也”。有礼仪之邦美名的我们，大概还不到关注这些琐碎的时候吧！诚然，这是一个关乎社会、文化、心理等的复杂问题，练练脑仁打发打发车上的无聊罢了，正解还是留给相关专家们去思考吧。

在图书馆泡了1个小时，我12点准时参加一周一次的讲座。今天的主讲人是来自加利福尼亚大学的副教授Steven Nelson，他以“作为地理学家的艺术家——Moshekwa Langa and Julie Mehretu的绘画艺术阐释”为题，解读两位当代美国艺术家如何用地图艺术的框架、颜色、构图、年代等，传递文化、民族、历史，描摹世态人生，进而把绘画融入历史文化的进程中去。尽管主讲内容与文学关系不大，但这种以研究地理的方式探究地图式绘画艺术内涵的跨越式思维值得借鉴，再次论证了创新的学术研究，需要各领域知识的杂糅、对撞，才出效果。

大厅门口的桌子上，照例整齐地摆放着后几周的活动宣传页。我最感兴趣的是9月25日将举行的杜波伊斯奖颁奖典礼，这个奖项是颁给那些在各领域取得非凡成就的美国黑人。获奖者名单中有已离世的著名黑人女作家玛雅·安吉罗，还有当代美国主持界身价最高，以主持脱口秀节目闻名全球的黑人女主持欧普拉。不要说免费，就是买高价票，这个星也追定了。讲座结束后，我按照地址直接找到Harvard box office（哈佛售票处）领了两张票，满心欢喜地往图书馆赶。

偏西的太阳，照在古老的图书馆灰色的外墙上，台阶上坐着一位上了年纪的女性，旁若无人地专心织着一顶快要完成的小红帽，顶上还有几条深绿色的飘带，整个画面如一幅唯美的水彩画。我不禁走上前主动打招呼，才知道她叫Jankit，并非校园外的闲人，而是对面楼里的秘书，这是利用午饭时间为自己的孙子织今年的圣诞礼物，看不出来她已经有三个孙子了。她说每周二下午她在后边那栋楼的一楼还有个俱乐部活动，邀我有时间去参加，说那里人不少，有人负责绘图，有人专门教技艺，还说大家可以在那里互相交流，切磋技术。

手工编织衣物对中国女性来说并不陌生，我感兴趣的是，西方人为什么对这样的小事有如此高的兴致。讲起来眉飞色舞，好似在描述什么高端、大气、上档次的艺术门类，而不是国内妇孺皆知的小伎俩一个，也不知该感叹美国人的业余生活太单调还是太丰富，是该羡慕她们可以心无旁骛地享受属于自己的生活小内容，还是嘲笑一下她们竟把织物当乐趣。赶紧和着说很好，这是个创造性的工作，且可以养心、静心。如果愿意，还可以手脑两不误，机械地动用手指，灵活地飞扬脑子。我们互相留了电话、邮箱，我说有机会我去看看。

5 点半我回到住处，Lida 出差回来了，微笑着打过招呼后，她依然坐在电脑桌前忙着。她的前夫 Mike 买了泰国菜，赶过来和女儿一起吃。Lida 轻松、坦然地迎 Mike 进门，只尝了几口，一边喝着咖啡，一边和他们聊天，其乐融融。根本看不出来这是一个破碎家庭的一次聚会，之后他们两个都各自要去赴约。还约定找时间我们一起吃饭，因为 Mike 也是做文学的，有太多共同的语言，有望交流。

很欣赏他们这样的相处方式，离婚之后至少不是敌人。想起来古人的总结，前世五百年的修行，才换得今世的一次回眸；一千年的修行，才有今生的同船共渡；而有幸结为夫妻，那得需要多少苦心、耐心、决心、恒心、诚心、爱心的修炼啊？

我有些不理解有的夫妻在离婚前，彼此伤得体无完肤，恨不能“食其骨，尽其肉”而后快，把仅有的夫妻情分消耗殆尽，从此山水相隔，成为陌路，老死不相往来。我愿意相信，这关乎文化，更关乎人性。

不舍今世情缘，悉心过好每一天。

读诗会

查看哈佛今日要事，件件吸引人而难以选择，只恨分身无术，我真想把这些有意思的学术活动一网打尽。

下午 3 点 HKS（Harvard Kennedy School，哈佛肯尼迪学院）关于移民、种族、种族性的研讨会，这与我的专业有关，不想错过。6 点到 7 点半 Houghton 图书馆的读诗会，我特别感兴趣。记得我还是在读 Jane Austin 的传记中了解到西方社会流行了几个世纪的读诗会的。真巧，吃早饭时 Lida 强烈推荐今天哈佛读诗会上的诗人是自己的闺蜜 C. D. Wright，已出了 12 套诗集，Lida 还随手拿出来五本，让我一睹为快。我大喜，就选这两件了！

我上午速读了 Wright 的诗集，了解点她本人的信息及其诗歌风格。手边这本 Wright 的诗集纯粹是现实主义作品，且充满女性写作风格特质：关注身边的小情小爱，思考历史的起起伏伏，冷观世界的风云沧桑。我猛然抬头看时间已过正午，吃饭休息。

我 3 点准时到达肯尼迪学院的会议室，门口的桌子上放着这类活动都会有的咖啡、点心、坚果之类免费的东西。主讲人 Ryan Enos 是肯尼迪学院的副教授，主题为“种族威胁——芝加哥公寓楼拆除与政治影响分析”。主讲人三十多岁，风华正茂，西装领结，神采飞扬地讲了一个多小时，论证过程中动用了数据分析、图表解释、漫画图像，甚至数学公式，精准、广博的引用和知识背景，透彻的问题分析，容不得半点质疑空间。这种对待学术的态度，尤其是他浑身散发出的那种唯我独尊的锐气和自信，挺吓人的。研讨会 4 点准时结束，我去找读诗会的地点。一路上我都在想象今晚要见的这两位诗人的形象，也想起了国内有人写过的那篇愤青式的《写好诗的诗人长什么样》的文章。

至少在我的固有思维中，诗人都行为异常得有点古怪，思想浪漫得有点放荡，语言激烈得有点癫狂，情感丰富得有点矫情，穿着超级超前或滞后……

我来早了一点，里面只有几位工作人员在忙着。室内的环境令人肃然，靠墙的书架两边和桌下玻璃下面的藏书大多有超过五百年的书龄。美国人似乎不愿意浪费时间等，任何活动基本都是踩着时间点开始的。没想到 Wright 提前到了。我拿书上的照片对比了半天，才确认是她。Wright 今年 65 岁，平凡得像邻家大姐，个头不高，身材瘦小，头发蓬乱，上身一件宽松灰色毛衣，下身一条黑色西裤，脚穿半旧不新的凉鞋。哪里有我想象中诗人的影子？

我以 Lida 作为开场白，向她打了招呼，她很随和、健谈，聊了 5 分钟，得知她现在每周还有 6 节课，业余时间写诗。说中国已经翻译出版了她两本诗集，但听别人说译文质量一般，她不太满意。斗胆试问如果愿意，我是否可以尝试译介她的代表性诗集。她爽快地答应、合影、留联系方式。我真希望将来有机会把她平实亲切的现实主义诗歌译给中国的读者。

今天的另一位诗人是已出版六本诗集的年轻人 Jared Stanley，其最著名的诗集有 *The Weeds*，*Book made of Forest* 等。我还是对 Wright 更感兴趣。

开场介绍时才得知，目前就职于布朗大学的 Wright，其专著 *One With Others: a little book of her days* 获得过美国国家图书批评奖——美国学术界的最高奖项，她本人也是今年国家图书奖获得者的决赛选手。这样的成就，已经足以令美国同行刮目相看了。

我今晚享用了一顿诗歌盛宴，特别满足。我 7 点 10 分乘车返回，中途下车购物，8 点半回到房间。

忙碌的一天！

教堂见闻

越是周末阴天，我倒越是醒得早，闭眼听孟子，发现他早已给在各种困境中和有困惑的人熬好了灵丹妙药。你若受苦，他说天将降你以大任，不必烦心；你若得意，他警告你“有不虞之誉，有求全之毁”；你说话多，他提醒“人之患，在好为人师”；你自卑，他又说“人皆可以为尧舜”；做学问的，他说你要懂得“学问之道无他，求其放心而已矣”……儒学中，难怪我偏好孟子多一些。

8 点半才起床，Lida 已经去教堂帮忙了，我匆匆吃完饭，碗还没来得及洗就坐她男朋友 Paul 的车去了教堂。因为 UU 和典型的英国基督教堂的 service（礼拜仪式）程序太不一样，我特别想了解他们的活动内容。所以我打算先完整参加一个月后再换另一种教堂去长长见识。我不清楚也不方便问 Paul 的职业，在车上就只能跟他谈文学，很庆幸这是我的专长，他喜欢的几个作家 Jonathan Franze，James Baldwin 等我都熟悉，而且刚好还都写过并发表过文章，可以深聊。至于海明威、福克纳、托尔斯泰、陀思妥耶夫斯基恰好也都是我喜欢的作家。我们一路上聊得很开心，虽然是第一次交流，却没有丝毫尴尬，只是看着他一手端着咖啡杯，一手驾着他的宝马，说到高兴处直接双手大撒把，我有点惊慌。他的思维很敏锐，视角也独特，是个机敏的人。期待有机会与 Lida 的前夫 Mike 聊聊他眼中的一些作家作品。

一路上的感慨有二：一是美国知识分子读的书显然比中国同行多，不管什么职业，谈到文学艺术，他们几乎都能品评几个大家的作品，可以肯定的是，受过高等教育的 Paul，从事的显然是与文学无关的职业。我确信，国内的知识分子阶层，没人不知道莫言、王朔之类的当代作家，但又有几个人读过他们的作品并能有理有据地评说几句呢！诚然，读书的人不见得比不读书的人更高雅、聪敏和富裕，但其精神世界里肯定会有差别，只是没法衡量对比而已，冷暖甘苦自知，到底“兰艾不同香”！

二是庆幸自己的专业是注重人学的文学，昨天谈起古巴人民党主席卡斯特罗对海明威的喜爱，旁边学语言学的黄就哑声了。我也庆幸之前读了些专业书，有自己的好恶，不然跟不熟悉的美国人除了谈天气还聊什么，还得格外小心唯恐碰撞到人家视为隐私的话题，岂不尴尬！

说说今天教堂里的一些稀罕事。10 点整在悠扬的钢琴曲中活动正式开始，嘈杂的说话声戛然而止。首先是欢迎新面孔和刚结束假期归来的老面孔，主持者要求大家站起来前后左右互相介绍、问候、握手、拥抱，不管身边是家人还是陌生人。这项内容每次教会活动开始时都会有，能让教堂里的气氛一下子活跃起来，人与人的生疏感瞬间灰飞烟灭。

接下来几位副牧师分别介绍了教堂最近的新进展，比如有了新的 Sunday school（周末学堂）供不同年龄的孩子们学习教义。其中一个头戴安全帽的女士上台，讲了讲这里的环境安全问题。很感叹于美国人这不一样的思维方式。国内很多场合都会强调安全，但从来没见谁戴着安全帽示众以强化讲话内容的。尽管滑稽，但更多的是可爱。

接下来主牧师一一介绍了今年教堂新选的读经牧师（lay minister），都是志愿者性质的，平时主要任务是给需要帮助的人以精神安慰，负责教堂的日常事物，周日准备茶点咖啡。但据说主牧师的工资相当高，需花高薪雇请，而且他们也常常“走穴”，在不同的教堂主持不同的活动。

今天还有一件新鲜事，有点像上次的集腋成裘模式。前面放置的桌子两边，放了两个装有小鹅卵石的篮子，大家自愿排队上前，从篮子里拿起一颗小石头，随着自己的心愿，虔诚地放到蜡台上，返回时又从篮内重新拿一个握在手心暖暖，再传递给下一个人。整个过程有非常美妙的钢琴伴奏，大家把各自生活中的喜怒哀乐、酸甜苦辣都倾注到这颗小石头上，经由众人的意志、心愿，祈祷它能转化成一种爱的能力和能量，让生者幸福，死者安宁。这种教堂活动其实更像是一场亲朋好友的聚会。闲暇时高高兴兴地聚在一起，共同为那些需要帮助、关注和爱的人祈祷，借此你洗涤了你的愁绪，我分享了我的快乐，大家共享着彼此的喜乐，稀释着彼此的苦痛，然后一身轻松地迎接下一周。结果受益的不仅是身体，更有精神；不仅是个体，更有社会。我想起了尼采的《权力意志》一书，有时候，人的精神是会大于现实的！

活动最后一项是请 Lida 的朋友 Cathy（一个著名的心理学家）发表演讲。内容主要涉及她工作中碰到的几个典型病例。应该说，她绝对是一个相当棒的会讲故事的人。10 分钟内，她用满脸的气定神闲讲述着一个个生动活泼又不失幽默的生活小故事。喜欢她其中的一个总结：你永远不知道你所做的或没做的，会给他人带来什么样的后果——这一切都与爱有关。

回来的路上，我和 Paul 讨论起 UU 的活动，他今天是第一次去这个

教堂，而且是以Lida男友的身份。我们有一个共识：这是个充满爱的地方，毋庸置疑，但人们这么虔诚地祷告，for whom?（向着谁?）这还得问问这个教的发起者——先验主义者的代表梭罗和爱默生了！

顺便说一声，他本人更喜欢英国那种传统的教堂、教义。Me too!

下午4点和Lida一起去了上周去过的超市Target，她为女儿买的4件衣服和3个不同颜色的水杯，竟没有一样令女儿满意的，全部拿回去退掉。今天我才知道退货时间是90天内！难怪这里的顾客多，难怪这里退货的柜台前放满了货架车。

回来的路上，Lida要去附近的一家图书馆还书。下班了没关系，图书馆的外面有两个大箱子，一个是专门还光碟之类的音像制品，另一个是还纸质书的。什么都不需要，把借来的书往里面一塞直接走人就是。又一个考验自觉性的平台，羡慕又佩服。不禁自问，这个在国内可以有吗？

晚饭和Lida一起吃了陕西汤面条，期间聊了很多私密的话题。之前怎么也想不到，有一天会坐在饭桌前和一个美国知识女性聊得如此惬意透彻。

华人谈中国

一早醒来，我给还在微信上纠结的学生留言：有选择本身就是好事，不必烦心。同样的问题迅速找上门，今天的哈佛论坛讲座多得没法取舍：日本岛屿问题分析，俄罗斯诗歌阅读技巧，埃博拉病毒综合要闻探讨，未来器官移植伦理学展望，上海丧葬仪式和社会主义制度政策的关系，教学、写作和历史的关系探索，等等，一流的地盘一流的人，宣讲着一流的前沿知识，哪一个都舍不得放过，纠结中！

上午10点到校，蓝天下校园里学生不多。椅子周围唱主角的是松鼠和小鸟。尽管时间并不怎么冲突，但这样奔走在各大楼群之间，徜徉在别人的知识世界里，领略着他人的真知灼见，有一天是否会把自己丢失？要不先这样享受一段时间，再问问自己“北在哪里”，如果还不至于南辕北辙，坚持！否则回头是岸，在自己的一亩三分地里除草、灌溉、耕作、收获。等着让时间替自己做决定吧，反正最后连命都是它说了算。

12点10分来到费正清教学楼1730的250教室，当时才到了七八个人，教室外面的午餐倒挺丰盛。我一边吃着免费的午餐，一边看着屏幕上的内容，以为是上次讲座的题目，等12点半正式开讲后才发现走错了教室，本是冲着讲上海丧葬礼仪和社会制度的专题去的，怎么一开讲成了有关南美多元化发展的问题，难怪没看到几个亚洲面孔。实在没有兴趣听下去，拿起包硬着头皮走了出来，并示意旁边坐着的一个南美女士走的时候帮我把没喝完的饮料带走（之前已经聊熟了）。白白吃了人家的午餐！

我重新找到了150房间悄悄推门进去坐在后排。听众二十多人，亚洲面孔六七个。主讲人是一位年轻的中国女性，题目是“从上海丧葬仪式看社会主义下制度下人的主体的形成”。她通过大量实地考察，论证了上海人丧葬礼仪上的社会主义性质。特别提到若有单位领导出席，本身就呈现出社会主义对主体形成的影响和干预。提问环节开始，先有一位老教授质疑上海农村的丧葬和她讲的并不一样，说她的描述很到位，但分析得较为肤浅。确有同感，这是她博士论文的初稿，英语说得很地道，但理论性明显有欠缺。谈人的主体的形成，必然要谈到主体性和主体间性，这涉及笛卡尔、黑格尔、康德、拉康等众多哲学家的思想延伸和发展，如果连这些概念都不提，就试图分析某一类人主体的形成，有空中楼阁之感，缺少根基。她一直努力想要做的，是把听众的注意力引向上海人葬礼的过程以及一些土不土洋不洋的细节，且表现出些许的不屑和不理解。庆幸自己喜欢哲学，听出来了明显的漏洞。于是第二个举手提出质疑。因为迟到，不了解她是何方神圣。所以先问：“你讲汉语吗？”主讲人答：“是的。”“那么想必肯定知道‘死者为大’这样的古话吧？”主讲人答：“知道。”“我的想法是：随着全球化在各领域的渗透和发展，人们必然会选择吸取一些自己认可的并且摒弃一些不合时宜的意识和行为。丧葬礼仪也一样，不管它以什么样的方式呈现，都是以表现对死者的追忆和崇敬为基准的。它关涉的是人的情感的深度和宽度，是中国的传统文化，与什么样的社会制度关系并不大，你说呢？”她没有做出有逻辑的辩解。接着，一个从上海来的男教师也提出了质疑，只是他的英语实在太令人着急，连主持人都提醒他给后面的提问者留点时间。再后来有位老太太发话，说主讲人的论文的理论框架有问题，逻辑有点乱，所以是不能说服人的。强烈同意，不想浪费时间听她辩解，推门走人。

有点不理解这种站在别人的国土上，一味地揭老祖宗的短处来吸引别人眼球以达到自己目的的投机取巧者，更不赞成这种做学问的方法。但愿是我自己没有听明白她的主题，否则这样的论文在国内开题是不会通过的。

讲座结束后她坐在校园内的椅子上和女儿视频聊天。她倒像一个长者，对我的学习生活处事为人，又关心又鼓励又提醒又建议，且理性客观，做妈的我愿意听取。

下午3点回到图书馆继续看书，有疲劳感，索性背起书包返程。5点钟在Barker Center（烘焙中心）的一个有关写作、教学和历史的课程讲座就这样被我放弃了。

吃完晚饭，见天色还早，就去外面的草坪上散步到天黑。

隔壁搬进来一位可爱的法国女孩，漂亮得像从油画里走下来的美人。她33岁了，看起来像18岁，在加拿大读了理工科硕士，毕业后来美国工作，打算在波士顿大学读博士。同一屋檐下生活，以后有机会捡拾回我那少得可怜的法语知识了。

忆母亲

昨晚我做了一个奇怪的梦，醒来后却怎么也表达不清当时的梦境，于是自然地想起了母亲。她的语言表达能力绝对是上乘的。每每做了什么离奇的梦，她都会绘声绘色地讲给我们听。梦里的情节、人物、主题、场景，被她叙说得真真切切，活灵活现，一点儿也不比读一篇小说差。反而接受过高等教育的我，无论如何也无法把自己的梦境讲得那样生动鲜活，有声有色。

母亲还经常在夏季纳凉时，在柔柔的月光下，拥着满天星斗，给我们讲述她童年的生活。她说的最多的是有关狼的故事，吓得我们这群不安分的小孩子们，谁也不敢跟着月亮乱跑，乖乖围坐在她的周围，稍有风吹树叶动，就吓得浑身哆嗦。母亲小时候生活在一块三面环山的高地上，周围只有几户邻居，一字排开都住在沿山而挖的土窑洞里。那时她们喝的是山泉水，吃的是自家种的粮食，连炒菜用的油都是自家的核桃压榨的。在现代人眼里这该是什么样的世外桃源，但那种自然的纯美，却是那时候的母亲和她的近邻们无法欣赏的。年年月月的孤寂、落寞、单调、贫穷，构成他们生活的关键词和主色调。与人为伴的，常常还有吃人的野狼。

母亲说她一生和狼有过多次狭路相逢，但她都幸运地逃离了狼口。可她童年的好几个小伙伴，就没她那么幸运了，有两个人都是被狼叼跑的：一个当时正在窑洞外面的粪堆旁撒尿，另一个是黄昏时分一人在外玩耍。母亲说，狼吃小孩子时，会先从脖子后面下嘴死死咬住，头往后使劲一抡，把小孩搭在背上，然后才慌张狂逃。母亲说有的小孩生下来就被狼攻击或吃掉，人们把这种小孩叫“狼咬”。她的一个远房亲戚家的三个女儿，都是“狼咬”，长大后身上都还有被狼啃咬过的印痕。不过这种吓人的“狼咬”命，只要一满13 岁就不灵了。所以小时候的我，天天盼望着快点长大，至少先长到 13 岁躲过这一要命的“命”，尽管母亲说我不是“狼咬”。母亲还说过，马和驴在遇到狼时，表现截然不一样。马在路上遇见或看见狼，会气宇轩昂地扬起头，大声嘶叫，且前蹄会用力蹬踩地面，做吓唬和进攻状；而驴则显得既胆小又猥琐，遇见狼只会低着头喘粗气，僵在原地寸步不移。所以至今只要看到马我就会想，它的潇洒和骁勇绝对不是装出来的，而是它的本质，就如同生活中那些处事不惊的人。

我至今都忘不了母亲讲过的很多故事和梦境，一个重要的原因便是母亲讲述时形象生动、有张有弛的语言风格，尤其是那些有关鬼魂的故事，我现在想来还是毛骨悚然，一人在家，不敢多提。我有时候会想，母亲高超的语言表达能力除了天赋，到底来自哪里。她不识字，但一定读懂了天地星河日月；她没听过故事，但一定思量过风声雨声鸟鸣声。她未曾行路万里，一辈子生活在闭塞的山脚下，但她一定经行过心路上的千山万水。台湾作家林清玄说过，“柔软心是大悲心的芽苗，柔软心也是菩提心的种子，柔软心是我们在俗世中生活，还能时时感知自我清明的源泉”。母亲显然是位有颗柔软心的人，因为“唯其柔软，才能精致；唯其柔软，才能敏感”。

今天上午 10 点到校看书，12 点照例听专业讲座，内容是有关 19 世纪中期美国参与的高加索地区战争，只有一部分内容涉及黑人，与我的专业研究方向差距太大，没有什么收获，情绪低落。下午2点半我在图书馆的沙发上小坐，不想看书，也不想赶着去听另一场讲座，不知道该干什么、该去哪里、该找谁聊，也不知道为什么会不知道，昨天干劲十足，恨不能网尽一切，今天太阳照样升起，却没了兴致，是太累需要休息，还是 cultural shock(文化冲击)作祟?

我3点回到住所，做点吃的当午饭，不愿休息，不想听歌，在网上瞎逛到5点，一无所获。

我6点多出去散步，7点20分游荡回来。心情一团糟，洗澡睡觉!

曾想看到晚秋里的第一枚红叶畅想，秋风说，太晚!

曾想抓到初冬里的第一片雪花端详，黑夜说，太晚!

曾想找到夏夜里的第一颗露珠凝望，月亮说，太晚!

曾想采到早春里的第一株花蕾闻香，大地说，太晚!

也曾想走在一群人的前面回眸，岁月说，太晚!

古人说，“性痴，则志凝”。于是告诫自己，种子埋得太深，不宜发芽!

音乐学讲座

我 11 点出门去参加霍米 · 巴巴办公室的招待午餐，但今天的真正主人是他的同乡，全球著名的爵士乐作曲家、钢琴演奏家、音乐制作人、作家、印度裔美国人 Vijay Lyer。这位音乐家于耶鲁大学物理系本科毕业，是加州大学物理学博士，先后组建过各种乐团，创作、演出双管齐下，出了几十张唱片专辑，2014 年 4 月被哈佛大学艺术系聘为教授。

今年 43 岁的 Lyer 看起来很年轻，还略带羞怯，黑色西装，儒雅谦恭得像个实习生。他 3 岁开始学习小提琴，后来自学了钢琴。到目前为止，他获得过几十项音乐大奖，有一首钢琴单曲在 2012 年还获得过美国艺术界最高奖项——格莱美奖提名。他本人曾被评为历史上最具影响力的 50 名美籍印度人之一。我上网一查，今天被邀请参加的讲座人原来是这样一位名声震天的大牌，被吓一跳！

名牌大学数学物理学专业毕业的音乐家，音乐和数学、物理，哪儿跟哪儿呀？听起来好像传奇。但这恰是哈佛，一个家大业大名气大的学校。任何一个活动的参与者当中，都能搜出各领域在世界范围内的佼佼者。在校园里擦肩而过的教授，似乎每根头发丝上都挂着与生俱来的锐气和智慧，气质冲天，一副天下无敌的派头。是啊！没有足够的脑容量，没有学识上的三头六臂，没有专业上的降龙十八掌，怎么敢/能进它的大门（除了我这种混进来的访问学者）。

我有些后悔，2006 年去英国访学，是因留学基金委阴差阳错地把做美国黑人文学研究的我分到了英国，为了追随所谓的专业导师，放弃了先寄来 offer 的剑桥大学，选择了埃塞克斯大学的 Richard Grey 教授，因而失去了一个接触更多学术大亨的机会。前两天在别墅区散步，看着周围童话般的自然生活环境，想把自己逼进尘埃里。但在哈佛这样的学术氛围里，我羞愧得无处藏身，尘埃里都难找到自己的位置。

12 点午餐正式开始，霍米·巴巴并未露面（失望），他的秘书代表他简单地致了欢迎词，大家一边吃一边听 Lyer 聊他对音乐的深度理解和感知。其中融合了物理学、数学、历史学、文学、语言学等多门学科知识背景，旁征博引，深入浅出。我暗自想，如此综合、交叉、边缘性地研究一门学问，何愁不出成果。想起几年前在国内为了解爵士乐知识曾读过的一篇音乐批评论文，简直是天壤之别！

以前上课时我也曾给研究生们讲过，学文学需要强大的想象力，就是要做到让风马牛相及才能碰出思想火花。再回想自己读过的那点少得可怜的历史、哲学、社会学、人类学方面的书，最多算得上沧海一粟。此刻比任何时候都觉得，到目前为止，如果说我欠这个世界什么的话，那么就是读书！

午饭后，带着渴望来到图书馆，又觉

得神清气爽，阴天照样也有好心情！

3 点半出来，我看见图书馆旁边草地上那堆土旁边站了好些人，走近一看，原来是部分学生在进行考古活动。前两天我一直以为围起来的土堆是在整修，原来这里是 17 世纪哈佛大学印度学院古遗址，目前已经挖掘出部分古董。这也是哈佛的特质，用实物标榜着自己的古老资历。

离开校园后我顺便去银行查了查前三个月补的生活费是否到账，这时才真正感觉到一种抽象的温暖。我在这个学术圣地随心徜徉，有祖国做后盾为我买单，还有什么资格矫情！

返回途中下车，我买了点零食、蔬菜和日用品。我 5 点回到房间，天气阴冷，没有外出散步，只好回邮件，改论文。

周四，再见！

讲座——西安乞丐

我上午 10 点出门，天分外蓝。照两张照片，有意留点空间给树梢和楼尖，衬托真正蓝的天！

在图书馆读书 1 个小时，之后去亚洲研究中心观看那里名为“西安街头的乞丐”的影展和讲座。有关故乡的事，总关情，所以去。

这是一个美国硕士研究生在西安的实习报告。小伙子走访了西安市区的 200 多个乞丐，并对他们的出生地、家庭背景、乞讨原因、生活现状、乞讨的方法技巧等做了详细的跟踪报道。说实在的，尽管心里觉得有点不自在，但我却不得不承认这些铁证。有几个数据很有意思，西安市区 50% 以上的乞丐其实是来自甘肃，这其中 70% 的人是来自农村农耕淡季的农民。他们每天平均收入为六七百元，有的人靠乞讨买了农具和三轮车，等生活得以改善后才在家定居。这些乞丐中有夫妻、兄弟结伴的，有同村、乡党同行的。行乞的人有很多种，60% 以上是无家可归的残疾人，其他分别是为孙子挣学费、为儿女减负担的老人，还有为家人治病的成年人（旁边大多躺着一个病人，大多是假的，因为这类乞讨者写在纸上的内容基本一样），还有声称是来上访的，钱花完了，事没办成的……乞丐大概可以分职业乞丐和非职业乞丐两种，有他们专门的组织——丐帮，也有自由结合的，大多是残障人士的组合。尽管国家政府对这一阶层人有相应的生活政策保证，但地方政府往往抱怨救助压力大，已经无法承受这么多的无业乞丐。以上是实习报告的大致内容。

我欣赏这个学生这种客观对待事实的态度，至少他没有对其做政治、经济、文化、人性或社会制度方面的评论，只是展示事实本身，这要比先前那个评说上海丧葬礼仪关涉社会制度的中国女孩聪明得多。他明白敏感的问题绝对不该放在公共场合评说，再说你怎么知道在座的就没有比你懂得多的听众呢！更何况论文的结论是他的创新点，不可轻易透露出来。这是在所有顶尖级高校中大家心知肚明的秘密，因为你的新思想没准第二天就会被人以其自己的名字发在报纸上。同时，这一教学模式确实值得国内的研究生教育者借鉴，给学生们展示他们自己的发现和观点的平台，鼓励他们积极思考，认真总结，进而不断激发其创新意识。

讲座结束后，讨论异常热烈，大家对中国历史名城西安存在的这个顽疾颇感兴趣。有人好奇西安的乞丐和北京、上海的乞丐有何不同，有人关心政府的态度如何。我问道："有没有碰到过这样一种乞丐，他们属于患有流浪癖的人，自愿过这样一种生活，与人性有关？"男孩说他相信有，但在西安没有碰到过。其实我是想引导他谈谈每天站在哈佛校园外地铁站门口，手举着"祈求人性善良"的牌子乞讨的一个老男人，或是睡在地铁站，盖着一件破棉衣的美国乞丐（回来坐车前，专门给了那个手举着牌子乞讨的美国老头50美分，期望给他照张相，没想到他说照相可以，得给100美元，原因是有人拿着他的照片赚得更多。还是美国乞丐聪明！心疼我那50美分）。因举手发问的人不少，小伙子没有回答完我的问题。

做学术就是这样，同样的问题，换一个视角，换一种世界观和价值观，不仅容易发现问题的症结，还有可能得出完全不同的结论。至少在国内，我没有读过有关这一话题的深层次的分析报道，这有可能因为我不是这个专业的，这毕竟是属于社会学或人类学领域的课题。

纳兰性德在一首词里曾说过，“山水一程，风雪一更，聒碎乡心梦不成，故园无此声”。只不过他说的“声”，是那种牵魂绕梦的乡音乡情，不会像今天我所听到的这么聒噪，那么难堪。

回来的路上我又一次下车去了美国国家历史风景地 Mount Auburn Cemetery（奥本山公墓）。进门拿地图时碰到一个在波士顿上大学的小伙子 Nason 和来波士顿探望在麻省理工上班的儿子的 Susan，于是结伴一同游园。我第一次爬上了塔顶，隔着绿色的树海，可以把整个波士顿尽收眼底。这种诱人的绿色景致不可言传。但这还不是最美的时候，据说十月中下旬，这里成千上万个树种的颜色是会醉人的。

提醒自己要时常去看看，一定不能错过醉倒在美色里的机会！

姐妹淘与华人教堂

他乡遇知己应该是今日的话题。话说昨天去参加国庆庆典时在地铁口碰到了老大张，她在等老四于，而我在等老三姜，于是星星之火开始了。年龄相当，教育背景相当，家庭环境相当的几位访学者相遇，有种强烈地找到组织的感觉。我们一起参加完活动去吃饭的路上，遇到了小四于，五位女性，来自祖国的南北西东，专业方向大相径庭。坐在麦当劳里，一边吃饭，一边聊着各自来美国后的教训经验，笑话糗事，分享着互利互惠的信息，互留手机微信号后，一个新的朋友圈横空出世。还等什么？马上开始计划出游。一人负责一个景点，每周至少一次活动。情投意合，志趣相同，就差找个桃园喝酒摔碗表忠心了。下午5点多大家蹭我的月票顺利逃票（算是体验，与朋友们的人品无关，因为地铁进站口是感应的，我在前面刷，她们紧跟就是了）。朋友多了路好走，好处立竿见影！晚上，群里热闹非凡，照片交互传着，玩笑相互开着，信息共享着，出行计划研发着。有个组织真好！

说点别的。今天上午 9 点 10 分出发，我和朋友赵一起跟随谭去了波士顿地区最大的位于莱克星顿的华人教堂，也是 1775 年 4 月 19 日美国内战打响第一枪的地方。很难想象，就这一个教堂，集结了一千多华人信徒，大家分工明确，组织科学细密，活动内容丰富。大家都信仰着一个上帝，都是冲着感恩、祷告、博爱而来的，不得不承认，这里有着大家庭的浓浓的温暖气氛。

我全方位、认真接触基督教是在英国一个建于 1492 年的教堂里，那里的建筑风格、牧师布道、信徒唱诗等要素就是我想象中教堂应该有的样子，一踏入教堂，宗教的肃穆和严肃气氛可以迅速感染到你。但在这里，除了楼门口顶上那个大大的十字架之外，与我期待的教堂大相径庭，尤其是布道牧师那种拖着台湾腔且有点油腔滑调欠逻辑的纵横联想方式，热心的信徒们想拉你入教的迫切性和强求感，都让人的心里产生排斥，很不舒服。但我愿意相信，他们的本意是善良的，正如同自己拥有一个宝物，忍不住想和他人分享一样；也承认这里确实人人和善，气氛友爱；更明白其中有不少人是水平、社会地位都不低的知识分子，更有很多是经济实力已经进入美国中产阶级行列的生意人。

下午外出散步，一些性急的树叶开始发红。期待看到红叶遍染的那一天。

有关中国人的主体幸福感的讲座

今天清早的阴沉在预料之内。前两天阳光好得让人受宠若惊，在屋里多待一分钟都觉得是在浪费大好时光。想念我的车了！

手机费、月票明天到期，中午约好赵、王一起去 T-Mobile（T 移动）办理家庭式服务（family plan），以便大家分摊话费。到了之后才知道这种协议式付费的方式是多么麻烦，太不符合我这人简单惯了的个性。所以直接放弃，买了当地的电话卡，一分钟一毛钱，双向收费，包括信息，用多少交多少，简单实用，但没有流量不能上网。

月底了，还要考虑要不要继续买月票。月票包括所有大波士顿地区的公交和地铁，10 月是这里出行最好的季节，干吗不去呢？75 美元，买了。

我下午 4 点去 9 Bow Street（弓街）公共卫生健康系听有关 2010～2012 年中国人的主体幸福感的讲座。主讲人是曾在北京大学工作两年的 James P. Smith 教授。研究成果其实是他和几位国内教授及研究生一起做的调查报告。调查问卷分社会关系和经济不平等两部分，他们对除了偏远省份之外的2.2万多人做了调查，问卷问题分幸福和自我满意两大块，涉及不同的年龄、性别、阶层、教育背景、社会组织等方面。综合分析得出两种结果：一是在收入方面，中国存在严重的不平等，且收入越高的人幸福感越强；而在花销方面似乎很均等，收入高的人和收入低的人的花销却基本持平，所以贫富差距会越来越大。尽管这种发现没有什么新意，尽管作为中国人的我看出了其中的漏洞，比如在调查幸福感时设计的问题之一是有关送礼和接受礼品时的感受，根本没有考虑中国文化和习俗的复杂性；还有在分社团类别时，把党组织、团组织和用拼音写的 lianghui（两会）并置在一起，明显牵强，发问者自己也搞不懂。诚然，这样的调查报告在很大程度上做不到哲学思辨般的逻辑思维，就调查的分类、过程、人数，齐全的图表数据分析来说，比某电视台那个手拿话筒，后面跟着摄像，不分场合，不问时间节点，见人就问“你幸福吗?”的所谓的调查靠谱多了。

6点讲座结束，走出大门时，天明显冷了许多，刚才还亮黄的树叶变得昏暗，我回想着讲座的内容，坐车回住所。

访学生活第二个月即将开始，要不要调整思路，修正方式，又该怎样做呢?

燕京图书馆借书记

听从朋友的建议，我上午在家看书，早早吃了午饭，短暂午休后再去学校参加活动、听讲座。实践了一次，除了上午改研究生论文代替了自修外，感觉不错！

微信的朋友圈里，国内一位朋友发了几张在野外摘菜的照片，好生羡慕。很想念开封的那个朋友圈子，逢年过节，彼此像亲人一样互相走动，遇上假期大家纷纷商议计划，开车结伴出行，大漠、海滩、湖泊、山岭、古城、新村，赏花、摘果，样样都不愿错过。

同样，我很喜欢旅游时大家的精神状态。那是一种忽略了年纪、职业、身份后的本真：自然流露出的童真童趣、对简陋生活的乐此不疲、善意的你争我斗，更有绕不开的话题——孩子的成长学习生活。然而所有的聊天，最后无不回归到永恒的哲学命题：时间如白驹过隙，生命需好好珍惜！

下午2点到学校，我先去哈佛书店的地下层替房东的女儿买了本她写论文需要读的莫里森的小说 *Sula*（《苏拉》)。今天才知道，哈佛书店的地下一层全是二手书，折扣会达到5~7折。原价26.5美元的书，打完折7美元。不过折合成人民币也不算便宜，晚上回来直接当礼物送她了，谁让她和我喜欢的是同一个作家呢!

之后去银行的取款机取了点现金，竟发现操作时还可以选用汉语提示。上次查询生活费是否到账时，曾被要求点击直接对话模式，轻轻按动按钮，银行工作人员立即笑容可掬地出现在屏幕上，问你的业务需求，指导你操作，服务可谓方便。

我临时决定放弃去肯尼迪学院参加关于美国奴隶制的合法化问题的座谈，取完钱直接找到哈佛燕京图书馆去借几本在国内买不到或借不到的汉语书籍(特别是台湾出版的学术书)，晚上用来消磨时间。按照事先查好的书号，下到地下一层。猛一进去，发现书架与书架之间连一只手都塞不进去，怎么找怎么借?再仔细读读书架外面贴着的英汉双语说明，还是没明白其中的机关，最后不得不找到服务人员，才明白这些挨紧放着的书架原来都可以平行移动，但需先关掉每个书架前面的开关，待这一排的灯都显示绿灯时，再根据自己的需要按动左右键，书架就开始缓缓地往一个方向靠拢，留出足够的空间让人进去查阅。觉得自己真是一个乡巴佬，今天长见识了!

一下子看到这么多一直想读却在国内得不到的书，心情激动，一口气借了厚厚的7本书，搬到前台办理手续。我本打算回来途中下车买点水果蔬菜，可惜书包里装的、怀里抱着的都是书，免了吧，晚上凑合一下，补点精神食粮。还好Lida下班途中在附近的农场买了捆新鲜的上海青给我。香菇青菜一盘，晚饭就绪!

南瓜灯

已经有心急的人家开始万圣节（Halloween）的庆祝了。每年10月31日的万圣节是西方传统的节日。早期的爱尔兰、苏格兰等地的凯尔特人认为这一天夏天正式结束，寒冬即将到来，并相信故人的亡灵会在这一天返回故居找个生灵附身，祈求重生。而活着的人为了避免被鬼魂附体，把自己打扮成鬼怪的样子以吓跑魂灵。至于万圣节的风俗习惯，等到31日晚上亲眼看过后再细说。

必须说说南瓜，因为它是万圣节的宠物。人们往往会把南瓜做成灯，里面点燃一根小蜡烛，据说是为一个名叫Jack、爱玩恶作剧、死后上不了天堂的亡灵在人间指路用的。怪不得超市里几周前早就已经摆满了大大小小橙红色的南瓜，当时我没有多想，刚刚看到很多家门口放着的南瓜才明白其中的缘由。同时，超市里还开始摆放各种鬼怪的造型，有的小商店门口也早早地挂满鬼魂亡灵的面具，这倒可以理解。但各家门口现在就挂出来的有点吓人而非鬼的鬼影，叫人都分不清他们是在招魂引鬼，还是在吓唬自己。文化真是个有趣的东西！

晚上不再出门，今日就此结束，永不复来！

Laure 眼中的加拿大

说了要等昨晚月照床前，守株待兔似的反复醒来几次都没再看见，原来是阴天。这个世上，美的东西一旦错过就很难再得，就像机遇，又如生命。

上午 10 点准备出门，看见青云压城城也会黑，直接转回来了。我在网上注册了本周末去旅游的团队，钱也在网上交过了，只等进一步的消息。

下周一即 10 月 12 日是美国的哥伦布日，放假一天，为纪念 1492 年 10 月 12 日意大利人哥伦布首次发现北美大陆而设的节日，美国人从 1792 年就开始这一纪念活动了。可以理解，有了哥伦布的发现，才有了后来的美国和美国的今日。

房东 Lida 去了华盛顿，家里就剩我和法国姑娘 Laure。下午我们坐在厨房聊了一个多小时。Laure 来自法国一个名为 Nantes（南特）的小镇，母亲是印度人。她在加拿大拿到化学硕士文凭之后，来波士顿的一个药厂实习，整天早出晚归，每周只有周日休息，有时还选择加班，说是想挣更多的钱好为自己买辆二手车。今天她休息，33 岁的她看起来只有 20 岁左右，她说这与她们家的遗传基因有关，她妈妈的年龄别人永远都看不出来。Laure 身材不高，偏瘦，有印度血统，黑头发，说起话来总是笑个不停，很可爱。

Laure 在魁北克大学待了六年才拿到硕士学位，运气不好，摊上个既吸毒又喝酒的导师，在论文选题和写作过程中没得到任何帮助。所以她强调接下来若读博士，选个负责任的导师，这对她来说至关重要。

聊到魁北克，Laure 说了几件趣事。一是那里的气候。她说不明白魁北克人每年要和雪斗争 9 个月，怎么不想着搬离。作为一个相对独立的自治区，魁北克人固守传统，现在讲的法语还是 19 世纪的古法语，连在法国长大的她都听不懂。那里冬季气温可达零下四五十度，还经常下雪，所以魁北克人每天早上要花至少半个小时的时间，处理车上的积雪和冰冻。每到冬天，医院里的骨折病人会剧增，不管严重不严重，先用夹板固定住，8 小时后再做处理，有时能看见有人的骨头都露在外面。每年街道两边的雪会堆成雪山、再转化成冰山。但 7 月份的最高温度又会达到 40 ℃，气温一升高，雪开始融化时，冬天堆成的雪山里面藏着的猫狗的排泄物臭气熏天。这也可能是那里夏天蚊子肆虐横行的原因，即使在城市里，人们也必须用蚊帐。想去乡下看看，你得足够 strong（强壮），至少得保证蚊子享用完后有足够的血保住你的小命。长达 9 个月的寒冬，大部分老年人都会用政府提供的退休金或自己在二三十岁时拼命工作积攒下来的积蓄，去佛罗里达州买的房子里避寒，穷人也就只好窝在家里过冬了。

特殊的气候环境还造就了魁北克人特殊的择偶标准。身材高大威猛的女性在当地人眼里是最美的，“strong”是男孩子们给别人秀自己女友时最乐意用的词。恶劣的气候环境使他们无暇顾及女孩有没有修养，性格人品如何，受过什么样的教育，有什么样的家庭背景，只要 strong 得能顶得住风霜冰雪，就很抢手。Laure 开玩笑地说所以她没有男朋友，所以她来美国了。我说我下辈子也不会去加拿大，原因很简单么！

Laure说魁北克的冬天早上9点天才亮，下午3点半天就全黑，一天当中只有6个小时能看见阳光，上班的人一般是在开着灯的环境里工作，所以患心理疾病的人很多，大人中有27%、小孩中有20%的人有精神方面的问题，这个比例表示情况很严重。而小孩的患病率如此之高，大多也是因为心理不健康的父母经常虐待、殴打、谩骂孩子所致，就这样恶性循环，一代一代地传承下去。她还说其实如果按欧洲人对精神疾病的判断标准，这个比率还要高很多。表面上看来，魁北克人也很随和绅士，但一旦遇事，发起脾气来他会对任何人大吼大叫，所以美国人谈到加拿大人时，一般都会在前面加上"crazy"（疯狂的）一词。但一个奇怪的现象是，那里的犯罪率在全球范围内都算是很低的，心理再有疾病的人也知道道德的底线，一般不会轻易超越。地理环境决定民族性格，决定人的个性特征。孟德斯鸠、黑格尔，还有马克思都曾论述过这样的思想。魁北克人证明，这种说法没有错。

我3点才开始午休，4点醒来在屋内看书，外面一会儿下雨一会儿晴，就待在屋里宅一天吧。这是来美之后第一次整天没出门的纪录。

再忆母亲

昨天晚上我梦见母亲轻轻地走近我的床前，面带温柔慈祥的微笑，吻了我的额头和双眼，还说“再抱抱你”。刚刚醒来后我没有往日那样的伤心，只觉得幸福溢满全身。朦胧睡意中，我开始一遍一遍地回想梦中的每个细节，像电影里的慢镜头，每一个细小的场景都不愿错过，每一分一秒都不想忘记。一种被母亲抚爱的暖，灼烧着我的心。在异国他乡的静夜里，我无奈、无助、无力地咀嚼着母爱的味道。独自幻想，人的梦境要是能像现实生活一样，被制成影像就好了！对于自己愿意牵念的，可以录下来随时观看，永远不会因时间的流逝而变得模糊甚至消失。

记得2003年春回老家参加公公的葬礼，也是我在母亲去世八个月后第一次回家。印象疼痛而深刻。跨进家门，没有母亲的笑脸相迎；走出家门，回望不到母亲泪涟涟的依依相送。第一次绝望地意识到，这里再也不属于我，我再也不属于名叫“家”的这里了。那根牵连着母爱的风筝线，永远地断了，从此我孤帆远影，再也没人像母亲一样锥心牵挂了……妈不在，乡关何在家何在？

哥哥嫂嫂的热情强化了我对母亲更深的怀念。长跪在母亲墓前，我把一颗沉重的心放置在荒冢边，和点着的冥币一起烧着。母亲曾说过，亲人离世时儿女的悲伤，“儿哭一声，惊天动地，女哭一声，阎王爷落泪”。此时此刻，我不要谁落泪，也不要惊天地，只想能唤醒墓里面沉睡的母亲，让她感知到我就在她的面前，没有隔着悠悠阴阳两重天，不是生死两茫茫。返程途中，我有种奇怪的感觉，和之前很多次离家返校的心情迥然不同。原来的酸楚和不舍，变成了心中浩瀚的空虚和荒凉。是啊！我的身体回过家，我的记忆还在老家，可没有了母亲，我的灵魂无处安放。

记得当时有姐姐陪着，我们俩坐在母亲卧室里，默默对视，彼此读得懂对方的心。母亲的卧室基本没有变化。坐在母亲的床沿上，头脑中立刻浮现出她的音容。拍拍母亲曾枕过的黑色瓷枕，妄想能碰触到母爱的余温；摸摸母亲曾坐过的椅子，幻想她曾经坐在那里的样子；忍不住想打开手边的木柜，想闻一闻里面可还收藏着母亲的体味……不敢注视墙上母亲的遗像！昔日里围着我嘘寒问暖，说着家长里短的母亲，怎么可以成为冷冷的相片，幽幽柔柔地看着我们不言不语？柜子，还是她擦拭过无数遍的柜子；地面，还是她清扫过无数遍的地面；她平日里扫床用的小扫帚，就孤零零地斜靠在床边；连电灯的开关绳，还是她当年为了方便，加长之后顶端拴有小锁的绳线……但此刻却怎么寻索不到一点点她留下的有温度的印迹，体悟不到一丝丝母爱的温暖？一个人生命的消失，原来竟会是这样的决绝彻底！而情的遗忘却总会是这样的绵长！

给学生上课时我曾讲到文学作品中“家书抵万金”的主题，顺便告诉学生自己上大学时，书信还是主要的通信方式，告诉他们母亲在世时一直把我写给她的信按时间顺序排列好，分捆用红线系着，像宝贝似的藏在柜子里。我开始讲的时候情绪风平浪静，没曾想突然间波涛激荡，眼泪长流不止，哽咽地说不出话来。只好把本想说的“母亲不识字，每次收到我的信都会自己走到哪里带到哪里，直到别人给她念完为止”这样的细节，悄悄压回心底。

不能在学生面前太失态，迅速调整心态继续上课。一切的一切，就留给岁月去慢慢消磨吧。

关于母亲，我深知无论怎样写、不管写多久，也无法还原、复活母亲的生命，但我唯一能做的，是让母亲活在我的文字里，陪陪偶尔孤寂的我，揽母亲在我的心海中，永生永世不朽。

书写有关母亲的回忆，一般会选用“母亲”这样的书面语，是我有意为之。一是因为我的心还不够强大，若直呼“妈”，会崩溃得眼泪打湿键盘而无法继续；也因为“母亲”这个字眼平和、客观、中性。它可以时时提醒我，自己不仅是一位常常思念母亲的女儿，也是一位在异国求学的女儿的母亲。不能这样放肆地纵情于回忆，我，也需要理性。

佛经上说，人有三世情缘。我告诉自己，若真有来生，我拼着命也要做今生母亲的女儿，拼着命也要做今世女儿的母亲，把弥天盖地的母爱传承下去，不畏千山万水，不管千年万岁。

其实近几个月的奔忙，我不曾想起过母亲。生活趋于平静正常，记忆深处的爱和痛，便在沉睡中浮现于梦境。这种爱，超越生死；这种痛，剔骨撕心。此刻我却愿意相信母亲临风驾云而来，只为她疼爱的女儿；愿意相信阴阳虽两隔，也阻滞不了母爱的倔强。世间许多的人、事、情、爱，有些你愿意放下，有些你已经放下，有些你应该放下，有些你不得不放下，但总有些爱、有些情、有些人，只要你还活着，就永远割舍不下。今生对母亲的爱和思念就是如此，它们已深深地沁入我的骨血，和我的生命紧紧勾连。我曾经读过不少儿女情长的故事，也看过不少颂扬母爱的诗词，但没有谁的故事敌得过我的殇，没有谁的辞藻贴切地述说过我的痛……每当回味母爱，都会深感语言的苍白无力和自我的无可奈何。我要记住那一刻，2014 年 10 月 7 日下午 3 点 30 分，我坐在哈佛大学 Widner 图书馆二楼自习室南边靠窗户的沙发上，因思念母亲，我泪眼婆娑，仰起头，努力控制自己，用书遮挡住双眼，只想把别人欺骗。

唉，说点别的吧！下午 2 点我如约见了导师，他的随和出乎我的意料。

我说自己很激动，像个小女孩在追星，他说他真的很高兴，我说自己才是受宠若惊。说我在中国中部地区的河南大学就职，他说“没去过，你一定要邀请我”。还问那里有什么好吃的吗？没有他可不去。他说自己喜欢吃中国的辣味菜，尤其是湖南菜，我说有机会帮你做，他说很期待。他说喜欢见中国人，他们一般都会给自己礼物（多亏带了茶叶，要不然很尴尬）。问我需要他帮什么忙，我说没有，只觉得时间有限，读不完那么多的知识资源。斗胆把自己的书送给他，他让我题字，好让他给别人炫一炫。他问我要名片我说没有，他说我是他见过的第一个没有名片的中国人。临走时他说：“你一定要再来，带着你的名片，我们有不少话题可以聊。”走出他的办公室，我在想，当你有幸选个世界一流的教授做导师，看到网上他扑面而来的成绩和荣耀时，心里会充满自豪自傲，但你得为此付出代价，就是你不能随时去找他，他的行程表上用分秒记录着刻度。我总是幸运，分别时他专门告诉秘书，记住这位女士，下次给她开绿灯放行。15 分钟的见面结束，他的拥抱里分明有导师的期望和关爱，很是温暖。扪心自问，我该如何努力自我提升，才能无愧做他的学生？

麻省节日——哥伦布节

我上午8点醒来，洗完澡后又躺回床上整理这几天的照片和心得，不知不觉中已是11点。隔壁的Laure轻轻敲门，问我是不是病了需要帮助，怎么半天没有动静。过会儿Lida也站在楼梯口，用标准的普通话叫着我的名字，她以为我一定是感冒了，一上午都没下楼，问我需不需要喝些热水，我心里很是感动。不好意思继续坐在床上消磨时间，就起床干点正事吧。爱，不仅仅是个美丽的字眼，它有色彩，有温度，让人在昏暗中不会觉得绝望，在深秋季节里不会感到阴凉。

冰箱里没什么吃的了，我12点半坐车去购物，运气不错，来回都没怎么等车，一小时搞定。周末的公交车比平日少了一半，连超市里收银台边站着的服务员都以老人居多。年轻人大概都出去度假了吧！

下午和女儿聊天，我才知道原来不是每个州都过这个哥伦布节，西雅图那边就一切照常，也许他们距离新英格兰太远。听Lida说其实这个节日引起了越来越多的质疑，因为哥伦布发现的并非是新大陆，土著人在这里已经休养生息了很多年，大张旗鼓地庆祝这样的一个节日，明显是对土著人的不尊敬。

我们还聊到了专业，让我想起了这几天不断被外行同胞问起的让我哭笑不得的问题。

问：你是做美国黑人文学研究的，怎么英语说得那么好？

答：我是英语专业毕业的，已经搞了几十年英语了。

（疑惑不已）追问：不是说学文学的吗？怎么又成了英语专业？

反问：您不会是以为我们学英语专业的人，一辈子都在做单词词性、句法、语法、时态、语态和体态的研究吧？

（更迷惑）：难道不是？

答：非也！我们上大学一、二年级主要是听说读写基本功的训练，到了大三就开始分专业选修研习了，大致分翻译（笔译、口译、汉译英、英译汉、翻译理论和实践等）、语言学（应用语言学、语用学、文体学等）、文化学和文学（文学又可分为美国文学、英国文学、其他英语国家文学，等等，更不用提各国别文学研究更细的分支了）。且国内做外国文学研究的人群中，只有小部分来自中文系，其余大部分都是我们这样半路出家的外语人！因为中文系的人大多不懂外语，做外国文学研究无法读原文，一般都是等哪个当红的作家作品被我们的同行译介后才开始接触文本，且对翻译的信达雅无法做出优劣评判。这样做起研究来不仅有严重的滞后性，而且还有尴尬的依赖性……

因为访学人员中，理工科的人占着绝对的比例，可想而知，我就像祥林嫂反复诉说着以为冬天狼在山里没食吃会跑下来，春天怎么会有狼的故事那样，不厌其烦地重复着这样的扫盲讲解。谁说隔行如隔山呀，分明还得加上大海！

天依然阴沉着脸，我下午缩在屋内，开了暖气，坐在床上读书至 6 点。人生中的第一次哥伦布节就这样被我一秒秒地消磨掉了。

听 Spillers 教授的讲座（一）

很奇怪！周二的日志时有时无，被盗号了，还是时间在作祟？我让它倒流！

我重新找回了看书的冲动，大概和前几日出游放松心情、放空大脑有关。一直以来我读书的习惯都是有周期性的。有时候我会给自己找各种各样的理由不翻书，在一些琐碎的日常生活内容中任由时间溜走，其实这时候往往也得不到有效的休息，因为没作为的负罪感会不断冒出来搅局。但有些时候，我整天都很亢奋，有读书的冲动，每当坐在桌前摊开书页，就提醒自己什么是幸福，不愿中途放下，不在乎吃什么，顾不上衣服有多脏，连去趟洗手间都觉得浪费时间。但这种状态不会持续很久，因为太多的精神投注和对生活细节的忽视，时间一长身体就会报警。几十年来这种激情式的读书方式，注定了自己在学业上难有建树。细水才能长流，按部就班，才能至深至广。但这种稳扎稳打行进的方式和个人的性格相悖，我曾经试着改良，但结果都是邯郸学步，不但少了读书的激情，而且还多了无聊和空虚。性格决定命运，认了。

上午我在屋里享受读书的乐趣，不知不觉几个小时过去了。匆匆吃完饭，我1点半出门，在离 Barker Center 较近的 Lamont 图书馆坐了一个半小时，4点参加了系里 Hortens Spillers 教授连续三天的系列讲座。Spillers 教授来自 Vanderbilt 大学，是当今全球有名的批评家和文化历史学家，主要研究方向是非洲文化、美国黑人文学研究、性别研究和文学批评，著书七八本，主要关涉种族、性别、符号学、殖民主义、心理分析理论、飞散地理学、历史学等多种学科。其中发表于1987年最具影响力的论文 *Mama's baby, Papa's maybe* 至今在黑人女性身份建构方面仍具有指导意义。我自己发表过的一篇论文中还引用过她的某些观点论据，曾为她思想的深刻和尖刻感慨过。

Spillers 教授今天身穿红毛衣，黑色长裤，不同于一般的黑人女性的身材，74岁的她身材偏瘦。但做黑人文学研究的人，没人敢小觑她的学术成就。她今天的主讲内容是“女性与早期共和国——革命，感情和悲伤”，主

要围绕托马斯·杰斐逊总统的家庭成员及其与女奴之间交错的亲子关系展开分析。感慨于她的研究视角与国内同行的研究大相径庭。由于历史资料匮乏、资源短缺，国内做美国黑人文学研究的，大多数只能专注于文本的解读，最多在历史文化方面做一些拓展和梳理，无法达到她们那样上下几百年的恣意纵横，很难做到对某一时段某一流派某一作家的立体式全方位的探究。在别人的家门口评说别人的家事国事，本身就带有先天性的劣势，也许对文

本的细读是唯一可以与其抗争的地方。

我四天没去学校，校园里树叶的颜色变化明显，先前娇滴滴的红叶稀疏了不少，绿色的叶子开始泛黄。华灯初上，各个楼群内外都有了亮光。走在黄昏里，我想起了晏殊“夕阳西下几时回”的追问，只争朝夕！

听 Spillers 教授的讲座（二）

天气晴朗，气温回升。大部分人又开始穿短袖短裤了。这种气温的反复是不是深秋里气温的回光返照，不得而知。反正出门后我才发现又穿错了衣服！好在仔细观察，还有穿鸭绒袄的人陪衬，顿时释然。有人说自己的幸福是由邻居决定的。真精辟！

中午 12 点系里有关于少数族裔权力问题的常规讲座，12 点半 1730 室东方文化研究中心有关于中国外交政策的座谈会，下午 5 点是 Spillers 教授的系列讲座之二，真恨分身无术，最多只能选其二。

我上午看书，偶然看到台湾一位专家评论张爱玲的小说《小团圆》的文章。很遗憾一直没机会拜读这部自传体的小说。不过这篇评论文章把这位才情俱佳的传奇女子分析得入木三分。我一直对研究文学的外语人先天的营养不良耿耿于怀。半路出家，既缺乏最基础的文学知识积淀，又缺少厚重的中国文学知识的支撑，仅仅凭靠自身的爱好和感觉来玩文学，经常会有被掏空的惶恐不安。我曾经几次想把张爱玲的所有作品一网打尽，无奈因为还得读专业书籍而几次放弃。今天的这篇书评又燃起我读尽张爱玲之文的冲动，只因为她对语言随心所欲却又自成一体的文才诗情和写尽世间情与爱的能力和魄力。我需要时间！

12 点整我赶到系里讲座的现场，今天的主讲者是来自哈佛大学的 Maria Tarar 教授，她曾在三年之内完成 17 本译作，同时是几个大报纸的专栏作家，做过 200 多次采访，她的研究方向是儿童文学、德国语言文学、民俗学和神话。今天她主讲的内容是美国黑人文学中的民俗研究 *Who Killed Brer Rabbit? True Lies in a Silenced Culture*，其研究模式很接近于国内对这类专题研究的方式方法，即按照时间顺序，系统全面地梳理和探索黑人文学文本中的某一突出现象，如民俗现象，并尝试对其做文化历史意义上的阐释。也许她有意隐瞒自己的研究结论，至少从她目前的研究结果来看，没有任何新意。因为文学作品中的民俗和寓言故事绝不单纯是为了满足读者的期待视野，必定有其暗含的文本之外的寓意，而这种寓意必定与作品的主题相关，因为是少数族裔文学，所以也就意味着与权利、声音、平等、民主、尊严等有关。可想而知，提问环节大家挺不留情面地予以质疑。没有几把刷子、没做好充分准备就在哈佛校园里做讲座是有风险的。除非你已经功成名就，即使有纰漏别人也愿意理解成是你故意的。

我在图书馆看书静等，4 点半走出图书馆在校园的小路上散步，随手拍几张秋天校园的照片，既想留下这里的美景，又想留住这里的宝贵时光。先前红得较早的树叶有一部分已经落到地上，红颜薄命，原来也包括树。5 点，Spillers 的讲座正式开始，今天开讲前的介绍人是赫赫有名的牙买加作家金凯德（Jamaica Kincaid）。金凯德是加勒比海移民作家，被称为加勒比海的黑玫瑰，迄今为止她发表小说、散文集共 23 本。她 17 岁辍学，被母亲逼着去纽约的一户人家做女仆，19 岁开始发表作品，处女作是短篇小说集《河底》，代表作为《安妮詹》，2004 年被评为美国文学艺术学院院士。难怪 Spillers 教授开讲之前先感叹："My Goodness！（我的天啊！）做梦都不敢想金凯德为我做介绍！"已经是学术达人的她，抬头遇见了文学巨人！我们这个研究中心真是藏龙卧虎之地，随便转身打声招呼说声“Hi”，就可能遇到当今学界无人不知的超人。这不，我刚刚打过招呼，就坐在我左边、梳着小辫的黑人竟是个写过十余本作品的剧作家。我愿直接消失在这个环境里了！真心体验到黑人作家艾理森在写 *The Invisible Man*（《看不见的人》）时的真心境和真心情。

Spillers 教授今天穿件灰蓝色的连衣裙，用她那黑人特有的浑厚的嗓音，一字一句地阐释着她对于普利策奖获奖小说 *The Hemingses of the Monticellos* 的理解。场面是少见的座无虚席，6 点半讲座结束，天已微黑，我没有留下来混吃招待宴，直接坐车返回，打开房门时整 7 点。今天就这样溜走了！

听 Spillers 教授的讲座（三）

早上起来，天下起了小雨，没有秋的凉意，倒有点夏天雷阵雨前的闷热，这是以前没经历过的天气。今天的两场讲座都不容错过，一个是东亚研究中心关于中国南海问题的座谈，另一个是 Spillers 教授的最后一次讲座。我 8 点醒来读书至 11 点半，急忙出门，在雨后的燥热里赶公交车，车上见证了什么叫巧遇。一名黑人男子下车时指着自己的额头对黑人女司机说了几句什么，司机忍不住放声大笑，是那种黑人特有的、发自丹田的、爽朗的、浑厚的、开怀的大笑。不顾驾车安全，她转身向车上不多的乘客讲起了缘由。原来刚刚下车的是她小学同学，12 年前她练习打棒球时脱手把同学的额头打破，留下了伤疤。12 年后在公交车上巧遇。一个是乘客，一个成了司机。一笑泯恩仇，大概就是这个样子的。女司机一路上都沉浸在她的回忆里，嘴里不断叫着"My Goodness!"（我的天啊!）。这样的情景颇似小说里的某个情节，不过比如今一些纯粹愚弄观众的、蹩脚的电视剧里的情节靠谱多了！下车时我说了声"Thank you, and your lovely story”（谢谢你和你可爱的故事）。女司机又一次发出的浑厚笑声，伴随我走了很长一段路！

当我12点半赶到153会议室时，讲座已经开始，一听标准的伦敦口音就知道主讲人是个英国人。他在讲的其实是他即将出版的专著《中国南海：亚洲权利之争》的主要章节内容。坐在他旁边的是一位华裔老太太，花白的短发看起来很是精神，应该是他的导师。又一个在国外远望中国国情的华人！主讲人Bill Hayton分别从中国历史上的地理版图及南海名称的变化、中国时局的发展、中国国防安全、中国外交上的弱势、美国的高调插手等方面分析了“南海问题”目前的状态及其形成原因，并对未来做了预测。讨论环节完全被一个名叫Peter的人抢了风头，他先是说对主讲人的三个观点不愿苟同（天呐！几乎等于全盘否定了他的内容），接着长篇大论表达他的不同意见。当别人提问题主讲人含糊回应时，他直接予以解答，要命的是旁边的一位老先生连声叫好表示同意。Peter显然是一个中国通，连中国地图上南海沿线的曲线变化都了如指掌！现场有点失控，白发华人老太太面带尴尬地说，Bill还要去另一个地方做演讲，今天的讨论就到此吧。隔行如隔山，无以判断谁对谁错，但这种跳出本源以旁观者的眼光反观事态变迁的可行性和可能性，倒为我目前做的外国文学研究添了点自信和根据。横看是岭，侧看成峰。换个方位和视角，又是一道风景。

3点20分我走出图书馆，走在秋雨中的校园。这是一个神奇的校园！不知是身边的匆匆脚步，还是头顶的纷纷落叶，更或者是隐形的学术氛围的挤压，我总感觉被一种力量推着。其实正是时间，严格来说是学术时间在催逼着我。每当这时我会选择带着无奈和不屑对自己说，若能还我十年时光，我一定要尝试“必频登高而后无惧”的淋漓和洒脱！深感学海无涯，我只想用积极主动弥补以前的浑浑噩噩，用各种知识填补大脑中的一切荒疏漏洞。

4点整，我到了Barker Center，走进会议室，发现布局有变化。一位白人女士笑脸相迎，还指着旁边的咖啡和点心说请享用。一边吃喝，一边听，忽然意识到我找错了地儿，这是东亚中心的工作会议，我还纳闷今天怎么一个黑人都没看见，而且门口也没有宣传页。拿出昨天的宣传页一看，人家今天换了地点，我还在守株待兔。盘里的东西还没吃完，怎么好意思起身？望了望旁边特意邀请来的西安的张，开溜！

走出楼门，我捂嘴窃笑，新鲜经历一个！

到达 104 Mount Auburn Street 时，讲座已经开始半小时了，Spillers 教授继续昨天的话题，追溯小说中美国第四任总统麦迪逊和他的黑人情人及孩子们，就革命、感情、爱情、法律展开讨论。提问环节甚是热闹，来听讲座的黑人们很激动，讨论异常热烈。结束时我找到 Spillers 教授，说我多年前的博士论文还引用了她论文集里的几句话，并提到有机会当面致谢。自己特别激动，她也很高兴自己的论文被在万里之外的中国读者读过并引用过。她爽快地合了张影，又一次追星成功！

吃了点会议室外的点心和水果，我冒着大雨赶车回家。今日很是完美。

哈佛自然历史博物馆

今日学校没什么我感兴趣的主题讲座，跟朋友约好下午去看校园旁边的几个博物馆。

下午 1 点出门，和霓、泓约好去逛哈佛的自然历史博物馆。尽管哈佛的历史不长，但有的成员博物馆也至少有 150 年的历史，比如建于 1858 年的植物标本馆（Harvard-Zoology，University Herbaria）、建于 1784 年的矿物与地理博物馆（Mineralogical & Geological Museum）和建于 1859 年的比较动物学博物馆。

今天我们最先看的是考古和人类文化博物馆，是世界上最早的人类学博物馆。那里有最广泛的西半球人类文化历史的记载。不过看到他们委屈地把印第安人的历史认同为美国史的开头，即便如此也不过是 17 世纪中期，真为他们觉得难为情，也好意思把这叫作历史，比起我泱泱中华，简直弱得让人同情。

然而继续往前走，心里开始发虚。馆内珍藏的地球的形成、生命的源起、惊人的陨石、原始的化石标本等，整个波士顿最重要的科学珍宝，让我们哑然失声，开始刮目相看了。生物系教授的玻璃花标本是该馆的镇馆之宝，也是我们滞留时间最长的展区。这些由玻璃和铁丝制作的精美艺术品在制造之初，主要用于教学。由德国的玻璃工艺大师、博物学家Blaschka父子历经50年时间制成。装在玻璃柜里的840多种植物类模型，有的枝繁叶茂，有的细如发丝，有的花团锦簇，蜜蜂蝴蝶相迎，当然也少不了枯枝烂叶，残花败柳。用“多姿多彩，栩栩如生，惟妙惟肖”等词语来形容，总觉得既流俗又轻薄。只好自问互问反复问，这是真的吗？怎么可能？假作真时真亦假，我们曹老先生的总结概括了一切！

另外，哈佛大学建校300多年来收集的矿石以及动物化石等，也都是难得的珍品。展示柜中是来自世界各地的成千上万的稀有矿石和闪闪发光的各类宝石。顾不上一一观赏，还是先看看展厅中心形成于亿万年前的紫晶洞吧。中空的内壁上，布满了紫水晶，色彩明艳、纯净无瑕。这块来自巴西的巨石重约0.73吨，它的价值我们几乎想都不敢去想，“饱眼福”可能是世界上最适合自我安慰的话语了！

再珍贵稀奇的展品如果看多了也会产生审美疲劳，所以我们有意避开其他几个馆藏宝物群，走了出来。这种地方值得反复参观。

4 点多我坐地铁红线去了麻省理工学院旁边的一家韩国超市，买回几样久违的中国菜——菠菜、萝卜等，6 点半返回，今天脑子里吸收的新东西太杂太乱太新鲜，晚饭后疲惫不堪，直接休息。

周一，再见！

特色讲座

我上午起床较晚，吃完早餐已接近10点，读书一个半小时。今天我有两个活动要参加，一个是12点到1点的法学院中国法律协会举办的讲座。他们邀请了美籍华裔经济学家，前中国留美经济学会会长，三一学院经济系终身教授文贯中，就有关在集体土地所有权和城市化进程之间中国社会收入不平等的成因进行探讨分析。另一个是12点半哈佛东亚学院承办的中国国防部长常万全召开的有关国防安全的记者招待会。因为出发时等人浪费了时间，所以我先到了法学院听文教授的讲座。其中几个数据和事实是我之前没接触过的。一是中国人口中有60%是持有农村户口的农业人口，但农村经济增长只占全国经济增长的48%；二是农民没有土地所有权，他们的居住地属于集体所有，农村土地不能有效地进入市场进行正常的交易；三是中国近年来GDP增长的很大一部分来自土地交易。文教授风度翩翩，博学儒雅，他结尾时对中国政府目前就这一问题的积极态度给予高度评价。尽管是美国公民，但他的这一结束语里掩藏着他的农本思想的情怀。

1 点整讲座正式结束，我急忙赶往费正清中心对面的东亚中心，在国内没机会参加这种规格的记者招待会，说实话今天赶场一半是想了解招待会内容，另一半是冲着国防部长本人去的。我在二楼绕了大半圈才找到 K262，发现连门外的沙发上都坐了人。而且时间已过半，门口只闻其声而听不清内容，只好放弃。时间已是 2 点，坐车回去吧，时间还早；去图书馆吧，又没带书；再加上开始下雨，一时不知该干什么。因为朋友秦下个月 14 号回国，想买点纪念品，所以一同去了附近的 Coop 店转悠了半小时，又听说感恩节会有大折扣，没斩获什么，空手而归。

尺有所短，寸有所长。前一个月，一人独来独往，有时不免孤单，认识一帮要好的姐妹后，出行时确实热闹，但问题也接踵而至。一有行动大家在网上情绪激昂地大呼小叫，达成协议结伴而行。但因大家住的地方有一定的距离，再加上性格各异，统一行动时必然等来等去（个性使然，自己往往是那个最早到达约定地点的人），浪费了时间不说，而且见面必然聊天调侃，少了独自思考的机会和时间。又一个两难！

晚上女儿分享了一个好消息，她应聘全球四大会计师事务所德勤的初试、复试已过，尽管 11 月 11 日最终面试的竞争会更激烈，但她作为年龄最小的一位应聘者能过复试已经很不容易，我为女儿骄傲的同时，也为她曾经的努力和付出心疼，更担心下次若落选可能给她带来的失望和打击。恭喜女儿！祝福女儿！

我读，故我在

秋风瑟瑟，秋雨凄凄。在一整天看书的间隙，我站在屋子的窗户前，不顾及叔本华“要么孤独，要么庸俗”的嘲笑戏谑，感知秋的心事、秋的思绪、秋的絮语。瞧远处山川的朦胧，看近处路面的青灰。观树的落叶归根，望天上的流云向西狂奔。感悟树欲静而风不止的无助和无奈，回想戴望舒《雨巷》中水墨交融的哀怨和彷徨。这样的天气，日月照样起落、轮回，星空也以本真自在地存在着。只是，穿不透的是人的视线，挡不住的是心的遐想。世界，原本就是心的世界。愿意站在这里，把心思凝固成雨滴，悠然飘落，不忌不悔。

今天是周三，系里有例行的系列讲座。我第一次逃课，没去听有关海地革命中的首要人物、曾经为奴的 Toussaint Louverture 的生平要事。世上的伟人壮举、奇人轶事数不胜数，错过眼前的这一个，料想不会影响学术研究的数量和质量，也不会阻滞思想，更不会地陷天塌。所以我缩在屋内，乐此不疲地读书，心安理得地随着电波隔着荧屏，和家人穿越太平洋聊天，只是时空把咫尺变成桑田沧海般遥远。同一个地球上，那边有日出，这里却还在下雨……

午休过后，继续把自己埋在文字里，继续在梭罗的《瓦尔登湖》边听流水潺潺，看莺飞草长，游得神魂颠倒，天昏地暗，痛快淋漓。文学艺术的确很是神奇，它将人带入一个完全陌生的、无边的却透明的世界里，让你身居斗室却灵魂飞扬，带你穿越时空，超越生死，踏遍万水千山，尝遍人间百味，竟不烦不躁不恶不厌。昨天在公交车上，我还在追问学语言学的广西的朋友霓学语言学的兴趣点到底在哪里。她说语言学有点像理科，在于逻辑推导，在于规律、公理、新知的发现；文学中的关键词——想象，是研究语言学的大忌。可惜我前世修行浅薄，今生注定与这门科学无缘。

同时我也暗自庆幸，自己踏入了文学之门，尽管心气不足，脚步不稳，跌跌撞撞，但有时也会乐不思蜀，享受这自由随性。不敢想象，若是把半生的精力和兴趣投注到那些怎么也分不清的语音的属性、音位，词法、句法、语法，词汇的意义和演变，文字的形状、意义、起源和发展等概念中，会把自己折磨成什么样子，大概早已缴械投降，解甲归田了吧?!

女性入错行，同样是人生悲剧。

遭遇异质文化

秋寒，寒秋。

昨天晚上，风刮了一夜，鬼哭狼嚎似的像要吹落人间所有的黄花瘦叶。到了夜里10点多，开始电闪雷鸣，和着暴雨，一股想把秋意赶尽杀绝的势头。我躺在床上看书，觉得整个屋子都在风中抖动。这是我来美国后遇到的第一个雷雨天，而且是在深秋午夜。冬天就这样喧喧嚷嚷着来了？早上快7点时，窗外还是黑乎乎的，这样的天气，是犒劳懒人的吗？

我今日上午11点出门去听 Barker Center 133 有关西班牙葡萄牙岛屿问题的讲座，心里多少有点不情愿，但波士顿长达五个月的冬季还未来到就开始这样偷懒，怕自己养成宅在屋里不愿出门的习惯，所以背起包、换好衣服，出发。

瑟瑟秋风吹得落叶在空中做最后的狂舞，雨小了许多，气温没有想象中的那么冷。穿着鸭绒棉衣等公交，旁边有个姑娘只穿了件短袖T恤，这不会是所谓的张扬个性吧？说到个性，我回来时在公交车上遇到的那位姑娘才叫有个性。她的五官就剩下眼睛里没扎什么东西了。一只耳朵上戴多个耳环已经够夸张的了，鼻子上戴了个大大的鼻钉，再加上下嘴唇的正中间和左边所戴的三个唇钉，让人觉得她只要张口说话都会有叮当叮当的金属伴奏，可惜没见她说话，没准舌头上还戴有舌钉呢！我承认自己落伍了，搞不懂她的这副行头与宗教、民族、文化有关还是行为艺术，又或者是纯粹的个性和审美。不管是什么，不方便肯定会有的。人活在世上禁锢已经够多的了，还要这样人为地为自己加码，真搞不懂。

公交车里面的暖气开得很足，有点闷热。我旁边坐着的华人父子在交谈，小男孩流利自如的英语一听就是土生土长的美国公民。三十来岁的父亲坚持跟四五岁大小的儿子讲汉语，但儿子只用英语作答或提问。汉语，他听得懂，但显然没有用英语表达容易。后殖民主义理论中有个词叫“飞散”（diaspora），是指离开故土的离散人群迁移到异质空间后，无论怎样贴近和融入当地的社会文化生活圈，但其对故土的记忆都无法挥去。故国渐行渐远，原有的生活被连根斩断，现实与梦想、希望和失望的冲撞使他们为了保持自身的尊严和声音，总是努力与种族偏见和文化歧视或误解相抗衡。这对华人父子之间亦中亦洋的对话，潜藏着第一代移民和第二代移民之间的隔阂与文化心理。

11 点 50 分我赶到讲座现场，主讲人是位出了 7 本书，用英文、法文、西班牙文、葡萄牙文和意大利文发表过 90 多篇学术论文的女性，今天主要是为她即将出版的新书《西班牙葡萄牙殖民岛屿合作新思维》做推广并听取大家的意见。因之前听过关于中国南海问题的讲座，所以我期待今天能从中听取解决岛屿问题的建设性的思路和观点，好与上次那个讲座做对比。

我 2 点去了图书馆，雨还在下着，风力一点儿也没减，手里的伞需要紧握才不会被风吹翻。自习室里人明显比平时少，我照样选了靠窗户边的沙发坐下，没读几页书就犯困，索性闭目休息了十分钟，醒来后继续读书至 3 点半，放弃了去同一个地点听有关意大利诗歌翻译的讲座，冒着大雨赶公交，中途下车去超市买了果汁、牛奶、蔬菜和水果。

5 点 30 分，天已微黑。我就着风声雨声吃完晚饭，把忧烦的情绪放逐在语言文字里消解、淡化。

俩月小结

第三个月的开始，回想前一个月，生活质量有了提高，明白了在异地生活的时间可不是一天两天，所以一日三餐不再凑合。小民须以食为天，所以做的饭花样多了，炒的菜稍微讲究了，买的水果种类增多了。当然，作息时间规律了不少，睡眠质量也有所提高。

认识的国内朋友明显多了，命名为“哈佛户外”的微信群人数增至 15 人。独处的时候少了，闲聊的时间多了；读书的时间少了，出游的机会多了。New Hampshire 看红叶，畅游梭罗书中说的瓦尔登湖，参观了五六个博物馆，游历了著名的女巫城，参加了十几次内容各异的讲座。

借来的几本汉语书基本读完，阅读英语文字的机会明显少了。没有完成预定的任务，我心里多少有点愧疚。每天都在修正和计划着新的课题和方向，只觉得时间匆匆，需要争朝夕。

有幸见识了一场高规格的颁奖典礼，有幸聆听了名家的讲座并嗟来合影一张。其他的讲座照样积极地去听，但选择时会有甄别挑剔。与自己专业不太相关的讲座，会果断放弃。

眼中新鲜的事情少了，每日看到秋景如画、“碧空卷微云”，不再惊叹；更没有了“秋事凄然向晚”。

新的一个月，期待有所突破。

午饭后1点半，我被霓和泓揪着又一次去了昨天的那条街。昨天看鬼，今天瞧景。童话般别致的洋房爬着巨大的毒蜘蛛，梦幻般多彩的草坪笼着白色的蜘蛛网，凸显出风情千种。不禁感叹，别处已经“林花谢了春红，朝来寒雨，晚来风”，这条街上却还是五彩缤纷，绿茵如蓬。最难忘的是这样一个景致：一树鲜红的枫叶映在一户人家窗户玻璃上，于是从外面看去，满屋子的浪漫，美得令人哑口，令人窒息。本以为这样的年纪不再有梦，今天才发现那是因为没遇到真正意义上的美。

4点准时去听研究中心接连三天的系列讲座。这次请到的是John Hopkins大学的著名教授、非洲文化研究中心主任Franklin Knight。他主要研究非洲、加勒比海文化等，曾是BBC（英国广播公司）和VOA（美国之声）的常客和顾问。这次讲座的主题是关于加勒比海历史文化变迁的。因为谈的基本是历史事实问题，听众不算很多，身边的一位年轻人直接睡过去了。对自己基本没有帮助，所以我决定明后两天都放弃。

同屋的法国姑娘Laure丢了钥匙，发短信催我回去，所以一听完讲座还没等提问环节结束我就从后面溜走了。

晚上，微信圈里又开始商讨下一步行动计划，目标是宋氏三姐妹、希拉里曾就读的韦尔斯利女子学院。因为周末要降温，所以行动提前。但愿明天是好天！

哈佛的特色讲座

近段时间外出多了点，早上不愿早起，我心里琢磨着是不是再找个地方去游玩，觉得一味泡在图书馆看书怎么那么乏味枯燥！有人说岁月无情，你走过的一山一水，都需用一朝一夕去偿清。我这一上午在家无心读书、不务正业，算不算都赔给时光了？好在及时翻看了今日的哈佛要事，好几个讲座吸引了我：一是 Radicliffe 高级研究院有个“女超人（wonder woman）如何走进哈佛”的讲座，不容忽略；二是肯尼迪学院的“美国绿卡局对国际学生的隐形歧视”；三是我们院的“黑人文化专业系列讲座”最后一讲。有了动力，也就有了精力。我静下来看一会儿书，奔赴讲座。

3 点我找到了 Raddiclffe 高级研究院，走进这座独院，发现这里简直是一个世外桃源。绿草红叶配着风格各异的建筑，幽静、开阔、素雅也豪华。Radicliffe 高级研究院于 1999 年 10 月 1 日才正式成为哈佛名下的一个研究机构，这所研究院每年资助 50 位有前途、有能力、有成果的艺术家和学者，帮助其更快地取得更大的学术成就，名额竞争相当激烈，据说每年来自全球申请者的申请成功率只有5%。美国女性文化艺术史、女性主义研究是该研究院的主要专业之一，所以今天的听众大多数是女性，中年人居多，老年人也不少。能容纳600多人的大厅座无虚席，规格之高、参加人数之多都是来哈佛后少见的。我很庆幸自己毫不犹豫地选择了这场女超人的讲座。主讲人是哈佛教授、作家Jill Lepore。她已出版传记类作品8本，今天要讲的是10月份刚刚出版的新书*How Wonder Woman Got to Harvard*，聪明的作者选取了一个有趣的角度，即利用创作于1942年的连环画中的一位女超人形象，结合创始人、哈佛毕业的William Marston博士的生活经历，论证了Wonder Woman身上有太多William Marston博士的生活经历，并以此为核心追溯了美国女性的成长过程。

Jill教授超快的语速反映出她敏捷的思维，她的个性活泼，有激情，说起话来幽默又机智。演讲过程中听众的笑声始终没断过（暂时忽略美国人浅显的笑点）。她最后总结：除了超人和蜘蛛侠之外，女超人可能是美国历史上最受关注的英雄了。而这位传说中的女超人的雏形就出自哈佛大学和Radicliffe研究院。

我7点返回，讲座构成今天生活的全部内容。明天就是西方传统的万圣节，那些早已摆放在美国人家门口的南瓜和幽灵鬼怪，也该派上用场、大放异彩了吧。

欢腾的万圣节

波士顿的秋天，气温时高时低，秋风扫过，落叶纷纷，还真如传说中那么美。走在路上抬头一望，满眼的金黄、火红，比夏天的纯绿多了不少成熟的迷人和妩媚。谁说秋天只有萧瑟，这里多姿多彩的叶子怒放着生命，不屈不卑，不愿给习惯悲秋的人留任何机会。

本月的最后一天，我不准备再买75美元的月票。算算之前的出行时间，除了偶尔的方便，月票并没有便宜多少，买个新卡，用多少充多少得了。大家一致认为，初到国外注定会花很多的冤枉钱。比如，我刚来时买的手机卡就是80美元/月，服务包括在美国随便接打，但不能打国内。后来才知道，买个双向收费的pay as you go服务，短信，接、打每分钟1角钱。有朋友买了80美元的卡，快回家了还没用完。地铁、车站、超市、校园到处都是免费的Wi-Fi，网络信号比电话信号还强，再加上我在这里认识的人毕竟有限，一个月20美元足够了。

我上午在家看书，中午 12 点 15 分去哈佛教育学院参加了一个小范围的 Bible study。主持人是 9 岁跟随父母从尼日利亚移民来美国、现在哈佛教育学院做文秘的黑人小伙 Samuel，他机灵活泼、睿智谦卑，是典型的虔诚的基督徒。我喜欢这个小范围的活动，每个人都有参与提问、提出质疑和讨论的机会，而且能像上精读课一样逐字逐句学习《圣经》的内容。做外国文学研究的我们，对于博大精深的《圣经》文化理应进行系统学习，感谢他们提供了这样一个难得的了解、接受《圣经》知识文化教育的机会。

1 点半讲座结束，我和泓一起来到燕京图书馆看书，3 点半去参加了她们系里的万圣节南瓜聚会。参加聚会的人不多，基本都是在东亚文化中心访学的亚洲学者。举办方的初衷显然是为东方人提供一个了解西方文化的机会。桌子上准备有茶点、糖果和红酒，还有专供喜欢恶作剧的人化妆的颜料口红。毕竟含蓄矜持的亚洲人居多，没有人在此化妆。5 点离开，时间还早，为了最后一次用月票，直接坐地铁去中国城扫回了一些中国货。

万圣节又适逢周末，美国的节日气氛比保守的英国浓多了。地铁站、商店里、汽车上到处都可以看见穿戴奇特的年轻人去赴各种聚会，空气里都弥漫着万圣节的气息，不过都是喜庆，没有鬼怪的阴森感。

下车走在回住所的路上，我看到每家每户的门口都放着南瓜灯，路上有大人陪着的孩子们络绎不绝，手里提着讨回来的糖果，手舞足蹈，美滋滋地说个不停。走到家门口，我远远看见房东特意点了两盏灯，信箱上还多出个黑色的大蝙蝠，眼睛里放着绿光。外面的门上贴着一张纸条，上面写着：门铃不好使，请用力敲。里面的门开得很大，门口的桌子上放着一篮糖果。Lida 的女儿 Emma 正在家化妆，不一会叽叽喳喳地跑进来五六个她的同学。没过几分钟，一群像天使一样十七八岁的姑娘打扮成超人的模样飞奔出来，开车去参加聚会。姑娘们的笑声在夜空中消失之后，Lida 和我共同感叹：年轻真好！

今天最遗憾的是手机半途没电，等回来充好电后已快 8 点，这时候打着南瓜灯笼，身穿异服奇装的孩子们基本上已经满载而归，估计已经在家开始数糖果了呢。此刻，真有点鄙视我自己了，为了那六七美元，赶着去中国城买东西，从而失去了记录西方文化细节的好机会。

2014 年的万圣节，没有鬼迷心窍，倒是钱迷了心窍！

雨天的简单安宁

小雨到中雨，下了整整一天，午后吹起了大风，温度急剧下降，室内再次开了暖气。这样的天气，又适逢周末，实在不适合干任何事情，除了睡觉。手机欠费停机，费了好大的周折才在网上付费成功，这是早上干的最重要的一件事了。

我正午下楼做饭，偶尔向客厅的窗外望去，一团火红的树叶在秋风中摇曳，可惜雨天拍不出什么效果。等天放晴，一定要留下这个美景。但愿今明两天的糟糕天气不会冲淡它的美。其实人世间许多的美，都是在不经意间被发现的。这样想来，一辈子不读书的人该会错过多少生命生活中的盛景；一天没读书的我，也不只是浪费了时间。

周末，雨天。路上车辆明显稀少，安静成了环境的主角。想起周国平写过的一句话："人生最美的境界是丰富和安静，而安静是因为摆脱了外在的虚名浮行的诱惑。"身在国外，我的确尝到了暂时的简单、丰富、安宁和安静。

简单是指似乎突然远离"人间烟火"，物质上、精神上喂饱自己就是生活。丰富是指精神上的富足。每天，只要你愿意，尽可以去接触任何一门新知识，吸纳任意一种新思想，也可以在不同的文化氛围内伸张触觉，积极地探险、探索生活百态，认知人文奇景，继而存储进大脑，酝酿成思想、精神营养，丰富自己的后半生。

安宁、安静则意味着远离了国内纷纷扰扰的日常生活和人文圈子里的骚动和喧嚣，从社会生活、集体生活、家庭生活中抽身出来，每天只和自己在一起，有机会面对自己的内心，解读自己的世界，把生活过成一种稀罕的安然。

当然，这只是理想。下午我和女儿聊天后一下子就变得烦躁不安。女儿自从上大学离开家，从来都是报喜不报忧，今天却横穿美国、隔着手机屏幕在我面前流泪。她说自己对自己不满意，说自己过得很不开心，说不被周围的人理解，说突然意识到自己的童年不再有，说自己怎么就这么快长大了，要步入险恶的社会，说自己不喜欢会计这个专业，说自己看不到希望和未来……我知道她正在紧张地备考，最主要是要面对本月 11 号的全球四大会计事务所德勤的最终面试。作为年级里唯一进最终面试的人，作为竞争者中年龄最小的一个，女儿表现出明显的精神紧张，信心不足。她只想成功，害怕失败，而这些有形无形的压力远远超过她的承受能力。尽管调用了自己所有的思想知识储备去给她解压，帮她分析，可还是觉得不如人意，我满身心的挫败感。

女儿思想的成长比我想象的要快得多，也深刻得多，从她大二开始我就已经有这种力不从心的危机感了。当妈妈的在关键时刻不能给女儿提出对社会、对人生、对人性更明智、更理性的认知，算不算失职？在女儿最需要理解和安慰时却黔驴技穷，无法使她心服口服，算不算失职？努力满足女儿物质上的一切需求，欣喜于她对自我要求的严格，但却愚昧地忽略了关注和培养她内心强大的必要性和重要性，从而导致她面对压力、挫折时的脆弱，算不算失职？一味地把自己变强大，留个不太实用的模子、影子给她，算不算失职？我在反思。

我想说“谋事在人，成事在天，凡事努力了就行，这就是生活”，怕她消极悲观；我想说“绳锯木断，水滴石穿”，又怕她太拼，苦了自己；我表扬激励怕她自傲，批评打压又怕她自卑，我就这样把母爱无奈地升华成义务和责任，又折叠上郁闷和纠结。

不管怎样，她找我聊过了怨过了哭过了，大概会好受一些吧！除了祝福，还是祝福！

品佳肴，读美文

冬令时一改，突然觉得自己好勤快，不到7点半就吃完早饭。必须承认，自己变得越来越懒，每天安然地坐在桌前开始看书的时间都是在9点左右。母亲曾说过，早上起早，能多出活儿。今天早起了一个小时，确实多干了很多事情。这个周一，我没找到什么有趣的讲座，索性待在屋里用功，赶上个月没有完成的学习进度和任务。

中午我第一次炖排骨，一向对肉不感兴趣的我竟吃出了小时候尝到的肉香。说实话，这里的肉确实比国内买的肉更有味道，这是大家的共识。同样，连这里买的老干妈辣酱等同样品牌的食材，也明显比国内的更香。不禁感叹：老祖宗的“与人为善”“乐善好施”“先天下之忧而忧，后天下之乐而乐”，怎么被今人领会贯彻得如此透彻！面对这代大公无私的子孙们，我们的老祖宗这下终于可以瞑目了吧。

雨雪过后，今日的室外艳阳高照，但有点清冽的冷。下午3点半我独自去附近的草坪上散步，路边树枝上被风雪扫荡过的树叶，仍然美得让人流连忘返；铺满绿色草坪的黄色落叶，构成了一种“秋色从西来，苍然满关中”的萧瑟。回来途中我偶然抬头，一群大雁南飞，可惜手机的镜头，抓不到“秋风起兮白云飞，草木黄落兮雁南归”的全景。2014 年，我有幸见证了波士顿最美的秋天。

说说昨晚那个让我体悟到文学三重境的瞬间。

第一重，传记作者清淡的语言风格和传记主人公的语言风格高度契合。

半夜醒来睡不着，我再读白落梅的《林徽因传》，已出版近十本小说的作者，显然是林徽因的忠实粉丝，她几乎是 copy（复制）了林徽因的用词风格，把这位才情横溢的江南女子写得妙曼楚楚，如梦如幻。中间还不时加入林徽因的诗词原句，让人一时分不清她是在阐释还是在引用。不管别人怎么评述其传记的虚构性，能把主人公幻化成她本人的言辞风格，就这一语言范式的艺术性而言，当今做传记的，没几个人能与其媲美。当然，一个能让诗人徐志摩魂游剑桥边，让建筑师梁思成宠爱一生，让哲学家金岳霖守望一世的林徽因，谁会不爱？她的美一定是那种超越一切的婉约、洁净和高贵。

第二重，故事主人公的性情特质和她的生活内容高度契合。

林徽因用卓识看透红尘陌上，却用睿智把生命装扮成诗画。她既不排斥享用柴米油盐，又竭力追求诗情书画的浪漫。世上有几人能达？这样的非凡女子，就值得过这样的生活，而这样的生活就该陪衬这样的惠达之人，这大概才叫完美。她注定会成为那个被封存在历史中永远的“人间四月天”。

第三重，外在的氛围和主体的感受高度契合。

安静的午夜，读着佳人轶事，有窗外明月相伴，犹如梦境般的迷离虚幻；声光色相齐聚，除却草木不陶醉。

哀叹自己拙劣的手笔，写不透那样一个多重美的意境。

由《圣经》论女权

尼采说过："每一个不曾起舞的日子，都是对生命的辜负。"这正是我今天生活的写照。各个方面都没有什么起色，我起床有点晚，上午 9 点才吃完早饭，没看几页书，一上午就过去了。

我 11 点半出门，秋风扫着落叶，天上的流云未曾遮住碧蓝。用"细雨生寒未有霜，庭前木叶半青黄"（《立冬即事二首》）来描述眼前的街景，恰到好处。

我 12 点整到达哈佛广场，先去银行取了点儿现金准备下周一的出游。刚走出银行，我就被一位中年男子拦住，说自己是维护世界女性权益协会的成员之一，为全球的弱势群体——女性、女童服务，尽管他没说自己的目的，但显然是在募捐。街上的行人很少有人愿意停下来听他说，所以看我驻足，他很是激动。"你的基本理念是什么？想达到什么样的目标？总部设在哪里？目前为止的主要成效是什么？"这些问题都是努力之后才加进他的滔滔不绝中去的。他显然不想给我留任何发问的机会，只管自顾自一秒不停地宣告他们的成果，唯恐被打断似的，但却拿不出任何证明材料或影像资料，没准是个在银行门口变着法行乞的洋骗子都不好说，于是我狠狠地给予口头上的表扬后，说完再见转身走了。

12 点 15 分我按时来到哈佛教育学院的《圣经》文化学习小组，今天讲的内容是“创世纪”，讨论最多的是上帝造人这一环节。《圣经》说，上帝认为亚当独居不好，于是当他熟睡后取下他的肋骨造就了女人。有关男女的从属关系的讨论，男权主义者通常以此作为论证的基点，认为“女人当然应从属于男人”，但实际上接下来还有一段话却被人们有意无意地忽略了，那就是男人要离开父母，和他的妻子生活在一起。这是不是也算男人从属女人的开始？如今微信圈里有关两性在社会、家庭中的责任、义务、担当等问题的讨论、意见、建议甚至劝导，五花八门。对于这么个说简单可以简单到“感觉”，说复杂也可以复杂到“人性”的问题，有人硬是像开处方似的列出个一二三来，比那些心灵鸡汤类的胡编乱造强不了多少。

其实世间一切不和谐的产生无不与人性有关，大多男女性别问题纯属巧合。所以我看到有人分享男人（丈夫）应该做什么，女人（妻子）应该怎么做的链接内容，就觉得特别可笑，直接鄙视。如果一人一时的想法，就能把人性改观，那人就不能被称为人。

很遗憾参加讲座的几个人的英语表达能力欠佳，无法讨论，再加上职业病使然，我听到她们的发音就忍不住想更正但又担心打击她们的积极性，感受很不好。下次还要不要去？

晚上谭姐再次打电话，邀我去莱克星顿华人最大的教堂“查经”，前两周我都找理由推掉了，今天实在想不出好的借口，准备随她去成全她的善意，没想到她说有事要推到 8 点多，听着外面呼啸的风，再加上身体确实不适，这回终于找到真正的理由了。但还是真心感谢她的善意！

邻居 Laure 的故事

今日，同屋的法国姑娘 Laure 难得上午休息，在整理她已经没有空间下脚的房间。去洗手间路过她的房间，她笑着解释说："瞧，我的房间就像我的大脑，塞满了乱七八糟的东西，凌乱不堪。"我赶紧回应："你那可都是知识和经验，装得太满了，难免会乱。看看我的房间，你就会知道我多么需要补脑。"她大笑，可爱无比。

Laure 来美国生活的经历很有戏剧性，她的工作签证是通过美国移民局有点神经质的抽签政策拿到的。美国移民局的工作签证抽签（Greencard Lottery）政策开始于 1995 年。因为申请移民的人太多，政府每年会给某些国家的居民提供参加移民抽签（不包括中国）的机会，通过摇号的方式来选取，谁有幸被抽中了，可以直接办理工作签证，之后才有机会申请绿卡。Laure 就是去年法国几万申请者中的幸运儿。尽管她在加拿大生活了六年，拿了四五个硕士学位证，但来到美国后还是很难找到理想的工作。目前她同时打两份工，一是为了挣钱养活自己，二是为了丰富自己的简历。

说说简历。在美国求职，写简历是求职者的第一道关。美国人特别重视求职者简历上的内容，擅长从中找出申请者的一切优势与劣势，分析总结出可能连申请者本人也不知道的潜在的能量和能力。但不论求职者潜力有多大，经验多丰富，知识多深厚，如果简历写得糟糕，那就意味着连面试的机会都不会有。同样重要的，还有相关权威人士写的推荐信。如果跟当事人不是很熟悉，或者不被认可，美国人都会坚持原则，一律拒绝随意帮别人写推荐信。这事关诚信，与施乐行善无关。所以求职者得到的推荐信越多，就越有竞争优势。

现在回到 Laure 找的两份工作：一份是在与她专业稍有关联的化学实验室的工作；另一份是一家商店的售货员。她常常早出晚归，值夜班时通常半夜 12 点才下班，第二天 8 点半又得赶公交去另一个单位，几乎没有正常的休息时间，更很少在家里做饭吃。她每天吃的东西大多是从超市买回来的瓶瓶罐罐的成品或半成品。她上次跟我说，她都一个月没洗头了。这就是一个女孩的异国生活。

目前 Laure 已经递出很多工作申请，希望能得到一个长期的、稳定的，同时也意味着高薪酬的工作，然后再把她一直单身、刚刚退休的妈妈接过来，这是她目前的梦想。

Laure 来自法国西南部的一个小镇，看得出来她的家庭条件并不富裕。她一直靠打工养活自己，33 岁了还没有成家，几乎没时间、没机会谈恋爱。我无权也无意对别人的生活指手画脚，看着她每天这样奔波，很敬佩她的独立，也同情她的遭遇。同一屋檐下生活久了，我们的关系变得越来越亲密。她常常敲我的房门，走进来直接坐在地板上，睁着她那双大大的眼睛说："我有麻烦了，能不能给点建议？"来听听她所谓的麻烦之一（前天晚上的）：她的上班时间大多在没人愿意上班的半夜，前天老板又是打电话又是发短信，说愿意给她调换上班时间。后来她才明白，这个老板要离任，只是因商店生意一直不景气，所以她搞不清老板这次离任是被免职还是被提升，因而纠结要不要回应、怎么回应老板的短信和电话。我明白她不是拿不定主意，也不是不知道怎么处理，她只是想找人聊聊天，说说话，分享一下她工作时间的调整和变化而已。

Laure 还有一个习惯，明明有电脑桌，但她却宁愿把电脑放在床上，或跪着或盘腿坐在电脑前工作。她说这是习惯，她从小都是这样盘腿坐在地板上看书学习的。

有人说生活没有模板，只要心灯一盏。有人喜欢凡尘烟火，有人愿意追求精神才情。无从知道 Laure 的心里藏着怎样的一盏灯，照映她每天忙碌不堪的生活。只觉得生命生活都不易，理应认真追梦，好好珍惜。

我和朋友们约好明日一早结伴去 New Haven 的耶鲁大学参观，所以今天除了下午两点去超市买了点东西之外，没有外出，在屋内看点闲书，养精蓄锐。

人忙心怡

今天我在电脑前坐了一天，赶着完成院里催得很紧的出版书目的表格填写和协议书的相关内容，尽管累到腰酸脖子疼，但还是顺利完成了四五千字的内容梳理、整改、修补和确认，6 点之前“空中”交差。站起来活动僵硬的四肢时，我才明白原来一天之内还可以干完这么多的事情！人的潜能和弹性真大，只要有要紧事相逼，什么饭菜，什么营养，什么午休，什么身体锻炼都可以通通置之不理，准能如期完成任务。就如同学生考卷上面的作文题，先不管“作”出来的“文”的质量如何，反正 99% 以上的学生都可以在比平时少几倍的时间内完成一篇完整的作文。关键时刻，人会动用一切已知因素，大脑高速运转，注意力高度集中，有潜能突击完成寻常时刻无论如何都完成不了的事情。

回顾近两个月来的学习生活，我除了出外游玩，也确实蹉跎了不少时间，总觉得明天之后还有明天，总给自己找各种借口拖延，总以为今天完成不了任务，天不会塌地也不会陷，于是每天晚上会带着一点点的悔意和无限大的痛改前非的决心入睡，期待着将会有更大成效的第二天。然而大多数时候，第二天的太阳照样升起，状态和结局却没有大的起色和改观，于是就“万事成蹉跎”了。大多数在某方面与成功失之交臂的人，大概都患有我这样的病症：幻想大于行动，梦想大于现实，感性大于理性，“虎头”大于“蛇尾”。

午夜时分又开始设想，如果以后的每天都像今天这样高效率运转，那么能收获多少个惊喜？有人说，人之所以觉得累，是因为每天徘徊在坚持和放弃之间，我该如何选择才能让自己不累呢？

女儿今天参加最终面试，这是她精心、用心准备了大半个月之后要面对的考验。我刚好用一天的忙碌稀释了内心的紧张和不安，否则真不知内心会是怎样的煎熬。不知道用什么样的能量和能力，勉励她准备要面对不好的结局。一天之内她要面对全球顶尖级会计事务所三个以上高层管理者挑剔的测试、考验、刁难、质疑，哪一个面前都不能有丝毫错误和闪失，任何一个细节上的失误都可能导致她被甩到其余三十多个竞争者的后面。我想象着她今天已经承受和正在承受的压力，顿时母爱泛滥，心疼不已。

当凡人在无奈无助又无力的时候，才觉得自己的渺小，于是自然会想到万能的上帝。愿上帝保佑女儿一切如愿！

心静了，世界也静了

北宋刘彝精辟地总结出“读万卷书，行万里路”，原意是鼓励人们既要重视理论知识，又要重视实践活动。慢慢地我才体会到，如果整天待在屋内，做不到有意义地阅读，思维会凝固，思想会封冻。因为自己不是天才，所以需要外部环境和知识因子的刺激、诱导和启发，才可以回顾、思考、想象、期待。没有谁能不翻破“万卷书”就可以下笔如神，不行“万里路”而知天地宽。我今天就是既没怎么读书也没外出，在无所事事中过完的。

女儿的面试还没有结果，她已经开始无谓地担心纠结。她说她一直在努力，她说她已经尽了全力，她说她做了该做的一切，她说她害怕失败、渴望成功，我还能说什么，心烦意乱，不想出去观景，也没有兴趣做饭……我是中了欲望的毒，被它牵着，看着别人没脚，仍在不知足地抱怨自己没鞋，没觉得热，却在冒汗。在冬季里喊热，在夏天里说冷，在大白天寻找光，在幸福里找寻幸福，站在人群里，咀嚼所谓的孤独?! 讨厌“为赋新词强说愁”，却不能自制地扰动情绪，也因为是冬季？

生活由繁杂新鲜趋于单一和平静，从外张变成了内省。如果说过去的两个半月是认知、探索、见证新环境的新鲜的话，不知从哪个节点开始，我已经调转思想的船头对准内心了。眼前不断涌现的 what 被心中的 why 和 how 替代，曾经让我乐此不疲的专题讲座变得不如人意，所以选择退回到本源，回归本行，回归本真。生活不可能一成不变，心静了，世界也静了。

外面下起了雨，雨滴打落在窗户上，弹出不和谐的声响。刹那间，我明白了萨特的“存在大于本质”。人的心情也决定着外部的世界。落在地上的霜雪，打在窗上的雨滴，明明是因为人的感知而存在。牵绊了你半生的某个地方、某个人、某件事在他人的记忆里却是空白；有人看着花开起舞，有人却已经为花落哭泣，有着相似童年的人，却有深浅不一的记忆……

今日事今日毕。

回味莫言的访谈

早上醒来，我再度回想昨晚莫言和哈金的访谈，便用调侃的口吻写了几句话："莫言与哈金昨天来哈佛做访谈，两人的共同点：一是都没上过中学，二是都当过兵，三是都写了很多书，得过很多奖。难怪当代优秀的文学作品稀少，当个作家原来条件这么苛刻!"

必须承认的是，他们昨天确实只是在重复过去说了几百遍的内容，而且两人从头到尾只是在说自己的人生经历，没怎么谈文学。

很多年前我在写博士论文时，认真读过 1997 年诺贝尔奖（以下简称诺奖）得主莫里森的好几本访谈录，几乎每篇都有相对集中和完整的主题，而且总能从中读到其作品之外的人格、主张、理论知识和思想。前两年，我在编译英国 2007 年诺奖得主莱辛的五十多次访谈录时，更是被她的人格所打动，以至于出版前提笔写前言时，一口气完成两三千字还意犹未尽，因为她的访谈里除了她的作品和人生，还有她的世界和生命。不知道将来有一天有人有兴趣给莫言做访谈录时，面对他千篇一律的访谈内容会怎么处理，会做何评价。小说家在接受访谈时不提文学，难道是一种时尚？再次想起他说过的那句“一个人的语言风格在他成为小说家之前就已形成”，那就等于说，作家是先天性的存在，与后天的学习无关！因为毕竟语言是一切思想的载体，而他的成功是注定的，无法复制?!

昨天访谈中莫言还反复提到了几个外国作家：写过《百年孤独》的哥伦比亚作家马尔克斯、日本作家大江健三郎、美国小说家福克纳、黑人女作家莫里森等。他们都有几个共同的特点，一是都获得过诺贝尔文学奖，二是小说中都有魔幻现实主义手法的运用，即在写实中加上鬼怪神妖的成分，让现实变得更具魔幻性、神秘性。这难道是巧合？莫言似乎已经察觉诺贝尔文学奖评审者的喜好，后期的作品越来越靠近这一套路。我不想武断地说莫言是有预谋的模仿，但也似乎不仅仅是文学形式的巧合，难道是英雄所见略同？我喜欢读莫言的小说，也很佩服他语言表述上的功底。只是有些地方还没找到合理的解释；对于某些现象，自己还在做杞人忧天式的无谓猜想。

中午时分，阳光高照，一朵朵流云信步在湛蓝的天上，似乎跟谁都没有牵连，天空真美！下午 3 点刚过，我和泓一起去附近的超市买来很多水果、零食和其他一些地道的美国食品，预备着天冷了在家尝试着做饭。心想今天在精神上没有起色，至少在物质上不能亏了自己。

我们走出超市时，4 点刚过，天已黑，寒风乍起，冬天已来临，秋天已然过去，只盼人间四月天！

我没有及时查看院里的讲座安排，临睡前才发现很遗憾地错过了下午 4 点 Valerie Smith 的第一次讲座。Smith 是普林斯顿大学黑人研究中心的英语教授，弗吉尼亚大学博士毕业，研究方向是英国文学和美国黑人文学，和我的专业方向竟完全一致。没法比的是，她已出版专著 3 部，发表论文上百篇。她最近的一部专著 *Toni Morrison: Writing Moral Imagination* 研究的作家莫里森也是我专门写过的作家。无独有偶，她目前开设的一门课程，正是我手头在做的书目！明后两天绝对不能错过，一定要找机会向她请教。

翻译理论无用论

昨晚睡前我关了暖气，半夜被冻醒，早上起来有了所有的感冒症状。我中午还要去参加“翻译在中国”的学术会议，一上午都头晕，不能低头看书，索性仰头闭眼听音乐。我找来王菲的歌，一首一首地听下去，很快掉进了音乐里，忘了世界，忘了自我，也忘了歌曲本身，进入一种虚空，过往的万水千山，借助情绪翻江倒海，在一瞬间全部显现却又飘忽即逝。才知道，原来音乐可以治病！

11点15分出门，气温低到-6℃，5分钟的路程似乎比平时长了许多，刺骨的冷风吹得头皮发麻。路上静悄悄的，来往的车不多，听到了秋风送枯叶时淡淡的离别之殇。

下午1点《圣经》文化学习结束后直接去会议室签到。这次学术会议是由费正清研究中心和新加坡南洋理工大学合办的，会期一天半，中心议题分翻译实践、翻译理论和跨文化翻译三部分。有20多个来自中国、新加坡、英国的学者、学生参会，我们不算代表，只是旁听。我之所以有兴趣参加这样的会议，一是想了解国外的学术会议的流程和深度，二是对翻译理论一直抱有偏见，希望能通过这次会议有所改观，我自身多年的翻译实践证明，没有理论知识的指导，照样可以从事好翻译工作。我已翻译出版了三本百万字的书，但不曾学过任何翻译理论，总狭隘且固执地认为，翻译是两种语言文化知识的碰触，译者在翻译过程中游离于二者之间，全凭灵感和知识的瞬间迸发，把两种不同的语言内涵焊接而成，与知道不知道“信、达、雅”有何干系？所以我带着疑问来旁听，想了解这里的翻译理论发展到了什么地步。会议的流程和国内的学术会议没什么不同。下午主要是讨论翻译实践方面的论文，比如鲁迅散文的翻译、郭沫若对雪莱诗歌的《诗经》式翻译探讨、老子《道德经》的翻译研究、将“enlightenment”翻译成“启蒙”和“启蒙运动”的可行性研究等。也许我在这方面基础太差，所以没听出什么有启发意义的研究方法和结论。6 点半顶着冷风赶公交时，我突然觉得参加这样的会议其实没多大实质上的意义！妄想从别人的讲座中或这类会议上达到认识上的飞跃是徒劳的。实际上之前所有的学术思想全都得益于自身的修炼。若是带着一个能敲出回音的空脑壳，纵使再高级别的会议，也很难形成什么新的想法。我果断放弃明天的会议！

我 7 点回到住所吃完饭，Lida 还没下班，和她的男友 Paul 在厨房聊了一个多小时，关于美国的法律，律师的工作流程，他工作中最得意的案例，最有趣的事情，他辩护过的最大的人物等。还聊到了对摩洛哥的印象，那是我唯一去过的非洲国家，他刚好也去过。没想到他最喜欢的竟是在那里跟人讨价还价。不愧是律师，把生活、旅游都当成他职业操练的战场。

Paul 说他工作一直很忙，旅游的机会很少，至今没去过夏威夷，这有点出乎我意料。他目前手头同时有五个案子在做，可以想象他工作的头绪有多繁杂。我问他整天跟犯罪嫌疑人打交道有什么不一样的感受，他用有趣来回答。他说那些人有的奸诈、有的可怜、有的庸俗、有的高雅。可以接触到各种生活色彩、各种生命现象，当然很多时候是翻阅卷宗时的无聊和枯燥。任何光鲜的背后都有阴影和烦琐！

看得出来，Paul 是一个爱读书、有思想的美国人，同时也是个不再年轻的“愤青”，提到任何一个美国文化现象，他的态度都是不屑。这是我接触到的第一位美国律师！

别和时间过不去

早上起来，我习惯性地撩起头发，看见镜子里两鬓处如雪似霜，瞬间固化。我不是没染过发，也不是第一次看见，但却是第一次彻彻底底受打击、被震撼。如今流行问一句话，“时间都去哪儿了？”原来它老人家就藏在你的黑发下，面目狰狞，张牙舞爪，神情嚣张。处于一个特殊的年龄段，敏感的心理承受期，每当被别人夸赞年轻时，有瞬间的得意，但之后会立即提醒自己，当别人夸你年轻的时候，其后藏着那个唯一的事实。有时候会戏读别人“长发及腰时”的浪漫，也笑看“白发三千丈”的修辞夸张，其实内心清楚，头顶上那一蓬杂色乱草，才是你不算短的过往岁月，长着你无法掩饰的枯黄衰老。

时间以它的永恒，张扬着自己的权力。你藏怒宿怨，你垂泪思念，肝肠寸断，你负诟忍尤，万恨千愁，最好的劝慰是“把它交给时间”。时间既然能不动声色地直接抹杀你的存在，更不用说消解你的积怨，磨平你的伤痛，稀释你的愤怒了。

慢慢地你会知道，吝啬冷酷是时间最鲜明的本色。它不会在剪切你的生命宽度或复制你的生命长度之后，贴心地帮你保存在剪贴板上，随后粘贴在另一个时空维度上，让你有机会弥补之前的缺憾，修正之前的错误，雕琢之前的粗糙，删除之前的尴尬，注释之前的迷茫，书写被忽略被遗忘的段落，时间最终做的，是一种对你彻底的粉碎性地抹除，永远无法恢复，有来无回。

所以，永远别和时间过不去，你不是它的对手。回到眼前当下此时此刻，惜你该惜的，忘你该忘的，想你该想的，做你该做的，且行且珍惜。

女儿的最终面试尘埃落定。昨天有人打电话告知，她落选了。打电话通知落选是个例外，通常情况只是一封客气的邮件。对方电话中说美国经济不景气，各行业都在裁员，今年30多个人中最后只要了两个，她的排名很靠前，竞争的确激烈。还说两个partner都很喜欢她，看来她确实是输在了第一个面试官的手上。女儿用平淡的口气转述给我这一切，但却说她在接电话的那一瞬间，手在发抖，随后下楼梯时手机摔在地上，屏幕都碎了。那更像她一颗稚嫩脆弱的心，没抵过现实的坚韧，碎了一屏。不愿多想她那一刻承受的打击，毕竟是她人生中第一次正式的面试，是她独自郑重其事地敲叩社会的大门，心的疼痛，只有自己知道。但理智地想，失败未必是件坏事，至少让她在经历失败后变得坚强，学着长大。好在她现在依然很忙，除了学业，一边做着院长的助理，一边还担当着校内炒股小组的经理，每天有做不完的事。但愿她从这次经历中真正走出来，用她的年轻，轻轻松松、潇潇洒洒地去追梦。

作为安慰，鼓励她尽快给自己

买个新的手机，扔掉旧的，象征性地开始全新的学习生活。明天的太阳照样升起！

今天微信里学生朋友都在问，你那里下雪了吗？美国中西部下大雪，波士顿今天倒艳阳高照，白云朵朵。只是温度太低，没敢出去。

回味甜蜜婚姻

午夜，被老公D的电话吵醒，他在申请签证，需要确认几处信息。结婚证是必须带的证件，他翻拍了上面的照片传过来，赶走了我一枕的好梦。

20世纪90年代初，一张黑白二寸照，一对稚气未脱的青年，青涩得像五六月份的柿子。我留着烫过的鸟窝似的头发，戴着白底黑圆点的头箍，眼镜片大得遮住了半张脸，表情呆滞，眼神里似乎还带点邪气和城府；而D瘦得面部棱角分明，一米七八的个头，一百二十斤的体重，满头浓密的黑发遮住了耳朵，眼神清得像清泉，又呆又萌。没有单膝跪地，没有钻戒玫瑰，甚至没有正式的婚礼，敷衍了几句，就跟着领证啦！十几平方米的单身宿舍，一张660元的席梦思双人床，350元的浅灰色沙发，一顶粉红色的蚊帐，拼贴组装成了所谓的婚房。现在想来，他凭什么那么好的运气，而自己怎么那么急着要把自己处理掉？便宜得像是冬天里一毛钱好几斤的烂白菜，被人拿蛇皮袋装回家。

我和D相识于中学，那时我们一个在教室最前排，一个在最后座，真正的相知相恋却是在相邻的大学校园。婚后，他没从我这里学会外语，我却从他那里学会了做饭。两个人，赤手空拳，在一座陌生的小城，靠卖力努力加实力各自打拼，工作事业上如今算得上站住脚跟。若用鼠目瞥一眼，还算满足，但以鸿鹄的眼光高空俯瞰，尚不如人意，更需努力。

二十多年相濡以沫，过着平凡但欢愉的俗尘生活。磕磕绊绊，碟子碰碗，偶尔的小脾气，时不时地胡搅蛮缠都是平淡中的胡椒面，注定成为晚年生活谈资中的特殊味道。平静，简单，不乏幽默，诸多清欢，是荡漾在生命生活中的主要色调。家事国事琐碎事，相互商量，小钱大钱车房钱，共同做主，是我们行事的基本原则。用彼此的真诚在生活的风风雨雨中搭建起了一个幸福的安乐窝。

两双眼，四只手，满掬着厚爱和希望，护佑着女儿一步步成长。如今她也快到了我们当时的年纪，只是有了比我们更丰厚的阅历，更勇敢的胆识，更宽广的未来。在此为女儿祈祷，愿她活出自己的快乐精彩。

写着写着，怎么觉得有点情书的味道，无意于夸示自己的生活，只因那一张旧照片，把过往的点点滴滴扩放得一清二楚，拖拉得太遥太远，一时起了兴致，选择用文字暂时将其定格于 2014 年 11 月 24 日的夜晚，愿用一贯的悉心，经营出幸福静好的未来！

今日小雨下了一整天，雾霭蒙蒙，湿气逼人，温度倒是不低，本周因感恩节放假，学校里没什么课程讲座。在屋里看书，在网上聊天，在心里盘算着感恩节前的购物。

感恩节前一天被称为黑色星期五，各大商场名牌店奢侈品挥泪打折，顾客们疯狂购物。据说前几年午夜开始，只需 20 美元，给你发个很不小的购物袋，进去抢货，装满为止。当然商家没那么傻，能装的也都是厨房用的锅碗瓢盆，油盐酱醋，这几年已经取消。所谓的奢侈品，也只是国人眼中的标准，与国内炒成天价有关。据说部分产品没准产自温州的小作坊，所以即使去了奥特莱斯和 Macy，也应捂紧钱包，理性购物。能让自己的思想、内心、精神奢侈，才算真的奢侈。物品的奢侈豪气如果遮不住自身精神的贫寒流俗，那注定是人性的丑陋。连阿 Q 都这么说！

教堂里度过的感恩节

早起，卷起窗帘，天上的雪停了，地上的雪还没融化。白花花的窗外雪景把屋内映得亮堂堂的。早饭后坐在桌前，心不在焉，总觉得这样的时刻做什么都有点不妥。外面雪景很美，有心出外游玩，但怕地冻天寒；屋内舒适温暖，摊开书又感到心乱。感恩节的上午，是不是该沉下心来想想感恩？

感恩节是美国人的独创，起源于离我们一小时车程的普利茅斯。近四百年前的1620年，为了逃离英国的宗教改革与压迫，102位清教徒途经荷兰，最终迁移到大西洋彼岸这片荒无人烟的大陆。1621年，在当地印第安人全方位的帮助下，他们学会了狩猎、种植、捕鱼等本领。于是在当年11月下旬的一个周四，为了对印第安人表达感恩，清教徒们点起篝火，烤上火鸡，举行了长达三天的庆祝活动，这个表达感恩的节日一直延续至今，且受到其他西方国家的效仿。1941年，美国国会正式将每年11月的第四个星期四，规定为全国性的“感恩节”，假期一般从周四到周日，个别州或学校会放假一周。

与此相关，火鸡是感恩节的象征，是家家在团圆晚宴上必吃的主菜，相当于我们年三十儿的饺子，必不可少。感恩节的第二天被美国人称为“黑色星期五”，这一天各种商店商场打折销售，大量民众扫货，会掀起购物狂潮。为长知识赶时髦，我已经集结好朋友约定好车，周六上午 9 点出发。

下午 5 点谭姐准时来接我，我们一起去华人教堂过感恩节。20 多个成员各自带着家人朋友大约两三百人聚集在一起。各自带来的拿手饭菜，摆放在一间大厅内，各种肉类（火鸡最多）、素菜、水果、甜食、粥汤、果汁、牛奶、饮料，应有尽有。饭前的祷告是必有的程序，基本内容有：感谢主，我们才能在此聚集，才有这么丰盛的蔬菜食粮，求主保佑每一个人吃出香味，吃出健康。最后奉主耶稣之名祷告，阿门！

自助餐结束后，是教会特意安排的活动，先合唱赞美诗，接着主席介绍这一年的工作，然后由一位新近刚受洗的程先生做了见证分享。程先生原是南京大学的一位教师，理工科出身。改革开放初期辞职下海去深圳，努力打拼至身价上千万。两年前投资移民到美国，体检时发现鼻窦癌已扩散，在放疗化疗的同时开始信奉基督教，病情有好转，最主要是精神面貌有了大的改观。整个人红光满面，根本看不出是癌细胞已经转移到喉、颈、脑三个部位的绝症患者。他用轻松幽默调侃嬉笑的方式，讲着死亡这一严肃的主题。我在想，人到底要有什么样的信仰，经历过什么样的身体磨难，藏着什么样的内心秘密，做了什么样的心理准备，才能如此坦然地拉近死与生的距离，把嬉笑与死亡并置在一起？为什么人总在走投无路、无奈无助时，都会抬头仰望，选择把终极的希望寄予平日里被忽略被遗忘的上苍？看来人类的潜意识里，还是有一种对超自然力量的信仰！你遇到了佛，便相信轮回和空；你遇见了上帝，便相信博爱永恒。

接下来的活动是美国某大学的终身教授、出生于中国台湾的陈台胜先生来讲基督教是什么，为什么要相信，怎么走近等问题。不愧为教师，30 分钟内，陈先生以广博的知识积淀，用严密的分析推理，不慌不乱地点出了问题的实质。即使你不相信主耶稣，这些宗教知识也还是新鲜而有益的。最后以一群孩子的节目表演结束了今年的感恩节聚餐，回到住所已近11点。

感恩节的夜晚，回到感恩本身。我们在感恩父母家人朋友时，他们同时也在感谢自己生命中的亲人友人。如此一来，这样的感恩无法穷尽，在空间中加叠交错，在时间上经年代回溯，最终追溯到创世纪的上帝也不无道理（如果你是有神论者）。突然意识到，基督徒对上帝的虔诚和真爱，原来是一种宏博高超的眼光，一种饮水思源式的感恩，一种超越凡夫俗子的顿悟和信仰。

来到这个世界，是偶然，离开这个世界，是必然，区区百年生命旅程中的各种自然、人文气场，都应是感恩的地方。于是百转千回，斗转星移，最后把目光定格在一个闪亮的地方，那就是遥远的天堂，这也许就是基督信仰！

感恩节扫货的发现

一行六人按约定上午 9 点出发去波士顿的 Wrentham village premium outlets 购物，天气晴好，但最高温度只有 1 ℃。10 点到达目的地。不知道这里有多大，各种品牌店共 800 多家，比 Macy's 的档次高一些，种类齐全得想不出来买不到什么。顾客，尤其是中国人，购买力和昨天相比都要翻倍，大品牌打折幅度也比 Macy's 大很多。以阿玛尼为例，部分服装直接打一折，但还是贵得不能接受。一件看似很普通的女装上衣，标价 2 456 美元，打一折后折合人民币也有 1 500 多元。穿堂而过，零距离接触一下名牌，长了长见识。我怎么也想不通，平平常常的款式，挂在县城巷子口可能都没人问的颜色，竟敢标价上万元，凭什么？另一个今天才被扫盲的名为 Arbery 品牌服装，据说风衣是它的主打。颜色无外乎黑色、土黄色、黄褐色，只剩下半身款和短款，式样跟一般的风衣没什么两样，至少我没看出其中的创新和特色，每件赤裸裸地标价 1 400 多美元，打折后折算成人民币还在 6 000 元以上，而且试衣服的人还那么多！这里的顾客九成多是中国人，有两三个会讲中文的华裔服务人员，专门对付中国的阔少和大款。同去的上海的蓉，铁了心想买一件，说在国内会卖到6 000元，还不一定能买到真货。可试了两个小时，都非一见钟情式的满意，最后抱恨而归。我悲催地想，有些大牌服装的标价，是不是专门用来吓唬和恐吓我这种井底之蛙的？不过这些品牌店里中国人的大气豪爽，可没少给咱老祖宗“添彩争光”！

Coach店门口排成长队，每次只放进去10个人左右，里面的部分包包先打五折，再优惠70%。同去的五个人，每人胳膊上都挎着至少四五个。保守的我，今天还算理性，在狂购的大潮中，没有被激流冲昏头脑，主要的收获是三个形状、颜色、用途各异的Coach包。其实稍有留心，会发现来往穿梭的人流中，买Coach包的真不少。

再说说品牌一般的Gap店，衣服便宜得不像话，各色纯棉打底衫，竟然只卖2美元，质量款型都不错的卫衣，两件只要30美元，比国内确实便宜很多。这时候才明白，原来我的购买意识和购买力，应该定格在这样的地方，要不怎么真心觉得这里面的衣服更顺眼！

打折最厉害的要数新秀丽旅行箱包，比国内便宜一半，豪华版的中、小型紫色箱包，两个竟然只要2 200元人民币，国内至少会在5 000元以上。

店外排长队的还有UGG雪地靴店，我因不需要买东西没有进去，想必打折也会不少，要不然怎么会看到那么多人手里提着的又长又宽的UGG鞋盒。

穿梭的人群，喜气洋洋的笑脸，肩扛手提各种颜色形状质地的包装盒、袋，负重穿梭在购物区间（有经验的老美大多直接推着购物车），真有点怀疑人人家里是否都藏着印钞机，花起钱来怎么那么凛然大气！

感恩节对于美国人来说，购物天经地义，颇似中国的春节大采购，圣诞节实质上就是纯粹的休息，再说大部分单位也就只放假两三天。我们这些外来户跟着凑热闹也就是选这个时间了。

今天购物，刷的是国内的卡，因为流走的不是美元，觉得好像没花钱，心理有一种坦然加释然。

另一道风景不能不说。购物区中心，四个美国人，三女一男，穿着崭新的维多利亚服饰，大方得体，手捧歌本迎风而立，万分喜乐地引吭高歌，神情万分专注、陶醉又安然。其实在美国这样的场合，这样那样当众表演的个人或小团体都很常见。我不禁感叹，不同文化教育感染熏陶下人们的观念心态意识情趣怎么会有那么大的差距？国内这种情形也不少，但一般都是低俗或自残式的表演，目的是钱。你会同情甚或惊叹，无论如何都不会愉悦。而这种喜了自己，乐了路人的娱乐活动和精神，总是透着一种高雅神圣。他们是谁？来自什么样的家庭？带着什么样的动机？以什么样的心态在冬天的寒风中引吭高歌？不得而知，但他们气定神闲的肃然和临风而歌的画面，连着祥和、安宁和喜庆，必定会留在旁观者的记忆中，伴着他们匆匆的脚步，走进他们的生活，弥散在他们心上。

我 5 点坐上返回的车，6 点多到家。做饭洗澡累倒，昏睡至次日。疯狂的感恩节到此画上句号！

大美 Ruth

今早醒来，想想近两天的疯狂，怎么就忘了自己的主要行当，错把购物当时尚，不知不觉中被卷入美帝国主义的强势商业大潮里去了！不得不感叹，人文环境、氛围对人的熏染确实有种润物细无声的彻底和悄然。从无觉无知到心甘情愿，从耳濡目染到被洗脑，从患得患失到积极果断，一个经济又勤俭的知识女性短时间内被改造成迷恋广场“物”的中国大妈！想来既亏又愧，亏我的钱，愧对我的时间。原来长见识是需要付出代价的啊！仅凭一双眼睛两条腿，梦里水乡，身边的星空没有问题，想要探求世界映像没那么简单。写上两句算作忏悔吧。

我上午整理房间洗衣物，午睡后翻阅了几页书，写邮件回邮件，和圈里的朋友们商讨本周末罗德岛出游计划，不知不觉已是4 点，太阳落山。多年来养成的懒习惯，一到晚上就不想看书，漫长的冬夜将会浪费多少时间，要学会改变！

晚上 6 点半 Ruth 按约定开车来接我去她家。10 月去

NH(New Hampshire）看红叶时结识了 Ruth，50 岁左右，虔诚的基督徒，曾有一段不幸的婚姻，至今单身，职业护士，业余时间义务在教堂教孩子们语言。两年前查出乳腺癌，现已完全康复，把自己完全交付给了上帝，以广传福音的方式报答上帝的福祉，遇到身边每一个非基督徒，都会报以深切的关切甚至同情，她认为人怎么可以回绝上帝的博爱！约了很多次周日去她家，都被我婉拒了，这次说开车来家接，实在找不到理由就欣然前往。仅十多分钟的路程，就来到她那个干净、整洁、舒适、温馨的家。浓郁的圣诞气氛扑面而来，今天刚买来的圣诞树放在客厅的一角，挂上了彩灯和圣诞节星星。桌子上摆放着与圣诞有关的图片，楼梯上挂着几个放置礼物的夸张的袜子。她把楼上的两个房间出租给中国女孩茜和美国女孩 Liz，如今三个人关系友好得像姊妹。今晚还有茜的朋友娟共 6 人，边喝茶边聊天，从圣灵降临节到圣诞节，从创世纪到新约，Ruth 用她的实际经历讲述着她坚定不移的信仰。基督降临节是从今天晚上开始的，西方人把圣诞前的四个星期通称为 Advent，即基督降临节，是指为迎接耶稣的诞生和将来复临这段时间。从今晚开始直到圣诞前夜，每个基督徒家里周日晚都要点燃一根蜡烛，四根蜡烛分别代表幸福、平安、希望和博爱，而这带有象征意义的烛光正是耶稣带到世上的。

Ruth 不像华人基督徒传道时给人一种强迫式的急切，就像其他美国人（英国人也一样）那样，只用行为和人格感染你，只讲自己对基督的信仰，她会充分听取你的质疑和意愿，从不勉强你一定要怎么样。

对于生活工作中诸多的不顺心不如意，Ruth 会祷告上帝让自己再宽容大度一些，以便忽略工作中别人对她的刁难，让自己再靠近完美，以便让他人不再抱怨。Ruth 是个体，她会在宗教意识和精神的指引下，反省自我，超越自我，塑造自我，完善自我，进而为个体生活提供情感、意欲、愿望、行动的根基。她也可以借此提升自己的精神境界，按照自己的愿望改造心灵，改造自己，改造人生，但注定改造不了整个世界。然而，如果现世多一些心甘情愿以爱和善良感染、帮助别人的国家和民族，如果这个社会人人都会以这种自律的方式消化冲突和纷争，那将会有什么样的祥和与平静？可能就不会有美国各大城市近来因司法的不公为被白人警察无辜射杀的18岁黑人男孩游行；香港的学生可能也不会如此被利用，为了所谓的民主自由而制造事端；阿拉伯半岛恐怕也不会因所谓的民族之争，几十年来战火不断损伤了成千上万平民的性命。

不管怎样，任何宗教信仰都指向未来，指向可望而不可即的理想，都充满对生命，对正义，对和平，对和谐，对真善美的希望。作为西方文化核心内容的宗教思想似乎更容易让人全身心去认可和接受，更不渺茫。

我10点钟返回时，路上、街道几乎没有了穿梭的车辆，当然更没有行人。勤快的人家用彩灯装饰房屋，显得圣诞气氛格外浓厚。开门时发现刚刚休假回来的Lida，也已经在门上挂了常青藤花环。

圣诞节临近了。

来美之后的第三个月，开始得如此疯狂！

美国的底层肥胖现象

Lida 昨天中午回来，直到今日上午 9 点多做早饭时才跟她聊了聊她的出行和我的购物。因三小时的时差，她用困乏总结了这次休假。她还有三个姐妹，大妹在苏格兰工作，二妹在旧金山上班。她说小妹是丁克家庭，两口子生活中满是色彩和艺术。这次她娘儿俩去那里，尝试参与了各种娱乐活动，吃了很多稀奇的餐饮，还特意享受了那里有名的 SPA。那里的气温和美国东部差不多，景色尽管没有这里的秋天那么妖娆，但绿茵随处可见。她急着去上班，说照了很多照片随后再分享。

Lida 今天穿了件黑色连衣裙，雍容、雅致、得体大方，为她那高挑的身材锦上添花。像她这样年龄段的美国女性，肥硕臃肿的不少见，而她苗条的身材显示着她的经济地位和身份。在美国人的观念里，穷人或下等人才会肥胖，因为身材的肥胖意味着个人意志力、自制力的软弱，而意志力的强弱与个人的智商息息相关。智商高的人不仅会想出各种办法应对自己的欲望，打造自己的理想，也有能力控制自己的生活习性和食欲，因而肥胖归根结底与人的智商相关，智商的低下框定了人的贫穷、阶层和肥胖。所以在美国越是上层富人，身材越是保持得完美，当然也不排除一些与遗传、年龄、疾病有关的例外。这一点和国内的情形大相径庭，至少目前在国内，那些有背景的富人，大多红光满面、身材丰满。

要不是工作稍显忙碌，Lida 的生活可以用精致来概括。她从不吃早餐，午饭从家里带些周日就加工好的炒米饭、烤面包、各类水果派、黄油和奶酪等。晚上下班回来已经是 6 点，因她在教堂还担任某种职务，有时下班后还得去开例会，所以做晚饭的机会不多。每周三晚她还要开车 40 多分钟去男友 Paul 家（她女儿这时候会去她前夫家）。周六上午去练瑜伽，下午和 Paul 外出。周日似乎更忙，上午去教堂前，先去旁边的健身房做 1 小时瑜伽，11 点半结束后回来的路上，会去超市买回一周的食品、蔬菜和鲜花。从下午开始直到晚上 11 点，为接下来的一周准备饭。她会把加了各种豆类和蔬菜的米饭，分装在塑料盒内当下周的午餐，而烤好的含各种水果的蛋糕派是她女儿的早饭，有时候连鸡蛋都提前炒三四个预备好。尽管她买的所有蔬菜水果都是有机的，比同类产品贵很多，但长期这样吃冰箱里储备的饭菜，不知道还会不会无害？一周下来，忙碌的 Lida 似乎只有个别的晚饭才能吃上新鲜的饭菜。她（美国人大多都这样）会买各种水果，但都不直接吃，而是绞碎或压成汁放在蛋糕或饭菜里。但也会买好几种纯果汁，平日里当饮料喝。她们看似简单的饮食习惯，从营养角度来说还是要比我们单一的饮食丰富得多。

我今天上午看书，中午的午觉是被呼啸而过的警笛声吵醒的。下午看书至 4 点天黑，随后去了趟超市。月初要交房租，办美国银行卡时给的支票已经用完，路上顺便在银行的取款机取了现金。今天单调的生活让我想起了舒服的家。什么时候才能安安心心地住在自己家里，关上门就是自己的小天地，还不用操心交房费？

听讲座，买毛线

本来说好上午9点出发去当地社会安全局办理我们在美国的社会安全号，刚过8点，泓哭丧着脸来敲我家的门，说她和自家的二房东说崩了，想要搬家。说起访学者在国外的租房经历，似乎人人都有一把辛酸泪。如果租一间房住到底，算你好运气。究其原因，不外乎几点：一是初来乍到没有经验，有些当地人处心积虑，一开始把你感动得稀里哗啦，事后才明白，已经遭小人暗算，上当受骗；二是与房东（往往是华人二房东）产生各种离奇的花里胡哨的矛盾纷争，影响心情，公说我是房东我做主，婆讲我是租户为上帝，一来二去，同根同乡成为冤家；三是租户之间生活习惯、性格、品质各有千秋，你喜欢冬天热，他喜欢夏天冷，很难有默契，缺少沟通，很难和谐；四是几十年来各自习惯于在自己的小天地里自由随性、为所欲为，稍不留心就会越界，不知不觉中误闯他人宅地，结果张三的无心被李四误读成有意，于是小小的摩擦迅速升级；五是确实存在文化差异，国人买来的菜必须炒着吃才叫生活，老美却见不得油烟，偏说是污染……结果只有一个办法，搬家，搬家。所以大家碰到一起，聊房东成了热门话题。

自己完整的一个家，却把房间出让给陌生人；自己租来一套房，却偏想劈开一角转手租给他人；明明有能力租住单独的套间，却情愿和别人拼凑分担……其核心只有一个，除却金钱不是祸。所以大家考虑问题免不了会趋利避害，都觉得自己理直气壮。于是欲望之火燃烧了理性和基本的伦理道德，毁灭了文明、教育的脆弱成果。而欲望恰是人性的基本特质，归根结底，人性使然。

步行40分钟到了办事处，登记、填表、等待，十多分钟办理完成，社会安全卡会在一周内以信件的形式寄到住所。社会安全卡俗称工卡，以前美国人多用来报税，为退休后领取退休金，现在被当作一种能否在美国工作的凭证。社会安全号如今事实上已经成为一种良民身份证号码。申请驾照、银行开户、信用卡办理，甚至租住公寓都能派上用场。其实我们访学者办理的安全号，基本没有什么用处，仅仅是一种表明身份的需要。允许临时短期工作，但必须有国土安全部的工作许可。再者，国家留学基金委也不允许访问学者从事任何工作，即便允许，临时的端盘子刷碗，谁愿意干？

办理完安全号，在 -1 ℃的冷风中等了半小时，才乘坐 74 路到达哈佛广场，还好赶上了之前注册的讲座。霍米·巴巴办公室请来的伊利诺伊大学的 Richard Wolf 教授就他刚刚出版的小说 *The Voice in the Drum*（《鼓之声》）做了推介性质的讲座。参加者二十多人，其中显然有一两个出了好几本小说的作家，让之后的提问讨论环节气氛颇为紧张。同行们丝毫不留情面，对小说的深度和真实性提出尖刻的质疑。因为 Wolf 教授之前一直从事音乐创作和评论，这是他出版的第一部小说，且破天荒地给自己的小说加了副标题，一时成了别人发问质疑的重点。有人直接说："你的小说怎么那么像梅尔维尔的小说《白鲸》？请问你是否读过他的小说且受他影响？"这样的提问简直是一种挑衅！尽管如此，还是很佩服这种方式这种态度，至少可以让那些浑水摸鱼的人不敢出场！也许这才是哈佛能出成效的法宝。趁机利用本学期最后一次讲座的机会，问了一个笼统的问题："小说主人公的命运往往被分成两类，一是没有翅膀，却总想飞翔；二是不能瓦全，所以玉碎。请问您小说的主人公更接近哪一类?" Wolf 教授说："我不赞成这个分类，尽管是个不错的问题。我的主人公或许更接近第二种。" 旁边有人说分类没有问题，我赶紧补充说这不是我的发明。来过了，听过了，参与了，实现了目的。

2 点多听完讲座，给公交卡里充了钱后，跟朋友泓一起回家，车上想起了几天没露面的霓，于是跟她联系，半途下车去了她那里聊天喝咖啡至 4 点。霓是在近 10 个月来和她的中国二房东斗智斗勇中总是取胜的不折不扣的斗士。对于二房东的不可思议的言行，她灵活聪敏，不卑不亢，遇事既据理力争，又收放自如。不像朋友泓，不善表达却固执、率性，所以遇到这种冲突会很烦恼。感谢上帝！自己还算有运气，遇到了通情达理、知性大气的房东 Lida，房客 Laure 尽管性格古怪，但也不难相处。来自欧、亚、美三个不同角落，今世能同在一个屋檐下生活，应该惜缘。

4 点离开霓的住所步行回家，天色已暗，看着路边争奇斗艳的圣诞装饰和窗户里散出的柔柔灯光，除了感知到姗姗而来的圣诞，还有一种言表不清的孤单感。

接近 7 点 Lida 才下班回到家，说她要去 Cambridge（剑桥）的一家商店再买点毛线，顺便再请教一下店员她为女儿织毛衣遇到的一个技术难题，问我要不要和她一起去。Emma 今晚住她爸爸家，外面还在下雨，就跟她一同出去了。十几分钟的车程，来到一家名字叫 Gather here（来这里）的小商店。店内专营毛线、毛线织品、毛衣针、各种缠绕在木板上的花花绿绿的布料、各色纽扣和各种缝纫用线。尤其是里面布匹的摆放架势，让人怀旧地想起了小时候供销社里专门卖布料的柜台。这家商店不仅店员亲切热情，店名听起来都很温暖，店内的布局和装饰匠心独运，个性十足。

这样一个传统味道极浓的小店，位于闹市一隅，意念中仿佛一个走丢了的顽童，俏皮地在过去与现在的夹缝中玩耍，忘了爸妈，忘了回家。

今夜的一个细节必须记下。Lida 想给男友送圣诞礼物，说 Paul 很挑剔也

很直爽，之前送给他的礼物若不喜欢就会还给她，除非是她亲手做的。所以Lida今年想亲手织一顶帽子送给他。于是她专心挑选毛线的质量和颜色。当她拿着一捆绿色毛线犹豫不决时，我说："no，no，no，no，帽子最好不要选绿色的，你听说过汉语中的'绿帽子'这一说法吗?"她恍然大悟，说听过，听过，然后笑得几乎蹲在了地上。我说你这不是明摆着鼓励和纵容吗?可爱的Lida，懂的还真多!

大约9点我们才回来，一路上挂满圣诞彩灯的前厅后院，让人眼花缭乱。若不是雨大，肯定会停下车拍点街景回家。

今天还忘了另一件注册过要参观的事件，哈佛大学下午5点在Memorial Church（纪念教堂）为毕业于哈佛肯尼迪学院的联合国秘书长潘基文颁发人文主义大奖。我竟然全忘了，好遗憾错过了另一个长见识的机会!

研究中心的期末聚会

染发用品买回来两周了，我一直排斥使用。今日上午终于下定决心自己动手。摊开密密麻麻两大页说明书，像读小说一样细读好几遍，唯恐理解错误导致不可挽回的结果。26 美元的欧莱雅染发用品原来是一次性的，不是朋友推荐的那种把染料挤在梳子上梳几下那么简单方便，而且可以多次使用的。既然大张旗鼓地铺开了场面，总不能扔了。于是我对着镜子，前仰后躬，左扭右拧。戴着眼镜不方便，卸掉眼镜看不清！既然没有能力不变老，也没有办法不染发，那就认了，只是以后再也不敢抱怨国内染发太贵，也不嫌老公给染的不理想了。凡事自己亲历过，才知道其中的不易。想想国内理发店里那些说话轻言轻语、柔声细气的小伙子们，其实也真不容易。吃饭没有个点，还得赔着笑脸应对各种顾客的挑剔，整天和这些化学药品打交道，在头发丝上挣生活。学会理解并尊敬他人的劳动成果，是一种道。

40 分钟后冲洗干净照镜子，不想看见的都不见了，效果还不错，这是上午最大的功劳。

下午 3 点 20 分出发去参加系里的年终聚会，因研究中心没有本科生，下周就算是放寒假了。依照惯例，吃饭为先。中途 Hutchins Center 主任和两个副主任先后简短地表达了欢迎光临之类的客套话，接着一个个点名感谢了几个工作人员和来宾中的 VIP。很遗憾导师 Gates 教授有事没出场，中心主任讲话含蓄，猜想他大概正在忙于黑人小伙被白人警察无故枪杀后的社会活动。聚会上主任强调，我们黑人文化文学中心要做的，不只是社会科学的文字研究，还应更注重社会实践活动，言外之意，应该为这件事做点实质性的工作，大家拍手表示认同。

很高兴聚会上再次见到了波士顿大学的 Arlyne，她是我在开学初那次杰出黑人颁奖晚会上认识的，之后有邮件来往，没见过面。Arlyne 退休前在波士顿大学图书馆工作，喜欢文学，业余时间搞文学创作。还有曾在哈佛教育学院当老师的 Gilda Sharpe Etteh，她在牙买加长大，成长过程中有不少国际朋友。大学毕业后移居美国，现主要画水彩画和油画，名片上写的还是牙买加艺术家。她儿子大学学的是汉语和音乐创作，而且今年暑假还在中国人民大学见习 3 个月，所以有话聊。说起中国美食，她激动得直流口水，她的身板足以证明她对食物的喜好。

聚会还没结束，泓打电话要我陪她去看出租房，她在哈佛东亚中心访学，专业是中国明清小说，她英语说得不太好。6 点坐车赶到网上查的地址与她会合。临着大路的一个大 house（房子），共三层，两间已经出租，还剩二层的一小间。屋子是空的，没有任何家具。厨房、客厅、饭厅三人共享，月租 610 美元，比泓现在的房租便宜 140 美元，离超市很近且交通便利。接待我们的那位住户是个性格开朗的美国女性，大概三十多岁，应该不难相处。另一位还未下班，没见着面。大致谈妥，接下来找中介签合同交押金即可入住。泓很高兴！

还有件事一定要记。因天黑看不清，我们先走到一家门廊前查看门牌。出来一位中年女性，赶紧道歉说明目的，无意打扰。可她的善良热情让我们不敢相信。她首先极其耐心地给我们指明那所房子的具体位置，然后邀请我们进她们的家，说我们要找的房子和她的房子结构完全一样，不妨进去先看看她自己家的结构。他儿子前两天本想搬出去住，去看了那个屋子。她说那里没有暖气，也没有家具，房屋老旧，所以她儿子放弃了。说着带我们一一参观了她家的厨房、客厅、卫生间等，还喊他儿子出来问声好！柔和的灯光给屋内的干净、整洁和舒适增添了一种艺术的清雅。难怪她觉得我们认为很不错的房子不如意！

起初我们狭隘地断定她自己一定是有房要出租，才故意贬低别人家的屋子。没想到她只是因为外面太冷，那个屋子里也很冷，所以邀请我们先看看她家，为我们省一些时间。寒冷的冬天，夜幕浓浓，屋外有陌生人影晃动，不带怀疑，没有责怪，而是打开大门像对待朋友似的热情相迎，热心相助，态度温暖得胜过她家里的温度。一个人的内心该有多么纯净多少爱才能如此坦然地看待他人、对待他人、接待他人？我们心怀感激地挥手说再见时，相信她也一定收获了“予人玫瑰”后的馨香和温暖。祝世上的好人一生平安！

听雨忆旧游

不大不小的雨从昨天晚上开始下，一直持续，今天白天一整天也在下雨。寒冬，周末，阴雨天，不缺吃也不缺穿，想出门都找不到理由，活动范围大致就在一间小屋。“我就在这座小小的屋里，沉思、做梦、看书和回忆……让我做一颗沉默的珍珠，我安于我这寂寞的小屋。”记不清这是谁写的题为“我的小屋”里的几句凄美的诗行，今天忽然想起还真有点应景，不过这是上午的景。

下午两三点天色暗成灰黑，没法集中心思看书，一边听着音乐，一边翻阅手机里存下的近千张照片。日月山水，花草虫鱼，记录着过去的一个个瞬间，见证着已经逝去的分分秒秒的时间，而耳边响起的乐曲又给这些照片增添些许立体的生命质感，恍然间心中生发出身在远方遥看自己的幻觉，带着点莫名的忧伤，一种对过往无奈的守望。

望着曾经驻足过的某个湖畔、某座山头、某条看不到尽头的小路、某间茅屋大开着的门、某座城里打不开的窗，还有那些野花古树，那些落叶果实，还有那些给这些背景做背景的人影……有的已经说不清具体的时间，也忘记了那一刻的所思所想，但有一点可以肯定：这些照片，连同记忆中咔嚓作响的快门声，记录的都是从自己生命沙漏里滴落下去的时间碎片。忽然明白，喜欢回忆的人，大多想念的不光是过去的某个景某座城甚至某个人，还有用时间来度量的生命厚度和长度。龙应台曾把生命比喻成别人给的一本存折，尽管你无法知道总数是多少，也不清楚什么时候归零，但你知道上面的数字在你拿到手的那一刻开始，永远不会增加，只会减少。所以照片就成了生命留在世上的一串串远近深浅各异的脚印，给人带来的不光是喜乐愉悦，更有一种回不去的凄惨感觉。

上周约定好，明天早上 6 点出发去普利茅斯、罗德岛玩，那里是美国的东部海岸，是 1620 年第一艘英国舰船“五月花号”登陆的海港，也是上周四刚过完的感恩节开始的地方，离哈佛校园大概有一小时的车程。尽管今天一早把天气预报贴在圈子里，“多云、-8 ℃”，但大家经过一番“to be or not to be”般的纠结犹豫之后，还是没改初衷，坚持明天一早毅然决然地奔赴罗德岛，这种不怕困难勇于玩的精神显然比明天的气温还要高！

外面的雨还在下，噼噼啪啪地打在窗户上，偶尔有车开过，能听见车轮碾过路边水坑溅起的水花声。但愿明天天公作美，配合一下我们这群狂人的出游热情。

雨天的“孤独”与“庸俗”

今日的天气从上午的小雨到中午的中雨再到下午的狂风暴雨，没完没了。朋友圈里，大家纷纷叫苦，说被波士顿强劲的暴风雨打湿，说路边被风吹坏了龙骨、散了架的伞到处都是。这里的天气变化着实有趣，但凡下雨，气温反而会升高，据说都是热气流惹的祸。明明冬天已到，第一场雪早在一个月前就下过了，可现在下的却是大雨。早上10点多了天色依然很暗，下午3点半天已经全黑。好在今天不用出门，可以待在屋里享受慵懒。灰蒙蒙的天把心情也染成灰色，无法出去散步，静不下心读书，时不时地站在窗前，体会叔本华眼中的“孤独”与“庸俗”。

努力盘点今日的学习生活，一无所获。饭食了两餐，书没看几页，在网页上东游西逛，消磨了时光还昏头涨脑。一方面是前日出行太累精神无法集中；另一方面，是灰暗的天气摧毁了自己本来就脆弱的自制力和意志力。要说今日仓廪也实，衣食也足，怎么就不知“荣辱”虚无碌碌？

带着愧疚，索性早点休息，争取明日早起。

不安分的灵魂

今日吃过早饭已是上午9点，天依然拉着脸、闭着眼、下着雨，看不到任何放晴的希望。一上午都在阅读有关生命哲学的文章，很受启发。生命哲学是存在主义的基础来源，这里的生命不是实体的生命，它注重的是作为生命主体的人，是对生命的一种艺术化的关照，更多的是指生命的形态，即从自然生命到自在生命再到自为的生命形态。很喜欢这样的哲学思想，看来急需借阅专著一读，才能更系统全面地把握其中的奥妙。

午饭后站在小屋的窗前，听着朋友在微信圈里分享的一首大提琴和口哨合奏的俄罗斯民歌《小路》，观赏着里面的配图，顿时灵魂飞扬。不知为什么，一直以来对于现实生活或视频中的某些风景图片，会有种超自然的迷恋。看到那些望不到边际的绿色的山川远景、那些蜿蜒曲折似乎没有尽头的林间小道、空旷的蔚蓝色大海上的一叶扁舟、山脚下某间孤孤单单的茅草小屋、山间咕咕流淌着的泉水瀑布……都会心生一种莫名的向往，仿佛听到一种呼唤，觉得心被某种东西撕扯着，有种恍惚的回归的欲望，有时眼泪会真的打湿眼眶。然后会禁不住幻想，远山的那边有什么样的人在生活？小路的尽头有没有谁在为谁守候？那看不见的远方有没有另一个孤单的我带着急切？那到不了的地方有没有逝者以另一种方式存在？眼前那一段瞬间消失的泉水最终会在哪里消亡？又会是谁住在小屋的那一方？由此情愿相信人定有前世后生和灵魂。这种相信绝不是“强说愁”式的矫情，更不是无病呻吟式的做作，且与任何宗教信仰无关，它出自一种无从表达的感知，自发于一丝令人不安的感念，在不经意的某个瞬间，一方、一景、一思、一情就被雕刻在记忆的年轮上，说不上魂牵梦绕，但却念念不忘。曾经和朋友讨论过这个话题，为什么有人钟情山水，有人迷恋星空，有人则喜欢热闹的市井？而且这种喜欢不带理性，没有背景，与所受的教育、身处的环境无关。

那是否会是一种自我灵魂的呼唤？所以人才会时时感到孤独和孤单，更何况生命原本就是一种动态的、有活力的追求和寻找。黑格尔有句名言，“人的灵魂一定到过至善至美之境，否则怎么会不停地追求完美”。基于此，发现自己竟是一个“有追求”的人，有着一个不安分的灵魂。为了让它安静安稳，至少在思想上还需奔波，如果躯体不能到达。

下午 4 点出外散步回来，Lida 已经买回了圣诞树，商量着什么时间大家一起装饰，什么时候聚餐，迎接圣诞！

忙碌又闲散的另一天。

疯狂的“裸奔节”

今天的日志必须从凌晨开始说起。哈佛大学一年两次的“裸奔节”开始于今日凌晨。按照校历，每个学期的课程结束之后，会有十多天的自修复习时间，这时候图书馆24小时开放，随后就是天昏地暗、日月无光的考试期。考试期开始的前一夜，为了释放精神压力，缓解一学期的紧张，以本科生为主的“裸奔”在午夜12点就开始了，这种环绕哈佛校园（Harvard yard）两圈的行为艺术被戏称为“裸奔节”，英语里叫Primal Scream。据说这个超后现代的节日起初只是学生宿舍在同一时间打开窗户，集体尖叫十分钟以减压，后来觉得只是尖叫还不足以缓解大家的紧张，逐渐发展成在校园裸奔了。昨晚午夜，天下着中雨，气温-5 ℃，哈佛的学子们义无反顾“裸奔”啦。学校的态度是不提倡也不阻止，随心随愿随便观看。可惜这次没亲眼看到，下次是夏天，一定争取到现场，见识一下这种不折不扣的校园行为艺术。

一群高智商的热血青年，被关在象牙塔内很多天，平日里被顶尖级的教授们盯着，好容易熬到期末，享受曙光前还得冲破一段黎明前的黑暗，所以想出这个挑战心理防线、挑战身体极限、不关乎伦理、不伤他人大雅的、集体的、极端的方式，选择在午夜时分，表现飒爽的意志和勇气，展现蔑视传统道德防线的锋芒与精神。在我看来，恰似一种放纵青春的可爱！

上午我幸运地在网上找到一本生命哲学的专著，读得陶醉，朋友霓、泓在网上乱喊乱叫，要拉我去燕京学院听一个中国学者的有关生态主题的汉语讲座，被我果断坚决地抵制回绝。一是放不下刚刚开了头的书，二是对生态学内容不感兴趣。便给她俩留言并注明“诳语”：有人说生态文学已经走到穷途末路，不管是创作还是批评，都逃不出两个方面，要么是赞誉其“天地人神”“四方共舞”式的和谐，要么是批评其“黑格尔”式“同一性”的偏执。中间如果还有的话，只能是对于平衡度的把握，等于没说，所以这是一个无解的话题。非得要解的话，就去问哲学家伽达默尔，问海德格尔，问马丁·布伯，问康德、叔本华，问马克思，求哲学的新解吧。

看我意志如此坚定，她们弃我而去。下午把自己关在小屋里，一会儿埋头啃食哲学，一会儿抬头观赏雪景。乐在其中！

肤色与素质

阴天持续了一个星期，早上起来看见外面的蓝天，都不好意思待在屋内。9 点半出门去参加“哈佛邻居”有关圣诞文化的活动。组织者从家里带来各种与圣诞有关的装饰品、玩具和食品。活动小组共七八个成员，Mary 和 Rebeca 先后讲述了与圣诞节有关的各种庆祝活动细节，习俗、礼仪、一些特殊食品的做法，并且和大家一起唱了好几首圣诞歌曲。喝茶、吃点心、唱歌、交流是主要的活动内容。今天是“哈佛邻居”放假前最后一次活动，12 点整结束，人们互道节日问候，说了明年再见。真是不错的体验。

感谢这里的组织者，情愿牺牲自己的时间、精力，甚至金钱，为一些不相干的人提供机会和场所，倾听他们蹩脚的英语，分享他们五花八门的文化。期望这样的热情和爱心能早日被有心人移植到中国的土地上，且能开花结果。

感恩节一过，这里圣诞节的气氛铺天盖地而来，容不得你后知后觉。夜幕下家家户户门口挂着的花环、花园里的彩灯，窗台上闪着柔和光芒的电蜡烛，路上行驶的车上喜洋洋晃动着的圣诞树，超市最显眼的地方摆放着的圣诞装饰品，车厢里人们聊得兴高采烈的圣诞话题，网络上、电视里各种五花八门的圣诞广告……西方人最隆重的圣诞节就这样大张旗鼓地来临了。今天上午算是再次闻到了圣诞的味道。

我12点多去了图书馆，这才是读书学习的地方，效果明显比在自己的小屋内强很多。静悄悄的氛围下大家各自埋头苦读，你无法偷懒懈怠。经常会幻想，如果人的思维过程可以听得见，图书馆的自习室该是最嘈杂的地方吧。A在解析理科习题，B在推导人文逻辑，C可能在记忆库里搜罗，D也许在未来的时空里描画，各种语言、文字、符号、公式、数理在空中相互交错碰撞，难免交汇成一曲曲人类科学知识的交响乐。不知是谁发明了图书馆，让人类的知识以这种文明的方式交汇传承。

4点50分我和朋友们约定在Lamont图书馆门口集合，一起去附近的一所公立小学，参加那里期末的狂欢活动。这是Cambridge镇一所排名前三的普通的公立小学，一共有5个年级，每个年级两三个班，每个班15个人。校园并不大，入口处只有个小小的操场，但教学楼内空间却不小，各种活动场所、特色课程、兴趣小组应有尽有，干净、宽敞、舒适，在楼内走动，穿着毛衣都觉得热烘烘的，没有一点冬天的感觉。这只是所公立学校，可以想象私立小学会为孩子们提供怎样舒适的环境。当然，这只是硬件设施。今天到场的家长和学生中，很少看到纯正的金发碧眼的美国人。从他们的肤色、穿着、言行、气质、修养、精神面貌判断，这不会是一所令人放心的学校。和一位中国家长交谈，进一步证实了我的看法。她的孩子是随她访学从国内一所私立学校转到这里的，她慢慢发现有的同学有很多的陋习和毛病，孩子就嚷着要转学和退学，目前她正在努力为孩子寻找私立学校，但价格不菲，且难度很大。不是歧视美国少数族裔（尤其是黑人）家庭出生的孩子，一个不争的事实是，大部分白人孩子的气质、教养和修养明显与众不同。孩子的成长过程中家庭所起的作用不可估量，岂是考试分数所能衡量。其实家长无须苦口婆心地讲，语重心长地说，他们各自的生活学习习惯、知识涵养、兴趣爱好、处理日常小事的方式、饭桌上的谈话内容等，都会潜移默化地渗透到孩子的思想里，成为其无意识、不自觉的模仿对象。所以通常的情况是，什么样的家庭会走出什么样的孩子，学校的教育只是人文知识的外在塑型而已。

这所学校今晚所谓的狂欢，不过是一种期末的义卖活动，学校或者家长准备些有特色的小玩意或点心，摆放在一个大厅里，大家互相出高价买回，收入将以基金的性质纳入学校活动经费。没停留多久，在教学区转了一圈返回，顺路在 H Market（韩国超市）买来些典型的中国菜回家。随后 7 点半又被谭姐的电话催着，跟她第四次去了华人教堂，回来时已过 11 点，其中的活动和感想以后慢慢分享。

拐杖糖果的渊源

我睡了个懒觉，起来后昨天的纠结茅塞顿开，一上午都在整理课题。10 点多圈子里有朋友招呼趁晴天去莱克星顿（美国独立战争打响第一枪的地方）一日游，果断回绝，竟然抵挡住了诱惑，“坚守阵地”到 1 点多。

午睡醒来，太阳把明媚的笑脸伸到了床前。没有任何犹豫，随即换衣，一人出外散步到 4 点。

走在冷清的小路上，遥看“苍山不远”，近观“白屋不贫”。脚下已没有杂色招摇，空中少了秋叶烂漫，连声音似乎都被秋风卷走了，周围除了穿梭而过的汽车声，唯有寂静。人们习惯于给秋天冠以萧瑟，其实真正的萧瑟属于没有雪的冬。好在还有白云蓝天做陪衬，光秃秃伸张着的树枝，多了些许艺术的神韵；有松鼠在树干周围跳来爬去，给发黄打蔫的草地添了一些生气；有热爱生活的居民，趁着圣诞节的来临，把房屋外装扮得雅致俏丽，静谧悠然，但环境的核心只是圣诞。有的门前摆放着一排图片，展示耶稣诞生之前的庄严肃然；有的屋檐上欢腾着一只小鹿，那是帮圣诞老人驾雪橇的顽皮的麋鹿；有的草地上插几个巨大的 Candy Cane（拐杖糖果），身上深浅不一的红色，象征着耶稣身上的条形疤痕和鲜血；有的直接放养着一群小羊，因为耶稣曾是不折不扣的牧羊人。但大多数人家都在窗户和门上挂一个飘着彩带的绿色花环，在冬天的苍凉里，徐徐散出一丝丝暗香。这些装饰最美的时刻应该是晚上，可惜我夜里怕天冷，也不方便出行。希望哪天有机会晚上走出去，用相机带回圣诞节里所有的美。

说起拐杖糖果，还有一个故事。据说拐杖形状的糖果是 19 世纪 80 年代后期由一个印度糖果商首次制作的。他的初衷是制造出一种糖果，作为圣诞假日的见证。纯白色的糖棍，代表着耶稣是处女玛利亚所生以及她无罪的纯洁。糖果的坚硬则代表教堂坚实的地基和上帝坚定的承诺。浅红色的线圈代表着耶稣被钉在十字架前被鞭打留下的伤痕，深红色的线圈则代表着他为人类的原罪而流淌出来的鲜血。糖果的外形，一方面代表“牧羊人”，是耶稣放羊用的鞭子的形状，如果被倒过来，则是耶稣（Jesus）名字的首字母 J（嗯？怎么还和耶稣攀上了亲）。

晚饭后照例不看专业书，在网上单曲循环莎拉·布莱曼的 *Scarborough Fair*（斯卡布罗集市）。不得不承认，布莱曼用她那空灵的嗓音，把这首歌诠释成一种情绪、情景、情节、意象和画面，让人忘记自己，只剩下陶醉。第一次真正觉得歌唱同样是一种艺术。而大家的成功，需要的是实践，是积累，更是智慧。

对老美铺张的再思考

今天的生活简单成一个标准的本科生。我上午阅读了几页专业书，继续课题的写作、补充、完善、修改。正常做饭吃饭午休，下午继续推进，一切照旧。外面飘起了蒙蒙小雨，4 点出去散步，天已微黑，不是很冷。家家户户彩灯高挂，客厅里放着的圣诞树亮光闪闪。夜幕降临，华灯初上，缥缈柔和的灯光从窗户里透出来，偶尔传出来孩子们的欢笑，身在异乡，心若浮萍。再没有比这样的时刻、这样的景致更能让人感觉落寞的了。“乡愁步步生”恰能表达此情此景。

美国人好像不懂得什么叫节约。单说这灯光，只要家里有人，所有房间的灯似乎都亮着。原以为房东 Lida 有这种习惯，只要回家，楼道、客厅、厨房、卧室的灯都亮着，不到休息时间绝不关。如今看见路边的房屋里每扇窗户里也都有亮光，才知道这大概是美国人的习惯吧。

还有，不管是否是基督徒，每个家庭都会买来圣诞树，那可都是货真价实的真杉树，价位是依据树的高低来定的，两米以下的最便宜也在40美元左右。因为这种树买来的时候不带根，而且树冠又很高大，尽管针状的叶子利于保持水分，但最多也就能存活两个月，叶子便会纷纷凋落，圣诞树的使命就此完成。两米多高的树生长过程需要好几年，而用途只有两个月，好不可惜，简直有点资源浪费了。

国人把节约当成中华民族的传统美德赞颂了几千年，“一粥一饭当思来之不易，半丝半缕恒念物力维艰”并没有什么过错，但有没有人认真思考过我们这一美德是因何形成的。真正的富足岂是靠勤俭能够达成？如果你有一瓢水，当然会视之若命，细心呵护；若你拥有一条江，大概无须那样仔细了吧！

当然，并不赞成一切故意的浪费，但与生命质量相关的偶尔的奢华，难道不是普通人朴素的向往？如果为了勤俭人人素面朝天，衣不兼彩，哪里还有生活的鲜活？

说起奢华，顺便聊聊哈佛最富的学院——法学院吧。一跨进教学楼，与众不同的是，楼道宽敞明亮，教室、办公室只占据一边，靠天井院的一周都被隔成独立的空间，摆放着舒服的沙发、桌子、茶几，供学生们喝茶休息、学习。还有一个公认的事，但凡法学院有讲座，免费提供的餐饮不仅量足，且从饮料、水果到甜点，都不是随便买来的，都很讲究。最不可思议的是法学院的卫生间，除了像其他教学楼内的卫生间一样干净整洁、设施齐全外，连女性用的卫生巾系列都整整齐齐地摆放在水池旁边，可免费使用，且一应俱全。谁让人家家大业大呢！宽敞的办公环境张扬的是他们的自信和尊严，而卫生间里的悉心陈设，标识出他们个性的豪放和豁达。人性关怀到了这样的细节，这等地步的学术团体，背后该有什么样的经济实力可想而知，而这样的经济实力何尝不是其业务实力的表征？就此，美国人亮灯的习惯也就不难理解了。

我一天未张口讲话，晚上看看美剧，算是补补英语。

驳毕淑敏的女人观

上午看书休息的间隙，读了微信圈多人分享的毕淑敏的文章《我所喜欢的女人》，她已江郎才尽是我看了文章后的第一感觉。喜欢她的大部分作品，但眼前这一篇写女性的散文实在不敢苟同。我断定若不是别人代笔就是为了赶稿情急之下的潦草，又或者是思维的萎缩。

她说自己喜欢“会”做饭的女人，把“不爱做饭”的女人比作“风干的葡萄干，可能更甜，却失去了珠圆玉润的本相”。且不说做饭是人类生存的基本技能之一，是劳动生活的一部分，同时适用于饮食男女；“爱”与“不爱”应该关乎习惯、天性、兴趣或兴致，而“会”与“不会”关涉的是技能，无从评判。谁说做一碗可口的方便面就一定次于难以下咽的盛宴？而她却自作聪明地偷换概念，把“不爱做饭”比喻成“风干”，全然忘了她的前提是“会”与“不会”。

再说说她所喜欢的“到了时候就恋爱，到了时候就生孩子的女人”。“按照节气拔苗结粒”显然只是人们的期许，可拔苗结粒仅凭个人一厢情愿岂能实现？就算她忽略了茫茫人海寻索牵手一世的人所必需的机缘巧合，作为从医20年的医生，难道她不怀疑只是“珍爱上苍赋予的天然节律”就能开花结果、万事大吉？

毕淑敏也喜欢“爱花的女人”，这本无可厚非，赏花时那种“令人心怡的美丽”确实是一种愉悦的经历，但她却在大方地抒发自己对花（只是花）的感受后，把不喜欢花的女性说成“她的心多半已化为寸草不生的黑戈壁”，实在有点强词夺理。就算作者没弄清楚“仁者乐山，智者乐水”的含义，俗语中的“萝卜白菜，各有所爱”总该听说过吧！那些钟情于江河日月、踏过千山万水、喜欢背起行囊丈量岁月天地的女性，难道就看不到多姿多彩的自然风貌？就不懂得用柔情笑谈风花雪月？

再来看看她喜欢的“眼神乐于直视他人的女性”，更是前后矛盾，不知所云。先说这样的女人既会“眼帘低垂余光袅袅”，也会“怒目相向”。“低垂”而有“余光”是一种美和媚，而“怒目相向”是一种恨和狠。这与“直视”和她紧接着讨论的“平和”“安静”“悠然”有什么关联？更离谱的是，她还怀疑“看人躲躲闪闪目光如蚂蚱般跳动”的女性，或许“受过太多的侵害”，且“已丢了安然向人的能力”，这种欠缺逻辑的推导，只能暴露出自己不够严密和过于跳跃的思维。

毕淑敏也喜欢“爱读书的女人”，或许她自己是个读书人，熟谙其中真谛，有更切身的体会，所以才写出了该有的滋味和意义。这一点我倒是认可（这与本人勉强算得上爱读书的女性的事实无关，本人也爱大花小朵，也“会”做饭，也习惯于直视他人，也曾择时而结婚生女，但依然质疑她匆匆行文的肤浅）。

当然，最认同的还是她“喜欢深存感恩之心又独自远行的女人”这最后一节，只有这一节才有点像她这样的大家应该有的文笔和思想。

如果她果真只爱自己笔下的那类女性，她的胸怀可就太狭窄、太狭隘，人们需要考虑她以后的作品还值不值得花时间阅读。

午睡至2点半才起来下楼做午饭，Lida从她的电脑前站起身活动筋骨，

Laure 背着包准备出发上班。三人在厨房“狭路相逢”，打招呼的同时也在说再见，都是因为时间。在猎头公司上班的 Lida，每天早上 6 点半起床给女儿做早饭，若在家办公，她需要不停地在网上读客户简历、给客户发邮件，打电话预约时间或和上下级交换意见，忙得根本没时间做午饭。而 Laure 上班时间不固定，需要听从老板随意调整。她昨晚凌晨回来，1 点半才洗漱完，今天中午 12 点才起床吃午饭，2 点在厨房匆匆接了两瓶水塞进背包，打声招呼就闪人。比起她俩，觉得自己每天轻松得像过节。不需要赶时间，没必要赶进度，更没有什么硬性的任务，身在异乡，灵魂飞扬。只要愿意，可以拔腿朝向向往的地方，再或者直接蹉跎时间，收入不会少一分钱。想起有时不知足的烦闷，简直是假惺惺的做作。

冬至日忆饺子

在电脑前忙了一整天，感觉哪儿都不舒服。若身体允许，每天都这样高强度工作，大概会出不少成果吧？

今日冬至，是北方人吃饺子的日子。看着国内“好心”的朋友们从网上送来的一盘盘还冒着热气的饺子，心里酸得像吃了醋，只好凑合着和虚拟的饺子一起咽下。感谢朋友们的挂念，让我这个没吃上饺子的冬至节过得“凄凄惨惨”。

想起了刚工作的那几年和学生们一起在教室包饺子的热闹情景。同样的皮儿、同样的馅儿，不同的性格和习惯，包着各自的心思和心愿，包出五花八门的外表和花样，最后再吃出五味杂陈的味儿和香，饺子成了包裹着生命生活百态万象的最好的物质实体。

不得不佩服祖先这一饮食发明。据说古时候只有春节时才吃饺子，其名称来自于新年旧年交在子时的简称，饺子（交子）；再加上饺子那象征财源滚滚的元宝外形，理所当然地成了中国人的最爱。

饺子同时还把“团圆”这个寓意表现得尽致淋漓。没有平时做饭时的复杂工序，不用大盘小盘地做各种准备，随便什么肉和菜剁一剁就可用，吃的时候大碗小碟都可盛，且整个做的过程都体现着一种团结、协作、互爱和配合。因而相对于吃饺子，我更喜欢包饺子的过程。一家久别重逢的亲人、一屋志同道合的“狐朋狗友”，一边分工干活，一边东一句西一句地闲聊，不知不觉中把生活、工作、情感中的酸甜苦辣咸，连同馅儿一起包进了饺子煮进了锅里，最后端出来的却都是喜庆。可见饺子的“团圆”，不仅表现在外形，更表现在包饺子的过程。写着写着，怎么觉出自己在画梅止渴?！到此为止诉诸。

一个人生活，做饭吃饭确实很省时间，但一不小心又会做多了而剩饭。在家时最反感吃剩饭，时常会先装模作样地将剩饭放在冰箱保存，等坏了之后再心安理得地倒掉。有时宁愿挨饿，也不想吃冰箱里的残羹冷炙。都是小时候受母亲的节俭教育太多，她说浪费粮食是造孽，所以平日里吃剩的东西在没坏时绝不忍心倒掉。必要时我会把倒饭菜的机会千方百计留给愤愤不平的D，让他一人造孽一人当，好给自己留点空间清白。在这里生活，至少跟美国人学会了节约。不管多少，没坏的饭菜不会轻易倒掉。

晚上10点，外面的雪花还在飘着，房顶、马路上已经变成了灰白色。期待一夜飞雪，明天看“妆点万家清景，普绽琼花鲜丽”的雪景。此刻再也没精神看任何文字，趁美国的冬至节还没过完，微信圈里闻闻饺子，脑子里想想饺子，空间里写写饺子。再见了，冬至！

忆英伦旧识

上午火急火燎地赶课题的进度，中午时分再次查看原文件，才知道搞错了通知主题，时间还早。这种应该受鄙视的马虎性格，大概这辈子都甩不掉了。不过结果不错，如释重负！顿时觉得天高地广，轻松了很多。这种轻松不是精神上的放松，是实实在在身体上的轻松。忙了两天半，确实赶出了不少活儿；但同时意识到，平时口头上所说的压力其实是真正的实体，只有在放松的那一瞬间才能感到。米兰·昆德拉给他风靡全球的书取名为《生命不能承受之轻》，但实际上最终压倒他的主人公的，却是生命中不能承受之重，只不过这种重来源于放纵的生活中极度的空虚。人就是这样一个矛盾体，永远生活在各种矛盾的欲望里无法解脱，真正的痛苦难道不是来源于能力赶不上理想，命运大于期望的冲突？

下午和女儿视频聊天，她用了大部分时间教育我如何注意生活细节，怎样照顾好身体。长大的女儿关心老妈，这可以理解，不理解的是，她竟开始教我怎么熬粥做菜。

什么辣子鸡丁，红烧牛排，什么番茄焖米饭……而且说得头头是道，我的自尊受到了伤害。出国前还曾用一周的时间才学会番茄炒鸡蛋的她，一年里竟自学了这么多花样。还说她现在很喜欢做饭，今晚就准备招待慕名来吃的几个好朋友，且熟练地报了一大堆菜名，让我心里嘴里都发痒，有种鞭长莫及的痛惜和遗憾。

看来，换个环境确实有助于人能力的增长。身处一个不熟悉的地方，为了生存，人需要伸出各种触觉尝试去碰撞周围的陌生。哪里坚硬，你会立即收回；哪里松软，你自然会继续伸展。收缩时你收获了知识，伸展时你见识了新鲜。而能力就是在这种碰撞磨合中慢慢地积累，最终达到质的飞跃。人挪活，说的大概就是这样的道理吧！

前几天 Lida 就跟我们约好明天在家办个圣诞 party，到时候她男友 Paul 也会来。我答应包饺子，可她娘儿俩都是素食主义者，随口就说可以包素饺子或虾饺，她竟将了我一军，说两个都做点。下午上网一搜，虾饺做起来还挺难，需要玉米粉芡。临近 7 点 Lida 回到家，兴高采烈地给我看她从韩国超市买回来的韭菜，原来是小葱。看来明天的韭菜鸡蛋素饺子吃不上了，虾饺又没有把握。不该夸口，“压力山大”！

圣诞新年将至，晚上开始给英国的朋友们发邮件。平时很少联络，节日该给他们送去问候和祝福。一打开邮箱，心里就涌起对他们浅浅的思念。一直觉得自己很幸运，在英国访学期间结识了那么多待我亲如家人的朋友。表面上看，英国人不像美国人这样热情和开朗，可一旦他们认准你，便会死心塌地地关心、帮助、爱护你。

还记得 Paul 和 Sue 在 2011 年秋天来中国旅游，在上海一家宾馆的一楼看见我们一家人时，激动地抱着我们泪流满面。作为校长的 Paul 对女儿的关心和照顾还有他家门前那一片海，我永远不会忘。不知他们那一双有出息的儿女，是否让他们的辈分升了级？

Geraldine 更是把我当女儿，每逢周末、节假日都接我去她家。她家二楼的客房成了我的常驻地，他们厨房里的油盐酱醋放在哪里，我都了如指掌。

不知她的病情半年来是否有了好转。

Joan 是我结识的第一位英国朋友，第一次见面就开车带我游了附近最有名的山庄。不知她那辆灰色的福特车，还是不是崭新的模样？

还有 Jane 和 David 一家，更是把我们一家当亲人。不仅在课余时间免费教女儿学英语，还带我们游览了英国北方好几个城市。永远忘不了她招待我们一家时那顿国宴般丰盛的维多利亚式烛光晚餐。不知他们家农场里，是否还出现过可爱的小鹿？

Carol 和 James 两口是我回国前一个月才认识的英国朋友。Geraldine 要去澳大利亚过冬天，不放心我一个人，才介绍他们给我认识。忘不了他们带我去的那家很有特色的小饭店、他们漂亮的家，还有那落核桃的后花园。不知他们家门前那条小河，是否还会有成群嬉戏的天鹅。

Gwen 和 David 是我遇到的最穷的英国夫妇，住在政府救济公寓楼里，但却把那里装饰得像婚房般浪漫。不知她家那只会接听电话的牧羊犬，是否依然那样调皮……

相信缘分天成！这些英国朋友们曾经给予我的关爱，连同他们可爱的样子，都将沉淀在我的内心深处，不会随着时间的逝去而褪色！

遥祝他们一生平安，快乐永远！

美国学生的升学特点

早晨6点多我从咳嗽中醒来，暖气太燥热，打开窗户透气，扑进来一团清冷的空气和小鸟清脆的鸣唱。地平线上浅浅的朝霞里，有飞机滑过后的一道青烟。该忙碌的都开始忙碌了，世界仿佛带着使命感似的，按时醒了。

起床前翻看朋友空间里分享的鲁迅的一篇散文《雪》，读出了只属于他的语言的清冽，尤其是他的文体，让我回想起了高中语文课本的味道。20世纪七八十年代，能读到的散文很少，也不敢奢华地挥霍时间读课外书，课本上仅有的鲁迅的《从百草园到三味书屋》、朱自清的《荷塘月色》等几篇散文成了最爱。相信一代代中国人，但凡是读了大学的，大概都能背出其中的几个段落。只可惜记忆力最好的青少年时期，没有机会用所谓的课外书填充头脑，武装思想。而那些曾花大量时间死记硬背的僵硬的历史年代和什么北方南方独有资源的地理知识，那些一知半解的“高大上”的哲学、经济术语，除了磨炼了当时的耐心和记忆，实在想不出有什么用处。这些如今只需敲 Enter 键，一秒之内就能查得出来的数据，早已从记忆里被自动删除，不见了踪迹。

躺在床上再次睁眼时已是 10 点，这一次是被外面的清日蓝光耀映醒的。想必这几个小时回笼觉，也该把前两天耽误的觉补回来了吧。晴天和充足的睡眠总能给人带来愉悦的心情。透亮柔和的冬日阳光没有让心思荡漾出户，平静且略带点兴奋地坐在桌前务正业，不知不觉已是下午 1 点。吃了顿不凑合的午饭，休息至 3 点。

我出外散步，顺便去了趟银行、超市，尽管走的是主道，来回路上碰到的行人却不到 10 个。美国人更愿意待在家里过节日。相比之下，中国人更愿意走出家门，在喧嚣和拥挤中张扬自由，炫耀喜庆。

晚上 9 点下楼喝水，Emma 和她十来个同学在客厅开 party（聚会）。难怪 7 点刚过就听见楼下一阵笑语喧哗，还以为 Lida 回到了家。美国高三的学生 10 月底考完 SAT 就可以开始申请大学了，一般这时候每个学生都已收到好几个 offer（录取通知书）。当然，要想上更好的学校，还得根据不同大学的基本要求，再写一两篇 paper（论文）提交。按照中国人的传统思维，我们都会习惯性地质疑，万一有学生找枪手代写或在网上剪切粘贴怎么办？这种担心纯属多余，因为这种不诚实的行为在美国根本行不通，一是因为道德层面的习惯和自觉，二是据说各大学都有一整套先进而科学的软件，能方便且准确地判断出相关论文是否出自学生之手，而不诚实的成本会超过你的想象，会跟随、影响你的一生。

在美国想上好大学也存在激烈的竞争，老师的推荐和平时成绩以及某一特长都可以成为上好大学的重要因素。高考前的几个月，正是国内高三学生、家长、老师孤注一掷拼实力、体力、精力、气力，甚至权力、物力、财力的时候，美国的学生却可以开着车去一家又一家聚会，一夜又一夜狂欢到酒醉，这就是当世人与人之间的距离。必须改变的一个误读是，那些课余时间活跃、社会活动较多、会玩、爱玩的学生，还有所谓的富二代、官二代，就一定成绩不好，不思上进。刚好相反，就是这样一群孩子，支撑着美国中学、大学教育的优秀成果。所以很赞成这样一种说法，不怕富二代有钱、官二代有权，怕的是他们两者都有，还不放松拼搏努力。起跑线上的差距，人文环境、历史基因上的先天性优劣，影响的不只是个人的成长，甚或是国家民族的命运。

“冷冰冰”的美国人

身在小屋，眼到了天边；心思在书上，手在电脑键盘上。做饭，吃饭，洗澡，睡觉。这是本来的打算。

到了下午4点25分，已是黄昏，决定出外散步，选择了一条新的路径，寻找新奇。于是，依稀可见的白云，天边的彩虹，树梢上的半弯月亮，别人家门口的圣诞喜庆，路上来回跳动的松鼠，冷风中活跃的小鸟，都成了风景。5点多返回，翻看这些照片，原来收藏也可以成为幸福，路过也是一种心的满足。

看来，有些路，需要亲自走，有些苦，必须亲自尝，有些美，需要积极主动去寻索。

晚上精心做了顿饭，犒劳一下自己，因为没有偷懒。

Lida到了6点半才下班回到家，从冰箱里拿出啤酒解乏。真佩服西方人的胃——即使是冬天，喝从冰箱里拿出的果汁，还得加冰块；牛奶从不加热，水永远喝凉的；从不用开水，除了喝咖啡；芹菜、菠菜、红萝卜等，上面加点调料直接吃；冰淇淋是一年四季的甜食。据说为防止刚生下还不能吃奶的婴儿嘴干，护士会直接塞给他一小块冰。现在还经常能看到婴儿车上不到一岁的婴儿，嘴里放个奶嘴，不戴帽子，两只光着的小脚丫露在外面。每次都禁不住多看两眼，总觉得旁边若无其事的大人是狠心的继母后妈。西方人的“冻龄”看来必须从婴儿算起。生、冷、硬是中医里常提到的吃饭忌讳，看来老祖宗们的医典还真的只是写给中国人的。

其实不怕冰不怕冻的岂止他们的胃，还有他们的整个肉体。走在街上不管你捂得多严实，包得多像粽子，都会看到有人像要示威似的，穿凉鞋短裤或短袖，让人瞅一眼都想打寒战。人家除了是个性外显，还在突出从小用牛肉牛奶武装起来的硬朗的身板。没错，西方的有些东西可以学，有些东西只可远观，因为东西方之间不仅是文化上的差异，更有不可逾越的先天性的 DNA。

病隙忆身世

今天的日志又得从凌晨开始写起了。午夜12点多开始咳嗽气喘，直到3点多才有所好转。人真的是活一口气！呼吸是人的生存之本，只不过我们会把平时的一吐一纳当成理所当然。当呼吸不畅时才会意识到，这个从你生下来就分秒、寸步不离地跟着你的本能的动作，有时确实会出状况。胸口沉重得像堵着块石头，气管里好像有千军万马挡道，各种惨叫！连气都出不来了，该有多堵啊！我在痛苦中想象。

呼吸道的毛病是小时候得病留下的。那时候的我尽管很瘦，却很少生病，但时不时会咳嗽，严重了大人会从大队的诊所买两毛钱玫瑰红色的止咳糖浆，放在茶缸里端回来，咳得厉害时喝两口，根本不治病。一次次的痊愈大概靠的是时间和运气。

作为女孩，我的出生本就极大地背离了家人的期待。婴儿时患麻疹差点丢了小命。听大姐说，当时小小的红疹子藏在皮肤下面出不来，高烧好几天不退，脸成了青紫色，奄奄一息，大人们已经做好了放弃的准备。结果上帝不愿意，又把我送回到人间。大概觉得我还没看清这个世界的面目，还不可以去另一个世界吧。稍大一些后，又差点被父亲送给一家亲戚。长大后当姐姐们以此奚落我时，她们根本猜不出我当时压在心里的无奈和愤怒，至今想来还有一点点不舒服。不过写这些并不是抱怨，这是20世纪60年代末陕西偏僻的农村大部分人对待生命的态度，更何况我们是周围所有人都敢藐视加蔑视的地主家庭。在那样的政治、经济、社会、文化环境下，一家人能够生存下来就是万幸。相信父母的爱做到了力所能及，对于无法改变也无从改变的冷酷的大时代、大环境，他们也是渺小的受害者，这是我们一家人今生都难以遗忘的内伤。

因为不舒服，所以半夜2点向国内求救，搅乱了好几个人平静的下午生活。到了今晨4点用药后才有所好转。

9点钟起床吃饭，昏昏沉沉中看了几篇文章。发邮件询问了几个美国朋友在这里看病买药的程序，得到的答案是，先要预约专家排号，有时估计个把月还轮不上。药店根本买不到处方药。

下午4点20分，我继续站在西窗前遥望西山。在太阳每日的轮回里观赏它留下的最后一抹美。不禁开始担心，天天这样看夕阳、拍夕阳、写夕阳，会不会慢慢把自己的内心也染成夕阳谢幕的落寞、荒凉、甚至绝望。看来以后还得起早，站在客厅的东窗前，多看看早晨蓬勃的朝阳，分享生命向上的力量，或者再看看日在中天，感受太阳达到极致的光芒，再体悟万物极致之后都会回落的真理和规律。

2014年还剩下明天一天，到了该总结一年来家中大事的时候了，这个习惯已经坚持了很多年。

放松应身心兼顾

新年第二天，生活基本进入正轨，除了起床太晚，还有就是手头的事进展太慢。天气预报说明天有小雪，午饭后去了趟超市买回生活必需品。这里的天气预报都是按照小时报的，由此看出他们的自信。不过事实确实如此，预报下午几点会是阴天或有小雨雪，一般都很精确。是美国的气象仪器比较精密，还是当地的气候、地理环境更容易判断，无从得知，希望是后者。

Lida 12 月 30 日和男友 Paul 去了纽约，去听那里一年一度的跨年音乐会，看戏剧表演。她的女儿 Emma 也在 31 日跟同学一起去了纽约游玩。Laure 依然早出晚归，假期好像跟她没任何关系。

说来 Lida 的工作确实很忙，但她总能把业余时间过成最大化的休闲，不过她的休闲不仅仅是身体上的休息。周末除了去教会，一般会去湖边跑步，或去练瑜伽，或去健身房。而逢节假日都会和闺蜜或家人或男友开车外出活动，很少待在家里，更不会在忙碌了一天后回来坐在沙发上看电视或躺在床上刷 Twitter（推特）。她下班回到家常常会倒杯红酒，一边听着用她那又笨又重的过时的收录两用机播放的 CD，一边坐在桌前若无其事地读着《纽约时报》，安然地享受着属于自己的每一刻。

诚然，每个人都有适合自己的生活方式，但总觉得我们把平日里的休息当成一种生命本质的必须，从根本上忽略了对精神的颐养；我们更习惯于把周末或假期的自由和懒散当休闲，悉心照顾“身”的放松而忽略了对“心”的滋养。但作为生命主体的人是由肉体和精神构成的，正如身体在辛苦劳作、纯粹休息和得以特殊护理这三种不同情况下结果大相径庭一样，给精神以滋润和疗养应该会胜过纯粹的平静和放松吧。去影院剧院看一场电影戏剧，欣赏一出现代芭蕾，听一场古典音乐会，身体在陌生的环境里放松，精神在艺术的天空里飞扬，身心同时愉悦，相得益彰，这或许才是我们更需要的高层次意义上的休息。

但在现实生活中，至少在我生活的小城市里，人们更愿意沉迷于温饱之后的坦然和知足，更愿意享受生存之无虑而非生活之情趣。其实人们并非没有时间，不是交通不便，也不是没有去处，或许只是他们过于沉重的经历，拉低了梦想的高度；过于狭窄的视域，模糊了生存和生活间的界限。

至少我该学着重视精神的滋养，提高生命的质量。

晚上和女儿聊天一个半小时，家常事，母女情。

博物馆情结

今天小雨转中雨，下了一整天雨，天色阴沉沉的，除了外面的积雪还有点亮光外，一切都笼罩在朦胧的雾色中。这分明不是专心看书的好时候，这是我给自己找的借口。

9 点吃早饭时，Lida 回来了。脸上带着喜悦，看不到任何旅途的疲劳，休假后的轻松满足（当然也有爱情的滋养）从她的语音语速和语调中溢出，弥漫了整个屋子，尤其是她提到在纽约参观了三个历史博物馆时的神采奕奕，让人觉得有一种今世不去“非好汉”的期待。原以为只有英国人喜欢到哪里都会把博物馆作为首选，从接触到的美国人来看，他们也丝毫不差。还记得 2007 年 8 月 Jane 开车带我们一家去英国北部参观一个机械博物馆，那里陈列着英国不同历史时期淘汰的火车头，确实有很强的历史感，也很壮观，但依然不能理解这种地方看一次还不够，怎么值得她每年驱车 4 个多小时反复参观且不厌烦。当然，喜欢不喜欢，有时也许是天生的爱好和习惯，但若表现为一个民族的共同喜好，显然与一个民族的特质不无关系。

有时听人们开玩笑说，西方人对博物馆情有独钟，是因为他们的历史短暂，没有那么多东西值得纪念，所以稀罕。且不论历史的优势岂能用咫尺来衡量长短，如果没有对待历史的正确态度，如果不善于从历史中吸取能量，历史也会变成一种累赘，成为社会文明发展的阻碍和负担。

我们的历史悠悠五千年，我们的人口攘攘十三亿，但是否有足够数量的博物馆与之匹配？目前纽约大大小小的博物馆有上千个，首都北京只有110多个；欧洲小国如丹麦、比利时，平均1万~2万人就拥有一个博物馆，按这样的比率，我们单从数量上就有太远的距离。只是不知国内博物馆数量的严重不足，是否与货真价实的展品稀少有关联。记得余秋雨在他的《文化苦旅》中，曾满含激情地痛骂过20世纪初把敦煌莫高窟里的文物贱卖给匈牙利人斯坦因的王圆箓道士，也在文中哭喊着“还我祖先留下的遗赠”，想要拦住那些运往巴黎、伦敦的文物车队，还曾引用一位诗人的几句诗，描述对这些文化遗产流落异国的痛惜遗憾。“车队的后面，有个民族的伤口在流血”。大英博物馆三楼整整一层的中国展品，哈佛艺术馆里中国的艺术器皿，相信大多数中国人看后，首先感到的不是艺术的震撼，而是朴素的历史的遗憾。不过周国平的话也不无道理，他以自己惯有的哲学理性，冷静地分析了那些被拐走、抢走、偷走的艺术真迹的幸运。在他看来至少它们还被人类所拥有，没有被人为地撕碎后扔进历史的垃圾桶。

漠视历史的人也会漠视当下，不珍惜文物的国家，缺少了文化、自然遗产之“博”，民众博物馆意识观念必然会变得淡漠。

游览自然景观，你可以尽情徜徉在自然景观中，即使停止思想，也不会影响旅游的质量；但身处博物馆，如果关闭思想的开关，再珍贵、再离奇、再稀有的展品，也不过是一些时间的尸体，僵硬而无生机。喜欢参观博物馆的人必定是些爱思考的人。试想想，走进博物馆，和你展开对话的，是在历史的大浪里淘存下来的稀世珍宝，是一个个千回百转的厚重的生命传奇，是你永远走不进的另一个物理空间。而博物馆巧妙地弥补了你在时空面前先天性的缺憾。凝望着历史之河流淌过后遗落下来的具体物象，你看到的是历史的绵延，世界的宏阔；若再能以现世的身份，展开对时间的思考，你应该还能看清自己的可怜和渺小。博物馆里，你有幸碰到了自己。

对于还没有形成一种固定的博物馆情结的我来说，培养兴趣、习惯、爱好，关注、想象、思考，一个也不能少。至少以后再去什么地方游览，也要对当地的博物馆给予更多关注，因为那里不仅有个陌生的世界，还会有个陌生的自己。

风雪勾起乡愁

上午10点多，抬头看窗外，又下雪了，并不大，但因有疾风吹着，小雪也疯狂。这是今冬第七场雪了，和之前一样持续时间不长，路上照样看不到积雪。站在窗前向外望，看见几家房顶的烟囱口白色的雾气袅袅升起后消失在飞舞的雪花里，瞬间想起了小时候老家的冬天。傍晚之前每家的女主人都在忙着同一件事，就是提着筐从打麦场自家的柴火垛里捡回麦秆准备烧炕，于是暮色笼罩的巷子口，常常能看到遗失在路边的灰黄色的麦秆。

土炕是老家人用土坯或砖砌成的床，上面铺有席，席上面有松软的褥子，褥子的上面铺的是床单和暖炕的被子；炕的下面有孔道，跟烟囱相通。孔道口一般都留在屋外。所谓烧炕，就是往炕下面的孔道里塞上柴火点着后，先烧热土坯，随即整个炕和屋子也都暖和起来了，烧柴的烟则通过建房子时就留好的烟囱排出去。那时候老家的房子空间都很大，木门木格子窗闭合得都不是很好，保暖性能差，但只要热炕烧起，整个房间都会变得暖烘烘的。热炕是小时候老家人冬天里取暖的唯一途径。每当夜幕降临，每家每户房顶的烟囱上都有白色的烟雾升起，于是整个村子都弥漫着一股烧柴火的味道，那是记忆深处真真切切的家的意象，是有些许呛人但也醉人的故乡的味道！

那时候天一下雪，一家人就热热闹闹地围坐在热炕上。母亲忙着做针线活，父亲坐在炕头吸着烟，我们几个孩子则竭力压制住逃出去打雪仗的冲动，乖乖坐着听大人们讲东家长西家短的故事，有时也会拿出已经破得卷了边的扑克牌玩“升级”“吹牛”“斗地主”。这时候时不时会有邻居来串门，进房门二话不说，先脱鞋上来坐在热炕上再开始聊。那种淳朴、简单、平静、温暖，那种一家人其乐融融的氛围和场面，那种父母在身边的快乐和安全感，成了今生今世最幸福的回忆和牵念。

老家的热炕，见证了我天真烂漫的童年，我懵懵懂懂的少年，还有刚刚开始筑梦的青年，当然也见证了今世再也找不回来的父爱和母爱的温暖！

故乡其实是个痛苦的字眼，让乡音乡情乡愁这样听起来很美的词语，带上淡淡的、浅浅的、会上瘾的痛苦和忧伤。它天生所具有的无奈感比“无奈”一词更能表现出透彻的意义。也许故乡还是那个故乡，回得去；乡音依然如故，未曾改；乡情仍然有，照样浓。那么故乡到底有着什么样的呼唤，惹得人类几千年感叹感伤、感怀感念？

是儿时的伙伴，是质朴的乡情，是依然健康的父母，是顽固进骨子里的乡音，是乡亲们亲亲地叫着的你的小名，是门前蜿蜒着的那条上学的土路，是巷子里传出来的熟悉的犬吠鸡鸣，是村边夏天蛙声一片的池塘，还是春天里开满野花的农庄？……都是却也都不是！归根结底，是再也寻访不到的过去了的那时那刻！是纯纯的朴素的被人宠着爱着的情感空间！说到底，人在任何时候任何岁数都渴望被爱，于是把这种已经被无情岁月冲淡的情感寄望于故乡，将那种得不到的心境称作乡愁。

打造精神净土

今日天气阴冷，我放弃了去学校还书借书的计划，翻看了两本书中还没看完的部分内容，觉得很有价值。书，非借不能读。当必须要还时，才觉得没读完的部分字字值千金，无论如何都放不下。于是翻翻这一本，看看那一页，时间就这样被消磨掉，没有成效。原来以为买一本喜欢的书放在书架上，是一种不舍得读的贪，现在突然明白那其实是一种懒。这种不成熟的读书心态和状态，让我有点嫌弃自己。没有任务时，可以随心所欲读自己喜欢的书，吸取别人的智慧思想，挑战自己的理解和判断，反思自己的卑微和庸俗，自得其乐，但免不了会懒散；而有任务时又总会有感性的冲动，逼得自己过度紧张，为赶进程而心情不畅。人似乎永远都活在各种矛盾和冲突之中，把好好的生活纠结成无休止的取和舍。

很喜欢今天在微信圈里看到的一句话："当你的才华撑不起你的野心时，那就应该静下心来学习。"明白自己没有什么才华，也不再有什么野心，可以普通，但不想平庸！所以喜欢静心读书，痛快淋漓地享受读一本好书时那种即时的欣喜、顿悟和超然；享受被智者挤压到渺小、却发现熟悉的世界在眼前扩展的快感；也固执地喜欢在别人的地图里寻找自己的路径，让自己单行道的生命和生活被理想和想象照亮；更愿意和圣贤之人在书里对话，把自己的心绪、心情和心境随性吐露，让灵魂超脱俗世净化，让精神挣脱现实自由飞扬；更愿意独自蜷缩在书香里，冷眼旁观尘世俗客为名为利的忙乱，活出自己不需要他人懂的虚伪和清高。在物质的世界里生存，努力为自己打造出一方精神净土，闲时开垦，忙时想念。

下午是 Lida 每月请家政人员来打扫卫生的时间。有时候家里没人，Lida 会直接把钥匙放在门口的凳子上，等他们打扫完之后再放回原处。这种以信任换信任的做法很让人敬佩，其蝴蝶效应胜过任何一种全方位轰炸式的提倡和吹捧。人的多疑有时候何尝不是对自身的怀疑？孔老夫子的“君子坦荡荡，小人长戚戚”，透彻到极致。

看得出来，这位女清洁工三十来岁，长相、肤色都像南美人，微胖，不太会说英语，干活很细致认真，她那种小心翼翼的样子和不太淡定的眼神，让人心生一丝同情（尽管知道自己不应该，她也不需要，靠劳动吃饭再正常不过了）。有时候，当人缺乏某方面的底气时，会在不知不觉中表现出某种不自信。朋友霓说过类似的话，我们这群访学者，并不比大多数美国人素质差、生活差，记住这句话，做事说话时头都会是仰着的。看来尊严有时需要多重积淀。

下午满屋子吸尘器的声音和消毒水的味道，都不适合静心读什么，在网上搜来张靓颖的歌曲，戴上耳机听得津津有味。她磁性细腻的声音，总能唱出超越歌词的意境，让人构想出许多未知的故事，这是所有经典艺术的共同特质。对歌者的偏爱就如同味觉的喜好，是最不需要讲理由的。

晚上和一个学生聊天，她的迷茫、困惑是她思想的结果，有青涩青春的味道。祝她顺利！

姑娘，一路走好

震撼是今天的主题词。打开手机，歌手姚贝娜癌症复发病逝的消息迎面扑来，作为不相干的路人甲第一次为一位公众人物、一位艺人的离世而感到难受。不是纯粹的伤心，也谈不上悲痛，只觉得心口猛地一紧，郁结成真正的“震”。一天都在为一个年轻生命的陨落而遗憾、痛惜。

网上用得最多的一个词是天妒英才，我更愿意相信，她本是天使，生命注定属于天堂，只不过受上帝的偏宠，派到人世传播福音，如今完成了使命，又飞回到了天堂，继续歌唱。姑娘，一路走好！

第一次在荧屏上看到姚贝娜，是在浙江台《中国好声音》的舞台上，她穿红色体恤、蓝色牛仔裤，干净、清爽、美丽、阳光。一直认为最后一场角逐时，因为那英为她选了首难唱又不讨好的英文歌，才让她与冠军失之交臂。后来了解多了才知道，她其实早已经是更大舞台上的冠军。

在我电脑的音乐收藏夹里，有三位华语女歌手，王菲、张靓颖和姚贝娜。比起王菲，姚贝娜的声音不是高而玄的空，大概她还有断舍不了的尘世的缘；比起张靓颖，姚贝娜的声音更深沉更厚重，大概她有非同寻常的生活积淀和生命历练。今天再听她的歌，似乎有些残忍，因为歌曲的使命是使人快乐和愉悦，用这种方式缅怀死者有点无奈的反讽。不过她的声音里确实藏着她的命运，尤其是那首谢幕绝唱《鱼》，把一个女孩对爱的理解和渴望诠释得让人心痛。从此以后，再听她的歌，记忆中那个漂亮的映像里一定会多一双大大的天使的翅膀，随时能帮助她超越人世飞翔。

下午看书时脑海中还在反复浮现出这样的意象，一朵正在盛开的绚烂美丽的花，被一种无形的力量连根拔起且被碾碎，但她终究曾以独有的乐观，聚合并挥洒了所有的能量，美美地开放过，绽放过，怒放过，豪放过，然后潇洒地转身离去，留给世界的只有璀璨和青春，没有衰老和枯萎。感慨唏嘘之余，网上有人哭泣，有人追忆，有人痴痴幻想，有人思考生命的无常。漂亮的姑娘，把自己的离世也唱成了一首劲歌，充满能量！

很少见一位歌手的离世会引发那么多普通网民的关注和在意，有的为生者送去祈福和宽慰，有的为死者祈祷天堂里无痛、无忧和无虑，突然发现中国的网民那么可爱，也愿意相信人性本善良。有人说，当你真正懂得珍惜生命时，才能体会到幸福。而这种幸福，就是爱。不是去寻爱、追爱、渴望爱，而是创造爱，直至成为爱本身。今日网页上中国网民的表现，就传达出一种爱的力量和温暖。这种爱的力量的迸发，缘起于一个爱唱歌、会唱歌的姚贝娜。一个懂得爱的民族注定会是一个有前途的民族。

午饭后我出去买菜、散步。白云，蓝天，阳光下，竟飘起了雪花，再次见证了大自然的可爱任性，可惜镜头里抓不到雪的飘落。

黄昏时分，我站在窗前拍摄风景，却把右前方一米远的台灯和电脑拍成重影定格在一个画面里。感谢光学的神奇！户外夕阳，室内荧光，灯下苦读人，话凄凉。

好有诗意的一幅画！

悼念不可分高低

上午 10 点半出门，按约定去了 Watertown 的 Ruth 家，因跟她同屋的武汉女孩即将回国，所以约了几个人在她家办了个 Farewell party。下车途经 Charles 河，尽管气温低到 –16 ℃，水面并没结冰，有几只野鸭在戏水。真羡慕它们天生的抗寒能力，我拿着手机的手几乎冻僵了，它们还有心思在冰块之间仙游。

12 点整人到齐。今天来的大多都是 9 月去 New Hampshire 看红叶时认识的朋友，一对香港夫妇，一个韩国人，三个美国人，六个中国人。Ruth 显然做了不少准备工作，当我们 11 点半到达后，所有的主食、主菜（煮菜）、果盘、甜点都已准备好，加上我们各自带来的午餐，吃了顿典型的中国饭。席间因中国人数量占绝对优势，汉语喧宾夺主，成了官方语言，反倒让只会说几个汉字的 Ruth，Liz 和 Mike 变成了客人似的。

聊的最多的是各自的生活，过去的，现在的，国际婚姻家庭里怎样相处成了热门话题。彼此宽容理解是解决夫妻文化差异最好的解决办法，当然也是基本的处事之道。这样的聚会人员多而杂，尽管也热闹融洽，但一般不会有太深的交谈，聊聊天打发时间。4 点 30 分拍了各种合影以后坐韩国人 Tim 的车返回。

普通人，通过媒体关注了一个会唱歌的姑娘，她的歌声渗透在生活的细节里，任何情绪下聆听，都能带来愉悦。时间长了成了一种精神的依赖。然而她的生命戛然而止，听者无法接受，想要和人分享，想表达遗憾和忧伤，恰好也有那么多的人和自己有着同样的喜好，一方面说明自己的喜好既不盲从也不感性，一方面也见证了这位歌者的魅力。于是你分享了我的难过，我说出了你的感伤，情感交流互动，有何不妥？非要搬出个将军的落寞做比较，不是自取其辱，就是秀自己的偏激和无知！

饮食男女，注重身边琐碎事。家养的小鸟飞走了会哭天抹泪，南非总统曼德拉死了，没感觉，也不在意。这难道关乎道德，关乎人性、关乎素养、关乎伦理、关乎三观？在现如今网络这个虚拟的世界里，本来真实的东西就不多！如今恰好有一事件，能够带动出一点真实情感，让网友互相见证人性的善，本来是更好的宣扬真实、激发善良的契机，却偏偏有人跳出来标新立异，将两位死者做无谓的比较，不仅令人愕然，且让人觉得像是吞了苍蝇般恶心。

悼念逝者是观照自身

上午起床很晚，义愤填膺地写了篇反驳网络上“中国网民只为歌者泪，忘了将军功”荒谬观点的文章。在此继续做一补充。

任何非正常的死亡，都是一个生命无奈的终结，都会引发生者对生命主题的思考和相关人员的追忆和悼念。更何况歌星姚贝娜只有 33 岁的年龄，再加上她漂亮的外表，她那感动过很多人的歌声，都很容易让她离世的事实被平移到每个普通人的生活里。更年轻的一代会视她为姐姐，同龄人从她的命运里映照到自己，年长的人把她当孩子，而这其中每一层假设的关系都会碰触到善良人的真心真情真意，因而会有泪，会有怜惜有可惜有叹息。与其说人们是在为死者哀，不如说是在为生者叹；与其说是为他人悲，不如说是在为自己伤，所以才有了大范围的集体的感情宣泄。

1997 年 8 月英国王妃戴安娜车祸身亡后，曾引起全球人的悲伤。著名诺贝尔文学奖得主莱辛对此做过精辟的解读："这是为全世界的人们提供了一个发泄痛苦的契机和出口。"中国网民为一个喜欢的歌手的早逝而真情流露，总比假惺惺地为一个老军人的逝去而流泪来得真实一些吧。如果说与"三观"有关的话，只能说明百姓的"三观"尚没有达到政治理想中的高度，人性中可贵的求真求善求美的欲望，难道不值得提倡？

愿死者安息！愿某些生者走出愚昧！愿无良的媒体给凡人留点自由的情感空间！如果有一天全国人民的喜怒哀乐都统一了，那才是一个民族真正的殇！

灰蒙蒙的阴雨天，是睡觉的绝好机会。午后躺在床上看赵薇和黄渤主演的电影《亲爱的》，结果从头哭到尾，睡意荡然无存。电影给我的感受有两点：一是没有人会随随便便成功，两人炉火纯青的演技，借助电影艺术的灯光声色，把人间的亲情演绎得入骨入髓，绝对对得起观众；二是之前把所有的同情都给了孩子被拐卖的家庭，这部电影让人切实看到了买方家庭同样也有不幸，同样有被撕扯着的爱之痛。

一次橄榄球观赛体验

今天是美国超级碗（美国橄榄球联赛）的总决赛时间，其热度被认定为美国人的春晚。因为比赛持续4个小时，一大早开始电视就有现场直播，有盛大的开幕式和颁奖典礼，开幕式和中场休息都有重量级歌星的表演，中间各节之间表演看点很高、艺术性大大超过商业气的广告也是人们热追的话题。这场美国国内的球赛被美国人骄傲地称为世界级的比赛，一是美国橄榄球的水平确实代表了世界级的水平，二是橄榄球只有少数几个西方国家有俱乐部球队，而且欧美之间球赛的规则还不大相同，没有平行可比性。

去年刚获得冠军的西雅图海鹰（Sea hawk）队曾经让西雅图的市民兴奋了一年。去年比赛结束的当晚，全城狂欢，游行的队伍喊着口号唱着歌，见人就兴奋地拥抱，据说只要你戴顶球迷的绿色帽子，连劫匪都会善待你。今年的海鹰队一路走得并不顺利，半决赛中在4:15落后的情况下，在最后的十几分钟内逆转，再次有幸进入总决赛，更是刺激了粉丝们的热情。早在两周前，这里的市民就开始忙着为一家人买行头，比如蓝绿色的衣服、绿色的帽子、车上挂的特有装束，街上、车上、商店门前、高楼门口，也到处都可看到印有数字12的蓝绿色彩旗。一顶绿色线帽卖到三十多美元。橄榄球队共11名队员，数字12是粉丝们给自己的封号，代表着自己和球员亲如一家。

据说比赛当天（周日），西雅图球迷通常会推掉所有应酬，一早起来洗好澡，准备好啤酒点心，穿好球迷衣服，一整天守在电视机前看直播。更有人选择三五成群去酒吧，一边喝酒，一边和其他球迷们一起观看，共同享受这难得的几个小时的快乐时间，有的甚至宁愿拥着挤着站在酒吧门口，听着电视里的直播解说。当然，"骨灰级"的球迷会花费8 000多美元买一张门票去现场看，几万人一起疯狂。

一场国内比赛，调动起一个国家的人的兴致和热情，无关政治，无关民族存亡，无关"为国争光"，纯粹地享受竞技体育给人类带来的愉悦快乐，这才该是体育本身的目的所在。

从波士顿来到西雅图观看一场波士顿的新英格兰队和西雅图的海鹰队的争冠对阵，坐在正在放直播的电脑前，我茫然而找不到感觉，不知为哪个队叫好，这场球赛看得很不爽。女儿当然支持西雅图海鹰队，我却因在波士顿生活了近半年，对新英格兰队情有独钟，心里做不到百分百支持海鹰。

算不上真正的球迷，也不是哪个俱乐部哪个球星的铁杆粉丝，但平时只要有现场直播的各类球赛（除了中国男足），都有盲目的兴致热情，很享受你争我夺的比赛过程和不可预测的比赛结果。通常在没有中国队参赛时，我会凭着感觉迅速但毫无理由地选定愿意支持和为其加油的一方，然后随着比赛的进程和队员们同悲喜，共苦乐，享受宝贵的每分每秒。可惜今天直到最后都没找准队伍，让一场视觉盛宴变成了内心平静的观赏。

很遗憾今天西雅图的海鹰队浪费了一次天助的好时机，在最后的两分钟内让新英格兰队占了上风，含恨败北。没有女儿对比赛结果那样的在意和遗憾，只是可惜不能像期待的那样上街看狂欢游行了。比赛过程中，窗外安静得像夜晚，街上很难看到行人，路上少有汽车过往，真正见识了下午3点之后西雅图的万人空巷。

看球赛耽误了时间，女儿尽管身体不适，还是坚持做作业到半夜3点，真难为她了。

纸质书的特别之处

阴雨绵绵是西雅图的另一张名片。一周内有两三次晴天就已经算老天开眼，路上总是湿漉漉的，街面上很少有干的时候。如此多雨的西雅图，如果想当然地以为卖伞应该是好生意的话，那就大错特错了！不管雨急雨缓，行人个个把衣服上的帽子往头上一套，低着头来去匆匆，很少看到有人打着花花绿绿的雨伞行走。偶尔身边闪过一两个打伞的行人，十有八九是中国人。D感叹，原来衣服上带有帽子的创意是专门为西雅图人设计的。

美国人这种雨天不打伞的习惯似乎与文化没多大关联，实在是这里的天太爱变脸。不大不小的雨，时下时停，打开伞是累赘，不打伞会淋雨。当你还在纠结时，雨势的变化已经让你忘了到底是为了什么犹豫。

小雨淅淅沥沥下了一上午，到了下午4点，偏西的太阳从厚厚的云层里钻出来，顿时照亮了半边天。去附近的社区散步，树枝上的小水滴在阳光下闪着亮光，草坪上的小花肆意地怒放，剔透清新的空气让人想张开嘴巴呼吸。接近5点，广场上的路灯亮起，点缀着黄昏里朦胧的美。我绕着草坪散步，不忍心返回。

女儿今晚有课，上午起得很早赶着她作为助教的工作——改作业，下午忙着预习功课。晚饭后去学校前，为我们推荐了一个读书网站，从中搜到了余秋雨的两本书，如获至宝，立即开读，第一本是《中国之旅》。看过后不禁觉得失望，看到书名，原以为是他的新作，打开一看，还是之前那几本书里的内容，只不过加了不同的引言。自从前年读完他的第八本散文集，没法不崇拜他文笔的卓尔不群和对文化的独特体察，但把同样内容的散文重新排列组合换个书名出版，实在不合一个文化大家的做派、风范。但愿是书商们的急功近利、一厢情愿。

来到美国后，一些喜欢的书只能在网上阅读，总觉得差强人意，尽管能抓住书的精髓，但总感觉少了手捧着纸质书的那种惬意。有人说过，读书的人不会孤独寂寞，因为张开的书，就是个拥抱的姿势。喜欢这个极富想象力的比喻！的确如此，手翻动书页的每个瞬间，心中无不带着对已读内容的思考回想和对未知的期待希望。

真正的好书，还能让你在合上书的瞬间，有一种征服者的满足和喜悦，更有一种意犹未尽的遗憾和失落，因为不愿意和书中的思想或人物说再见，不急于移情别恋，另寻“新欢”。读完一本好的纸质书，通常的做法是捧着书沉思，努力想象什么样子的作家会写出能让人上瘾的文字，自己断裂、碎片式的心得怎么会被人

阐释得如此全面到位。于是自己的想不通便成了进一步阅读的能动力。而在网上阅读，正如同听书一样有隔靴搔痒之感，既少了从文字中提取作者思想的过场，也无法停顿下来整理自己的体悟感想，真的少了读书愉悦的纯度，或许是自己太传统。

女儿的生活真忙碌

又下了一天小雨，打乱了原定的出行计划。除了5点女儿去上课后我们冒雨去超市买了趟菜之外，在屋里待了大半天，上网查找、熟悉、确定下周去加州玩的主要景点、线路和相关内容。一直相信一句话，旅游时你带去多少才能带回来多少。出行前做一些必要的知识储备，可以让旅游更立体。在陌生的环境里先让心沉静，才能带着清透的心情去接纳自然和文化盛景。

来西雅图快两周了，慢慢熟悉了女儿的学习和生活规律。关键词只有一个：忙。美国大学大多数商学院研究生的课都排在晚上6点到9点，因为部分学生是上班族，下班后才能来上课，而且不乏小老板和小有成就的公司上层，他们出于工作需要，选择及时回炉。所以有人说学商学重要的不是知识，而是人脉。挺有道理！

她每周一、三、四晚上有课（至少要选三门课），周四上午去院里值班，具体工作是待在办公室，帮助本科生解决学习中的疑难问题。另一个助教的工作是帮助教授改作业，每周一次，每次58篇论文，打分写评语。周日下午是学校成立的学生炒股团体成员的小型聚会，商讨行情，决定股票交易的卖出买进。七天里很少有完整的休息时间。

女儿每天的作息时间大致如此：早上8点30分起床（除了周四），吃几块饼干零食（吃腻了面包），一边喝奶，一边已经打开电脑，要么做作业，要么预习新课。有时自己做午饭，有时去外面的餐馆吃。午休在沙发上躺半小时，床上太舒服会睡不醒。晚上休息时间基本都是12点之后。

她一学期至少选三门课，实际上最多也只能选三门，因为每门课每次上课会讲几十页，一周的阅读量有时会多到一本书的内容，而且每门课都留有不少作业，需要讨论、论证、计算，写论文，每次作业都打分算平时成绩。如果想拿到A，平时作业的每一项每一题都不能马虎。阅读量、预习量可想而知。

在国外求学，从来就不轻松，这我是知道的，但从没想过会这么忙碌。国内出来读本科的学生，大多是过不了高考这道坎，或是家里有权有钱，上的大学基本都是社区大学，管理松散，学分好拿，所以留学生活过得潇潇洒洒，舒服休闲。很多留学的中国本科生因连续挂科被辞退，偷偷跑回国内，租房住在外面不敢回家的情况，不是电视剧里的艺术创作，我身边就有。但凡是出国读研读博的中国学生，学习都不会轻松，也都相对用功。高考尽管虐身心，但也确实能过滤出良莠。经过了高考、雅思托福、GRE等考试层层洗礼的学生，最起码有很强的自我约束能力，有梦在心，不敢放纵。

今天的日志主题，就祈愿在美留学的27万中国学生都能学有所成吧！

回忆少年锦时

凌晨4点多，高中同学发微信来，说文科班同学在老家县城聚会，请来了当时的班主任和几位代课老师，特别强调说班主任老师想我和D了，想问候我们一声，甚是感动。一直到天亮，脑子里全是30年前上高中时的一幕幕情景。

那时的母校，是关中大地山脚下一个普通的中学，校园四周是低矮的土墙，大通铺的学生宿舍，只供应开水的学生食堂，有一扇很少打开的木头后门，两扇铁栏杆焊接成的前门，50多名教职员工，1 000多名学生，还有每到春天开满紫色花的桐树园，多少有点青青校园的模样。

那时文科班的代课老师们，基本都没上过大学，工分制的英语老师，五七干校毕业的政治老师，高中毕业的语文老师，没上过高中的数学老师，本科化学专业毕业却被“赶鸭子上架”的历史老师，唯一专业对口且有文凭的是地理老师。然而他们以勤补缺，好学敬业，这样的学校和师资，在当时全国升学率只有 7% 的大环境下，每年竟也能培养出五六十名大学生，严明的校风校纪是重要保证。

那时的我们，吃的是每周从家里背来的真正的“干”粮（杂面馒头），喝的是学校食堂仅有的一口大锅里七八十度的“开水”，住的是每人 60 厘米宽、五六十人挤在一起的大通铺，没有课外书没有复习资料，读的只有十来本几乎可以倒背如流的课本，尽管两耳闻不到窗外事，但知道行动可以改变命运，于是用还算不低的智商、纯净如水的思想和傻傻的信念，支撑起羞涩的梦想。

一晃 30 多年过去了，大脑中依然能勾画出母校的每一个角落，心里仍然有老师们当年的神情笑貌。那个坐落在田野里的乡村中学，那几条留下匆匆脚步的校园小路，那个夏天里蝉鸣声声的桐树园，那些破了边儿的教室墙外的大黑板，那些有破洞烂玻璃的宿舍门窗……正是我们青春年少时开始筑梦逐梦的地方。

如今这些完美的物像，宛若故乡的云，在记忆中兀自缥缈，无法靠近，只剩下无奈和神往。

这样的感觉不是因为过去的美好，也绝不是现在的不如意，那只是一种对不复回的岁月的刻骨铭心，而怅然若失的思绪里满含对时间的痛惜，30 年的时间，你们都去哪儿了？

同学发来几张现场照片，当年风华正茂的老师们现在已年过古稀、龙钟老态，一时不知道说什么好，只回了两个字“岁月”。向死而生的人的生命，才是天下最大的悲剧。于是我们只好安慰自己，需要保重，需要珍惜，然后才更具生存的意义。那，又能怎样？

遥祝曾帮我的老师们健康平安！

下午去了南联合湖区游玩，没有一丝云的天蓝得透亮，把湖面的波纹映照得如光滑的绸缎。此景只应天上有？这样的发问庸俗不堪，但也确实能赞美眼前看不透的海和天。

回来的路上从一处临街的办公室窗前经过，窗台上放着几盆盛开的鲜艳花朵，多看了几眼，迎来旁边坐着的一位气质极佳的女士的莞尔一笑，也美得像花。而我们的文化、传统、历史或许也有个人修养的缘由，使我们在遇到陌生人时往往保持高度的警觉和猜疑，不是横眉冷对，就是面无表情，很少主动一边驻足让路，一边微笑着说你好。

祈愿人世间再多点友好和温暖。

难得的温馨团聚

在西雅图全家团聚的日子就剩下几天了，延迟了的三顿饭做的都是女儿的最爱，只是遗憾因灶具不全和能力有限未能满足她很想吃春节期间的扣碗的心愿。27 日（本周五），D 和我将各奔东西，D 西行回国，我东飞返波士顿。女儿今天正好没课，也没什么工作要做，一家人安安静静在家待了一天，聊过去她成长的每个阶段，聊现在的“三观”，聊不远的未来的人生路，感觉时光带着现在的幸福倒流到多年前。

那时候没有硬性的任务，不用惆怅时间，一家人基本一起用三餐，周末闲散，节假日慵懒，日子风平浪静，其乐融融。从没想过如今和女儿一起吃个团圆饭，还得周密计划、漂洋过海、翻山越岭，这样的幸福指数如何计算？安心自足、担心挂念，抑或是分离的时间，哪一个当系数幸福似乎都会减少。情感的账谁都说不清！

之前只想着天空海阔，让女儿追自己的梦，现在瞧着她一人在异国辛苦打拼，开始质疑当初毫不犹豫的支持是否欠考虑，对她的支持是否过了头。

她的思想再成熟，行为再独立，有时也仍然需要爸妈爱的护翼，有点不忍心把她留在这里了。

今天要提交的课题文件打印时出了点问题，晚上加班到凌晨1点。

佩服女儿

上午7点多，女儿盼来了她于惴惴不安中等了两天的offer，终于过了三次面试的最后一关。心情不错的她连早饭都没吃就去上班，我们收拾完各自的行李，午饭前去中国城为她买回了满满一冰箱的水果、蔬菜、肉食和零食，希望能帮她节省出一点点的时间。

午饭后和女儿一起逛街，这是来西雅图后她第三次陪我们上街，因晚上还有课，买了点东西后匆匆返回。直到晚上9点多下课回来后才吃上晚饭，疲惫不堪的她，11点躺在沙发上说着话就睡着了。

和女儿一起生活的这一个多月里，真正见识了她的忙。忙着助教，忙着上课，忙着做作业，忙着写简历、投简历，忙着准备各种面试，忙着应酬各种社会交际，近来还得忙着在心里兼顾我们的存在。今天总算有个好消息，可以弥补她多少天来的身心疲累，但实际上她迎来的是更大的挑战。想想如果自己年轻时为了梦想这样拼生活，肯定不会是现在这副模样。佩服女儿的毅力恒心，更欣慰她甘于吃苦的品质。

愿女儿梦想成真!

为柴静点赞

关闭了手机自动调整时间的功能，上午被时差所骗，躺在床上到 11 点，期间看了柴静的专题视频《穹顶之下》。多次看手机上显示的时间，还纳闷波士顿的天怎么亮得这么早。

吃了点饼干当早餐，12 点出去购物。天气晴朗，太阳照在高高的雪堆上，十分刺眼。路中央的雪已经被清扫干净，路面呈现出白花花的盐渍，一排排别墅房的房檐上，挂着长长的冰凌，人行道两边堆起的雪有近两米高，走在窄窄的雪墙中间，没有冰冷，有种被裹挟的感觉。雪人被阳光模糊了面目，冰人还活灵活现，也算是见识了波士顿百年难遇的暴风雪吧。

雪花是晶莹的，落雪是浪漫的，但雪堆很丑陋，暴风雪与浪漫不沾边。也许有白雪做陪衬，没有什么可以不肮脏。反正眼里泛着黑黄的雪堆，无论如何也找不到想象中的美，那是因为有了人类的印痕足迹。想起了上午看过的柴静拍摄的《穹顶之下》的视频，被污染了的雪堆，何尝不是人类污染自然的铁证。在此不得不说柴静思想深刻、语言犀利。5年前读完她的《看见》，就对这位外表柔弱但思想能发出铿锵声响的女子刮目相看，觉得她在思想和文笔上与台湾的龙应台不相上下，且每年开学都会把她与龙应台的书同时推荐给学生。所以今天看到的她沉寂一年后的杰作，一点儿也不意外。

视频里，一个看上去柔弱的女子、母亲，穿着朴素的牛仔裤白衬衫，站在大大的屏幕前，从爱出发，讲起了关涉每个人生存、生命、生活的庞大命题。

回到自己。周末的正午，四周一片寂静，太阳光照在雪上反射出刺眼的光，穿件大棉袄，左手鸡右手鸭地从超市买回生活必需品，一阵阵的沉重感。走干爽的路面不安全，走人行道又太湿滑，那一刻都有点自哀自怜，觉得自己就像一只背着沉重躯壳的蜗牛，带着稍许的孤独和绝望，挪动在潮湿的路面上。忽然之间佛性的慈悲情怀大发，觉得世上任何有生命的东西的生存、生活都不易，以后应尊重体谅世间的每个生命，认真经营自身的生活。

下午2点多我才开始做饭，看到餐桌上交代 Lida 照看的植物，已经开出几朵深红色的花，感谢她的用心，花香弥补了今天唯一一顿饭菜的乏味。

我午休至4点30分，西斜的太阳照到床上，封冻的窗户还是打不开，坐在桌前不情愿地改论文，直到晚上。

导师授课

昨晚的小雪下了约5厘米厚，早上起来去学校，小心翼翼地走在雪墙之间，见识了“雪上加霜”的美。晴朗的天气，云和雪比着白似的难分胜负。蓝天突出了云的洁白，阳光使雪更加剔透，只是白云看起来温柔闲适，白雪却清洌局促又畏缩。毕竟，“天”“地”有别。

哈佛开学1个月了，第一次踏进校园，白雪、蓝天、红砖楼，层次分明，美得有些虚幻。各条小路的两边都堆成了雪墙，从远处看，在里面穿行的学生像从地底下刚刚爬出的小鼹鼠，只露出个头。只有身边匆匆而过的身影，才让人意识到那是哈佛——全球学术的高端地带。突然之间，出门前心里的不情愿和被动感烟消云散，开始有了些求知的小冲动。早说过这是个神奇的校园，只需在各个楼群之间转一圈，就有了对读书的渴求感。

因上课的地点有变，辗转跑了3个不同的地方才找到教室。开课已经10分钟，教室里几乎座无虚席，门依然开着，还有人陆陆续续进来。大家就是大家！一个小时的课程，信息量大得让人难以接受。课程名字是“美国黑人文化文学”，但内容跨越哲学、美学、音乐、美术学，范围涵盖欧洲、美洲，知识传授方式有影视片段、有诗人的朗诵、有作曲家的弹唱，Gates 教授渊博融通的知识和口才，让人领教了博雅的魅力！

听课的大约有两百人，年轻的学生居多，也有不少中年人，80% 都随身带着电脑，除了讲课声，就是“嚓嚓嚓”地敲击键盘的声响，带着急切、匆忙，还有对知识的接纳和渴望。只是不知道美国这些顶尖级的学霸们，记下了怎样的内容，敲出了什么样的思想。

原以为自己研究多年，对黑人文化和文学史有一定的了解，听了一堂课就深深感到自己知识的匮乏、狭窄和肤浅。那一刻的想法是一定坚持听课，一节也不落。

课后我去了图书馆，本周是哈佛很多院系的期中考试周，再加上是中午时分，自习室人不算多，挑个自己中意的靠窗户的座位，看书到 3 点。

泓和家人在加州过完年，今天上午刚返回波士顿，一下飞机就吵着找我去买菜，于是直接坐车去了超市。“不想读书，只想回家，也不知道接下来该干啥”是我们的共识。

上海的蓉，女儿今年大一，寒假来波士顿过年，后天回国，晚饭后和泓约好一起去蓉新搬的家看看，喝茶聊天到 9 点半，除了交换过春节的信息，也没忘记商讨下一个大的出行计划：墨西哥不用办签证，且那里有诱人的玛雅文化，但治安很乱且距离较远；加拿大需要办签证，美国唯一的北美邻居，几个大城市都在边上，要不去看看太遗憾。没有结果，待定。

周一，算是充实。

哈佛图书馆的用餐专区

上午10点整出门赶公交上课，才发现昨晚又有雪悄然而至，台阶上的积雪有五六厘米厚。不过气温并不低，雪开始融化，路上有小水流，房檐上滴水，人行道上又湿又滑。行人眼见马路上不过车，都走着“S”形，穿行在雪堆和马路之间。小时候听母亲说过一句俗语“干净雷雨邋遢雪”，这满路泛着灰黄的雪堆，不知什么时候才能化完，外出走不了几步，鞋上裤脚上都是污点。

今天刚好赶上公交，提前半小时到达教室门口。里面有位教授正在讲犹太教和基督教，直到11点整还没结束，哈佛的大教授也压堂！Gates教授依然是他黑色衬衫外穿灰色西装的着装，今天他讲的是20世纪二三十年代黑人文学中的自然主义和现代主义，重点解读了这一时期两位代表作家及其作品：赫丝顿的《他们眼望上苍》和理查德·怀特的《土生子》。他以杜波依斯的“双重意识”为切入点，追溯到黑格尔、威廉姆·詹姆斯、荣格等不同哲学家和心理学家的理论，先是对关键词的梳理，然后对比分析了两者的异同。其中两位作家的自然主义与现代主义之争，无疑是一个比较新的视角，值得深入探讨。这是今天最大的收获。

下课后我去图书馆看书至3点返回。中途下到地下一层，这里被隔成不同的区间，原来这里是供看书的师生吃饭的地方，里面的人还真不少。桌椅、板凳、冰箱、微波炉，一应俱全，还供应开水！随意打开几个大冰箱中的一个，里面放着不少不同颜色包装的饭盒。旁边还有各种甜点、饼干、薯片、果汁的自动售货机，投币刷卡都可以。

来这儿半年了，每次去图书馆都直奔二楼自习室，从没想过去地下室瞧瞧。今天才知道还有这么一个宽敞方便的地方，可以免费使用。以后再不用从住所带热水，也可以带盒饭过来加热，不用再走20多分钟跑到系里去用微波炉加热了。细节决定命运！哈佛今日的辉煌里，想必也包括这些周到细致的人文关怀吧！真值得国内高校借鉴和学习。

Lida今天在家办公，闻到了我凉拌豆角的味道，来厨房用手抓着吃了好几口，直说香。最后还不忘用勺子给女儿Emma喂一口尝尝。仔细想想美国人的饭菜里好像很少用到醋，他们的饮食里根本没有凉菜一说，但凡生吃的绿菜叶，只在上面撒点盐、胡椒粉或奶酪之类的东西。比起食物的花样种类，我们绝对算得上是他们的“祖宗”。

圣诞节时Lida送我的盆栽，三朵花今天全开了，且还有淡淡的清香。而她送给Laura的一盆花因疏于照料已经干枯。看来，付出了不一定会成功，但想成功一定需要付出，不管需要付出的是时间、金钱还是情感。

两顿专业“大餐”

本学期第一次早上 9 点出门，空气纯净清新得忍不住张嘴呼吸。公交车上的人比其他时间点多了不少，三四百米一个站牌，逢站必停，一路晃了 40 多分钟，要不是窗外迷人的蓝天，真有些吃不消这样的颠簸。

经人推荐，今天第一次去听 Cohen 教授有关犹太教与基督教对比的课。课前一刻钟，Cohen 已经坐在前排和学生交谈了，之后从讲台上走下来与陌生面孔的听课人一一打招呼问好，还熟练地叫着学生的名字，和他们低声交流。听旁边武汉的甜说，他记忆力超好，开学没几周就记住了每个学生的名字。还说下次上课他肯定能叫上我的名字。当然据说这也是一种自信的表现。本周三是期中考试，中期会有学生评估打分环节，他这样的表现有点拉票的嫌疑。在哈佛任教压力山大，但凡学生评分低的，不管什么原因下一年一律解聘。

很巧的是，今天来听课的六位中国访学者，刚好坐在了一排，结识了国内来的两位学术“大咖”：一位是李连杰壹基金的总裁杨，另一位是专门从事犹太教研究、足迹遍及全球大学课堂的年轻的孟。“哈佛户外”圈子，又多了两位同僚。

Cohen 把他有典型犹太人标志的巴掌大的帽子往后脑勺一扣，才正式开讲。相比而言，不管是专题的深度、高度和宽度还是逻辑思维和语言表达，Cohen 教授都不及导师 Gates 教授。但宗教教义是文学研究，尤其是黑人文学研究回避不了的主题之一，能有机会系统地听讲，也很难得。于是告诫自己一定坚持听完全程。Cohen 从两大宗教的教义出发，梳理了礼拜天的来历以及礼拜天为什么必须休息的宗教意义，还从经书中梳理出这一神圣日子里不忌讳的生火、搬家、犁地、缝补、打谷、剪羊毛等 39 种事情，至于为什么却并没有给出足够多的令人信服的理由。

导师今天的课是外聘教授的专题讲座“科学和医学眼里的种族研究”，黑人女教授（名字没记住）分别从科学和医学出发，对黑人的形体、外表、身体素质、DNA 等方面做了病理性的分析研究，认为美国黑人和白人外表上的差异，本不该引发传统思想上那么大的歧义，进而论证出对待种族该有的科学态度。不得不佩服这位教授的时间观，收尾的一句话刚好是 12 点。提到有关黑人身份问题，想起来昨天读到的人类十大著名的思想实验中的“特修斯之船”，普鲁塔克在公元一世纪就提出的这一质疑，似乎可以用来分析黑人的身份悖论。当下黑人还在争论维护的身份，与他们的祖先 300 年前争取的身份是一致的吗？身份若真的只局限在实际物体（肤色、外表、形体、性格、基因等）和现象（文化、历史、政治、经济、宗教、道德等）中，那么，黑人（任何人）对自我身份的寻找和论证不都成了假命题？很有趣，需要慢慢严密推导。

下课后去图书馆看书至 3 点半。返回的路上，阳光正盛，气温回升，雪堆时有坍塌，积雪开始大块大块地融化。路过教学楼，风把楼顶上刚刚融化的雪吹打在脸上，只有凉爽没有寒，春天不远了。

饭后 5 点站在窗前，看着地平线上的一抹夕阳，斜依在蓝天边上，娇滴滴的妩媚；而北斗星眨着眼，只待夜幕下的浪漫。

传奇安吉罗

上学期借的 Maya Angelo（安吉罗）的作品集和有关她作品的书评，年后才开始看。为了赶书稿，在细读文本之前，不得不先从她的书评看起。安吉罗是 2014 年 4 月离世的美国著名黑人女传记作家、诗人，“传奇”两个字几乎就是为她创造的。3 岁时父母离婚，她像包裹一样被“邮递”到南部祖母家，5 岁重回纽约和母亲一起生活，后被母亲的男友强暴；16 岁做了单身母亲；曾为养活儿子卖身；做过舞蹈、歌唱演员，当过电视节目主持人，还是美国历史上第一位黑人女司机、女影视剧编导；加纳的报纸专栏作者，在百老汇出演过角色，制作编写了十多部电视连续剧，结过三次婚，获得过多项荣誉。有人说她就是“一首悲伤的歌”，一点儿也不为过。就是这样一个“女汉子”（身高约 1.8 米），会讲 7 种语言，出版过 6 部自传，5 部诗集，2 本书评，2 本童话。很庆幸在诺贝尔奖得主莫里森之后，开始深度接触安吉罗这位黑人女性大家，阅读她的作品将是近一段时间的首要任务。

下午我不得不继续改今年最后一篇硕士论文。这篇论文是在职硕士的毕业学位论文，行文中问题多得想说脏话。60 多页内容，到下午 6 点才看了一半，读得我长吁短叹，头昏脑涨，死去活来。

为了不影响心情和睡眠，晚上放弃继续阅读有点“欺负人”的论文，开始翻看安吉罗的第一部自传《我知道笼中的鸟儿为何歌唱》，第二页没翻完，就被她生动的语言表达所吸引，有种相见恨晚的遗憾。读读这一句话：“when I was three and Bailey four，we had arrived in…，wearing tags on our wrists which introduced-To Whom It May Concern…”类似精妙的表达书页中比比皆是，我现在似乎已经明白“笼中的鸟儿为何歌唱”，她的作品为何畅销。

至少这一个月内，不愁没有好书读了！

精神胃口双饱满

对任何规律的破坏似乎都需付出代价。多少年来晚上从来不看专业书，即使是读博的那几年，昨天晚上眼馋，读安吉罗的自传，结果今天的日志得从深夜两点开始写。

上午9点刚出门，就觉得大棉袄长筒靴太不应景。太阳晒在身上有种热的暖，房顶上仅剩一点残雪，地面上的雪墙矮成雪埂，马路上能听见流水的潺潺声，公交车上人的夏装直晃眼睛，这是什么节奏？春天也有点太心急了吧！还没走到图书馆，竟然已经出汗了。

上午的自习室人不算多，挑选了自己喜欢的座位安然坐下，继续阅读有关安吉罗自传文学的内容和技巧问题的专著，不知不觉间已到12点。先去 barker center 听学院常规性的讲座，主讲人以“哪里有火，哪里就有政治”为题，用大量的图片做辅助，介绍并分析了南非一个棚户区频繁发生的火灾和政治制度的关系。小小的视角却探讨了一个大大的问题，值得借鉴。

1点整慕名去听当今著名文学评论家、莎士比亚研究专家 Stephen Greenblatt（格林布拉特）教授的课。格林布拉特是新历史主义文学批评的代表人物，但凡研究外国文学或做中外文学批评的人，没有人不知道他的大名。之前只是认真研读他的思想，连他的名字都不敢多看几眼，且一直以为他已经不在人世，今天有幸见到鲜活的人，瞬间体会到了什么是仰慕加崇拜。

看起来还很年轻的格林布拉特今天的课是给本科生开的文学鉴赏课，重点是从基督教教义出发，诠释了15世纪英国最伟大的诗人弥尔顿的《失乐园》。从来没有完整地读完这首长达一千多句的长诗，所以他讲到的部分内容听得有些糊涂。但不管怎样，又碰上一位大家，以后一定是追着听课的了！

2点下课后，一个人去校园外面一家中国餐厅——燕京饭店吃午饭。看到汉字菜单，莫名地高兴。花8美元要了一份午餐特供：一大盘牛肉青菜米饭，外加一个春卷，一小碗蛋汤，两小块鸡肉卷。量是不少，味道不佳，再加上音响里回旋着低沉凄婉的《二泉映月》，一点儿没吃出饭菜的香。剩下的一半打包带走，暂时放在图书馆地下二层的冰箱里。5点回家时我再取回，准备明天加工后当午餐。

将近6点时我回到住所，再也没有精力看书。逼自己坐在电脑前，改另一位学生论文的三稿到7点半。洗澡休息免晚饭，度过了充实的一天，为自己点个赞！

令人仰慕的 Mony 教授

波士顿的春天昨晚一定是被残留的冰雪给绊倒在什么地方了，今天尽管是晴天，温度却比昨天低了十几度。人们见面打招呼，像昨天谈论春天来了一样，“Terrible weather，take care！”是必说的一句话。

我上午8点半出门，公交车上的人比昨天更多，拥挤的车厢里，听得最多的是车启动或停止时人们相互碰触而轻声说出的“sorry”或“excuse me”，没有喧哗，没有抢占座位，更没有因抢、让座引发的争执甚至大打出手。两位姑娘站在前面，相互交流着哪里出生，哪里长大，哪里上班，做什么工作等家常的话题，聊得火热，像闺蜜。一个说着，一个带着夸张的语气赞叹着（Wow，Great，Awesome）；过一会儿交换角色，一人说，另一人用声音点赞。原来美国人的自信和自足，就是在生人熟人之间相互的赞叹声中建立起来的。颠簸的公交车里相对而立，跟陌生人聊聊自己的工作生活打发时间，能收获真心的赞赏，既有对彼此工作的了解，又可以找到满足和自信，何乐而不为？

这种陌生人之间没有顾虑的开心交谈习惯值得我们效仿。

刚走进校园，就被学生们一浪高过一浪的尖叫声吸引。今天是什么日子，学生这么疯狂？成群结队的学生手拿各种旗帜，脸上化成五颜六色，穿着相对统一的服饰，上面写有“oh my god”的字样，从不同方向的教学楼、宿舍楼里跑出来，前后左右呼应着在校园里跑动，更多的学生集中在校园内哈佛先生的铜像前，喊着听不懂的口号，一些淘气的男孩子干脆爬上哈佛先生的铜像，站在他的肩膀上合影留念。看他们这么激动兴奋的神情，显然不是什么政治活动，也不是考试周来临前的裸体游行，又不是毕业季！一头雾水，走进图书馆，咨询了门口的管理员，才知道这是哈佛大学的另一个传统！

按校规一年级的学生必须住校，且有意打乱院系、专业，由学校分配混住在一起。学生们可以自由选择住宿的地方，或校内或校外，或独住或合住。

所以这一天，一年级的学生都会在校园游行，欢呼庆祝终于有了自由选择住宅的权力。

这样的一件小事可以发展成一种校园传统，不知该质疑校方的政策还是为学生们的小题大做惊讶。年轻的学子们对自由真的如此在乎和向往还是仅仅借此释放一下学习的压力和紧张？如果是前者，那这个民族的性格还真有点可怕，这个民族的未来更是不可估量。

刚过9点，正是上课时间，图书馆偌大的自习室里没有几个人，看书至11点半。12点去听人权研究权威专家之一的Mony教授有关人权的讲座。这是霍米·巴巴组织的系列讲座，收到他办公室的邀请邮件，激动了好几天。霍米·巴巴，又一位学术界大亨，“后殖民主义”“文化霸权”这些响当当的术语的发明者。今天霍米·巴巴亲自做了长达10分钟的介绍，Mony先生是一位年轻有为、著述甚丰的教授，其代表作是哈佛出版社2010年出版的专著《最后的乐园——人权的历史》。自信、沉稳的Mony先生，有理有据地提出了自己对人权问题的认识和担忧，重点讨论了20世纪40年代、70年代及全球人权问题的现状，还提出了“民族福利主义”和“国际福利主义”等几个新术语，对马克思主义的平等概念提出质疑，认为福利分配的平等才最为关键，才是人权问题的未来。坐在霍米·巴巴的旁边，坦然地谈论自己的新思想、新主张、“新术语”，就足以证明主讲人的自信，而自信显然需要智慧和思想做支撑。讲座结束后返回图书馆的路上，除了仰慕，还是仰慕。

4点半返回，天异常的冷！

美国家庭的大学择校观

今天学校没有让我感兴趣的讲座，待在屋内看了一整天书。下午 Lida 回来较早，我问起 Emma 上大学的事是否已经敲定，她说还在等。我分别问过她娘儿俩选学校的第一标准，都说是钱。原来美国工薪阶层家的孩子上大学，首先考虑的不是专业兴趣、爱好、就业，而是钱。还说美国不仅各个大学的学费、奖学金差别很大，同一大学不同专业也有不小的差距，即使学生与学生之间也都不一样。问她一般家庭可接受的最大额是多少，Lida 说 5 万美元。折合成人民币 30 多万元，听起来确实不少，但按照工资收入比率来说，比国内要便宜得多。晚上有机会问了在美国生活了二十多年的谭姐，她说 5 万美元真的应该不算贵，前几年她儿子上大学时已经是 6 万多美元了。还说这是文化差异，美国大部分家庭都会把学费多少放在首位，他们平时用信用卡消费，大方得像捡来的或花别人的钱一样，再加上没有计划性，从不存钱，月光族成片成堆成群，多得能把黑夜照亮。更重要的是，上大学是孩子自己的事，父母一般都不愿在这方面花太多的钱，因为类似风险投资。所以这里的父母也为高中毕业生焦虑，但不是像我们一样焦虑能否上大学，能否上更好的大学，能否上更好的大学里更好的专业，至于砸锅卖铁那是录取以后的事。他们焦虑的是同类学校中如何精准选择才更省钱，而且大部分家长给孩子上大学的学费可不是白出，要打借条或者订立严肃的口头协议。这也是美国的本科生大多要打一两份工的原因。孩子与父母之间彼此不欠钱财是大家很认同的生活观念。人生百年，各过自己的生活，各活自己的人生，听着也不无逻辑。而中国文化熏陶下的我们，在孩子身上，永远过不了亲情这一关。

下午5点我出门在附近的社区散步，房顶上的雪已经完全融化，露出了各家别墅独具特色的性格，反倒是花园里依然厚厚的积雪，显得格外不真实。任何时候，任何地方，总能看见鹤立鸡群的房屋，或是台阶旁的一盏路灯，或是灵秀精致的门房，或是窗外精致的小挂件，或是花园里的小盆景……能把日常的生活过精致的人，大概除了智商还需要情商吧。

不远处的一座教堂里，传来了悦耳动听的乐曲。旁边的指示牌是用英、韩两种语言写成的，看来这是一所韩国人的教堂，静静地挺立在一块突出的高地上。暗黄色的围墙，高高的塔尖，白花花的积雪，紧闭着的深红色的大门，肃穆得让人不敢靠近。从旁边路过，只觉得周围的空气都带着教堂的神圣味儿。但幽静的环境里回荡着的乐曲，严肃中带着活泼，庄严里带点欢乐，让人的内心一下子变得安闲、平静。再幸福的生活，也有躁动的时刻，难得有这么一种宗教音乐，在任何时候听起来都那么平和。宗教之所以使人痴迷，大概是因为它能触及灵魂吧。

眼科专家给我扫盲

好不容易不下雪了，却又哗哗哗地下了一整天的中雨。空气潮湿，天色昏暗，找不到出门的理由，只有待在屋内继续赶任务，三顿饭减成两顿。学校从昨天开始放春假，加上周末共9天，春天的季节冬天的气候和温度，去哪里玩都是冒险。

下午跟昨天结识的北京中日友好医院的眼科大夫娇网聊，她在哈佛的一个专科医院做访学，2014年9月带着正在上高三的女儿一起过来，打算让孩子在美国读大学。来美国的医学专业访学者，与其他专业的都不同，每天按时按点去上班不说，还得为导师当苦役，免费替导师干很多基础性的、实实在在的工作：查房，写诊疗报告，搜集、分析病人资料，“压力山大”。用她的话说，“被狗一样地”使唤着，不过确实能修炼不少真功夫。这才觉着我们这群从事人文社科研究的访学人员轻松。

能来哈佛访学，机会难得。认真一点的，跟着导师听听课，再旁听一些学术“大咖”的讲座，私下按部就班地干一些自己的工作。也有的一年下来听不了几次课（因为压根儿听不懂），英语水平基本没提高，只是以特有的方式多方了解了美国的自然山水和人文现状。

不过人文社科领域，需要的是博闻强识后的思想，哈佛的哪位教授也不需要我们的帮忙。从某种意义上说，我们大多是带着一种虔诚来这里朝拜的，有机会看到一些赫赫有名的大人物从书架上走下来，活生生地站在自己面前讲着一些之前只能放在双引号里才能用的话，已经是莫大的荣幸。亲眼看见他们的翩翩风度，见识到他们的满腹经纶，才觉出自己知识、见识的肤浅。访学，访的是名校，学的是态度、方法和视角。至于真正的思想，还需要自己多读书、多积淀、多思考。

当然，和眼科专家朋友聊天，也学到不少知识。原来听说近视有遗传性，但想不通里面的科学道理。现在才明白，所谓的遗传是如果基因里有相关因子，一旦被诱发就会表现出来。所以同样用眼的人，结果会不一样。也才知道近视越早的孩子，随着身体的成长会变得更近视，因为身体在长，视网膜会变得越来越薄，所以少年儿童时期一定要保护好视力。一旦身体停止发育，近视度数一般都不会再加深。娇还提醒我说，高度近视者绝对不能做手术，且一定注意别被碰着或被压着，会有视网膜脱落的危险。

感谢娇！给我扫了一点眼科知识的盲。哲学家苏格拉底遍访全城，才悟到“我知道我一无所知”，山的那边还是山，学海无涯，再不读书真老了！

哈佛图书馆的周到服务

今天开始下一轮任务，上午收尾，午饭后去图书馆借书，为下一阶段做准备。我再次体验了哈佛图书馆人性化的服务。在哈佛图书馆借书，如果想省时间，在网上查好要借的书，发个 request（申请），并注明放在哪个图书馆，两三天后直接去前台拿就可以了。难怪在书库里找书时几乎看不到人影，原来别人都是在节省时间。按照提前查好的书号去二楼，在固定的书架上没找到。下楼问管理员，他们的热情和耐心让我觉得像故意找茬似的心里不安。他们说你去忙，一会儿找出来帮你放在前台。临走时果然连我的书单也整整齐齐地放在前台上，很是感激。就冲着他们这样的态度，今天借的这五本书也得认真阅读，争取从中淘得更多的“黄金”。哈佛还书更是方便，不管是从哪个图书馆借的，随便走进一个图书馆，往管理员面前一放就可以走人。

看书至 5 点半，去 Harvard Neighbor 看了赫本 1961 年演过的老电影 *Breakfast at Tiffany's*（《蒂凡尼的早餐》），大

概是因为赫本那超人的靓丽，影片的色彩依然清晰，轻喜剧的特征，赫本那从里到外爆炸式的美，都堪称精品，尤其是她拿把吉他坐在窗台上唱的那首 *Moon River*（《月亮河》），什么时候听起来都会有迷乱感。

电影7点半结束，走在校园的小路上，冷风仍然犀利。波士顿的温度什么时候能配得上白天明媚的阳光时，真正的春天大概就会到来了吧。我在 -8 ℃的寒冷中期盼。

午夜忆外婆

考虑到三个小时的时差和清冷的天气，不忍心打断在倒时差的女儿的好梦，将早饭推迟到了近12点。下午朋友泓和蓉来看女儿，一起喝茶聊天到5点。天色阴冷不宜外出，读到了一篇有关外婆的文章，心里涌起有关外婆的记忆。

我有足够的理由为已经去世四十多年的外婆写点什么。

外婆是我见过的唯一一位祖辈。听姐姐们说正是在她老人家的坚持下，父亲才没把我这个多余的女儿送人，为此我自然会感念外婆一辈子。外婆是在我5岁那年去世的，享年61岁。现在我还能记得她的模样：个子高高、瘦瘦弱弱、大眼睛、小嘴巴、瓜子脸，慈眉善目，依稀可见她年轻时的标致和秀气。外婆说起话来总是轻轻柔柔的，她的眼睛里满是绵绵的慈爱，如同春日里暖暖的阳光。她的慈祥和善良，更像是一种气场，只要接近她的人都可以感知得到。至今但凡在童话、图画或影像作品中看到有关慈祥老人的画面，都会勾起我对外婆的怀念。

记忆中关于外婆的往事，都是在母亲流着泪的讲述中听到的。外婆25岁开始守寡，当时母亲5岁，舅舅才3岁。为了守候一双儿女的成长，外婆忍气吞声生活在婆婆家，受尽了别人的鄙视，看尽了别人的白眼。25岁！她的青春依然有光华绽放！母亲说按外婆当时的自身条件，她不是没有机会改嫁，她只是不忍心丢下至亲至爱的孩子远走他乡。毋宁说这是封建社会的淫威和迂腐，也莫道这是一个女人的执着和隐忍，我坚信这只是纯洁母爱的宽度和厚重。外婆无怨无悔地守着几分薄地，靠勤劳的手、瘦弱的肩膀，顶天立地地活着，把两个孩子养大。后来外婆多病的身体和不长的寿命，都默默证明着早年的经历给她老人家身心带来的打击和创伤。

因为外公不是他母亲的嫡子，所以他死后外婆和她的孩子们就成了狠心婆婆的眼中钉。为节省，她婆婆限每周用4根点油灯用的火柴棒，每年秋季的晚上，纺车撵着月光，外婆和当时只有七八岁的母亲一起，替别人纺棉花补贴家用。16两（当时的一斤）纺好的线才挣得3分铜钱。多少年来，我一直在心里构想那幅凄凄惨惨戚戚的场景和画面。很想知道在幽深的山脊上那孔窑洞前，在冰冷的孤月残星下，那孤苦伶仃的娘儿俩是怎样转动着生活，转动着岁月的。她们母女之间可有轻轻柔柔的对话？她们的心中装着怎样的悲戚和忧伤？那丝丝缕缕拉伸的棉线上，缠绕着她们怎样飘摇的梦想？那回荡在僻静山谷里单调无言的纺车声，可曾感动过某个山神，惊动过某些归巢的倦鸟？那布满星斗的蓝灰色夜空，可曾见证过母女俩的凄惶？那漫山遍野的空寂空旷，能否装得下她娘儿俩的坚韧和坚强？如同生长在山石间的无名小草，她们定是把委屈压在心间，把力量积淀在脚底，把倔强和顽强刻在头顶，活得悲凉、虚妄，倒也朝朝暮暮奋发向上。

后来我才慢慢地理解，为什么外婆愿意把母亲嫁给大她17岁的父亲。纵使有十二分的不满，总算不必再为生计苦苦挣扎。也许她相信，已经跟随她经历过苦海的女儿，还怕什么暗礁险滩、波涛野浪？实践证明，外婆的选择没有错。父亲是位智慧、勇敢、有担当、负责任、有远见卓识的真真正正的男人。母亲也硬是靠自己的贤惠、勤恳和善良，赢得了家里家外所有人的尊敬和爱戴，在一个关系错综复杂的封建大家庭中，找到了自己的位置。

再后来，父亲帮外婆和舅舅在离我们家不远的地方买了地，安了家，外婆才远离了那个是非缠绕的旧家，从山上搬到了山下，过起了有尊严的生活。

在波士顿的午夜，我选择用文字记录下对外婆的怀念，她的疾苦、她的磨难、她的隐忍、她的坚强、她的善良……唯愿外婆的在天之灵，能够幸福甜蜜、无忧无虑，直到千年万年……

带着女儿去上课

7点半起床，吃饭，然后坐车去哈佛，女儿很是激动，不顾3个小时的时差，爬起来跟我去听10点到12点的两节课。第一节是有关基督教和犹太教教义的课，教授的讲课水平确实一般，主要是因为他的课没有实质性的内容，只是细读了一些他人没读过的书，做出一些梳理和总结，解释出一些专有名词的用法。这样的认知层次，但凡肯下功夫的人都可以做得出来，不需要多深刻的思想。也许是春假后的第一天第一时间上课，学生大部分都没精打采，偷偷在下面上网的人很多。难怪他一般会提前20分钟到教室，和学生聊天拉关系以换取学生好感。女儿说："哈佛也有这么糟糕的教授。"这类教授，研究重在专业方向的冷僻，而非知识的纵深。决定下周果断放弃。

11点到12点是导师Gates教授的课，同一地点，不管是到场的人数还是课堂反应，都有不少差别，讲课的深度宽度更是不可同日而语。Gates教授靠的是高屋建瓴式的视角，广博的知识面和独到的见解。这一类教授，最多跟他学会“what”（是什么），但永远追不上他的 why 和 how 的思维。这是超级教授所具备的凡人达不到的一个高度，其中的条理性、思想性、广泛性都让女儿佩服得无话可说。

听完两场讲座，去街上的燕京饭店吃午饭，之后来到哈佛商学院，走进 MBA 教学楼，即刻被楼内“高大上”的公共设施所吸引，上课的教室大多以圆形桌为主，每张上都写有学生姓名。这是 MBA 的特征之一，不为增学识，只为修筑人脉圈。蹭课显然没了可能，在外围转了转，冒着 -8 ℃的低温又回到哈佛主校区，去参观艺术博物馆。再次站在莫奈、梵·高、毕加索的画作前，认真研读了旁边的注解，比上次又多了些了解。莫奈的那张泰晤士河的画作确实让人折服，撇开专业理论的角度，单是寥寥数笔就描画出雾都伦敦的日出，尤其是渗透其中的惨淡和浅淡的场景，真的领略到艺术的美。从美术馆出来已是4点，去图书馆坐了半小时，主要是让女儿见识一下 Widner 图书馆的气势和氛围。随后我们去了建于1932年的著名的哈佛书店，上上下下转了一圈，没有买到想要的书，不过在书的世界里散步，总能闻见书香。

晚饭去了朋友推荐的一家印度餐厅，目睹了黑人在美国受歧视的事实。一位很壮实的黑人小伙走进门径直走向洗手间，被餐厅里的印度小伙拦住，说这是饭店不是公共厕所。黑人小伙很恼怒，说是来吃饭的，先去洗手间，回来后买饭。印度人不相信他的话想阻拦，两人开始吵架。这是到美国后看到的第一次吵架。黑人说你这是明显的种族歧视，是看着我的肤色说话的。印度人却不以为然，说至少你应该问一句这里的洗手间能不能用再往里冲。黑人先是骂骂咧咧去了洗手间，我们吃完饭趁势赶紧离开，

结账时印度人向我们解释说，这种人谁不知道，上完洗手间扭头走人，且不注意维护卫生。说着黑人走了出来，两人继续吵着要叫警察。我们一言未发赶紧撤，否则很有可能被他俩谁留住作证，因为当时饭馆里就我们俩人。

据我判断，印度人说的以前那种只上洗手间不买东西的人可能黑人居多，而今天这位可能真准备买东西，所以被误解后很是生气。假设进来的是白人，印度人绝不会这样斥责。话说回来，白人相对来说至少会礼貌地先询问，而非硬着头皮往前走。模式化的思维是今天这一冲突的缘由，而模式化的形成是必有其原因的。

7 点多我们返回。晚上与女儿坐在床上交谈了很多，生命、生活、交友、为人、处事、未来、过往和当下，无所不及，这是和女儿在一起最享受的时刻，可惜时间总是过得太快，不知不觉间已是深夜 2 点。就此打住，第二天还有任务。

文学研究中文本的地位

我7点起床，8点出发去机场接机，9点到达 south station，看到银线（美国波士顿地铁共有5条线路，按颜色区分为红线、蓝线、橙线、绿线和银线）就上了车，到终点才发现不是机场，原来银线不都是去机场的，只有SL1跑机场。这种糊涂错误对我来说如家常便饭，很是痛恨自己太少的脑容量。我又坐回原地重新出发，多坐了40分钟车，好在没耽误接机。

午饭后我去了学校，和女儿一起去听院里三天系列讲座，主讲人是来自哥伦比亚大学英语和比较文学系的教授 Brent H. Edwards。今天的主要内容是“碎片政治”——文献资料中的黑人激进主义。听得一头雾水，Edwards 教授搜集整理了哥伦比亚大学图书馆馆藏文件和其他民间资料，从文献学入手探讨了有关黑人日常生活、民权运动等第一手资料中所蕴藏的激进意义。做这样细致深入的研究，应该属于美国本土研究人员的专利，我们这样的“外国学者”，根本不可能做这种以文献为关键词的研究，正所谓天不时地不利人不和。很是迷惑，文学研究如今怎么可以这样无视文本而只关注外围？这是要轮回到20世纪初社会历史批评模式吗？其实这种视点的轮回，绝对不能简单重复，唯一回归的方式只有另辟蹊径，偏离真正的社会历史批评对文学主题“评头品足”和“指手画脚”，在文本的外围大做文章，有时边缘到根本与文学无关联，有时交叉到文学气息奄奄。

20世纪60年代，强调文本细读的欧美“新批评”学派发轫于美国，如今50多年过去了，文学批评的脚步似乎又开始远离文本，真希望有个“新新批评”出来，重新把专业读者拉回到文学文本中来，至少对得起作者对虚构作品的精心构思和想象。也期待这一天的早点到来，以免文学作者为迎合大众的口味，也像文学批评一样神游四方。

下午6点我从校园返回，公交车上的人比其他的时间点多了很多。车厢的中间站满了下班的人，依然没多大声响，秩序井然，一路上陆续上车的人，都会尽量主动向车后面移动，给后来上车的人留下足够的空间和方便。挤在中间的人也都腾出手来，拿本小说淡定地沉浸在书的世界里，颠簸似乎是别人的事。这个场景，让人会觉得不管他们是谁，都美丽可爱至极。

晚上在计划明日的纽约之行中匆匆而过。

被上帝“愚”了

10 点出发去学校，先后听了专业课和一个讲座。专业课是黑人文化研究中心的 Bobo 主讲，他接替的是导师 Gates 教授的课程，Bobo 以详尽的图标数据，讲述了美国民权运动前后黑人种族之间产生内部阶级差别的原因。讲座是由美国西北大学副教授 Cate 讲“美国共和时期的黑人自由民和法律法规”。1 小时 20 分钟的时间，她从头到尾念稿子，语速快得感觉词语是未经脑神经而从嘴里直接流出来的，只有声音，没有意义。连一贯懂得尊重别人的美国教授都开始交头接耳偷着聊天了。一位坐在前排穿戴讲究的老年女性，更是无聊地数次转过身来，像检查人数一样地向后面张望。导师还是坐在他前排固定的沙发上，没有往日那样的专注。讲座终于结束，和武汉的甜达成共识，以后的讲座一定要注意甄别，副教授级以下的人一律要被过滤出局。Cate 今天的问题还在于她讲座的方式，枯燥乏味无比，要是在给哈佛的本科生上课，不知道会不会被赶下台，这是我半年来听过的最糟糕的讲座。

我去图书馆的地下二层吃了自带的午饭（一盒饼干、一袋杏仁），在图书馆看书至 4 点，之后和泓一起去了邮局，寄走了报税的单子。按照美国的法律规定，除非拥有旅游签证，凡在美国待够一年时间的外国人，必须自己填报报税单。其实对我们这些访学的人来说，没有任何意义，但既是要求，就从网上下载一张表格，简单填写寄走了事。

5 点半我顺利赶上 73 路车回住所。如果一切正常，今天的愚人节就此平平淡淡地结束了。但是我却被上帝结结实实地“愚”了！

公交车行驶了三站路后，肚子的不适加剧，站在车前方位置的我开始头晕，心慌，全身出汗，神志恍惚，脸色灰白（泓描述的），看见前排有一座位，不知怎么冲过去瘫倒在座位上的，面部、嘴唇发麻，只想挤着眼睛。迷糊中听到车厢周围的人一阵骚动，周围的人急问：“你怎么了？哪里不舒服？需要躺下来吗？有没有人跟你一起的？”还有人告诉旁边被吓坏的泓要叫醒我不要让我睡过去。难为了好友泓，用她那蹩脚的汉语式的英语，给周围的人解释着。情急之下，她告诉司机停下来让我们下车，想着下车后呼吸点新鲜空气可能会好点。后排一位年轻的女医生走过来，先是号脉，再是摸摸额头，建议我把外套脱下来躺下或把双脚抬高放在前面的位子上，不让我们下车，不让我走动。司机马上把车停靠在路边，让下班高峰期满满的一车人中途下车，还随即拨打了急救电话。

车上只剩下那位年轻的女医生、一位好心的老太太和泓陪着我。全身被汗浸泡过后，喝了点水，神智有所清醒，面部也有了血色，可以睁开眼，有力气讲话了，这才回答了旁边的女医生一些寻常的问题，诸如早上吃饭没，头是否疼，是否胸闷气短，有没有恶心感，最近吃没吃什么药，有没有什么过敏史等。她还用她的听诊器听了听我的心脏，说除了脉搏刚才跳动得慢了点，一切都正常，可能是低血糖的症状。那位老太太坐在一个角落说我看起来很疲劳，尽管好了，还是建议我等急救车来去医院看看，以确保安全。

过了大约 10 分钟，火警以它特有的叫声开过来了，美国的急救、火警和警察局紧急号码都是 911，据说车上人员配备很齐全。上来五六个警察，先问我们会不会讲英语，登记了身份信息，询问了一些症状，立即做了心电图的监测，量了体温、血压，说一切都很好，但建议最好去附近的 Mount Auburn 医院检查一下，确保没事。于是我就被放到影视剧里看到的那种自动升降床上，腿上还用绳固定着，随着刺耳的叫声被送进医院。一路上有位穿着警服的医生，坐在旁边开始询问细节，如我在哈佛的 ID，甚至还有我的专业。这时的我，除了身体觉得稍有些虚外，感觉一切正常。

到了医院，警察把我交给护士和医生后离开，同样的问诊重复了一遍，又量了一次血压和体温。护士说没什么问题，我可以自己决定要不要留下来观察。这时我已经感觉完全好了，再加上旁边病房里不断传来的呻吟声，就决定离开医院，结束上帝的这个玩笑。我和泓从医院走出来，重新坐上 73 路返回。

愚人节的这一天，就这样被上帝“愚”了个神魂颠倒。然而，我要带着丝毫不愚的真诚，感谢下午这场意外中给予我方便和帮助的所有人。

首先是被我吓坏的朋友泓，从头到尾她都悉心关照着我，吃力地和旁边的人用英语沟通，在我快要昏睡时一直喊着我的名字，等我稍微清醒时又递过来热水，不放心地将我送到门口，还有临睡前微信的问候。

其次是那位不知名的漂亮女医生。尽管救死扶伤是医生的天职，但她能在急救车到来之前一直守候在我旁边嘘寒问暖，还不断地说着些鼓励的话，尤其是她帮我把脉和听诊时还不忘反复征求我的意见，让我对她的感激多了层在职业道德层次和人性文明意义上的钦佩。但愿在公交车上还能碰到她，我要以一个健康人的身份，送给她一份正常的感谢。

还要谢谢坐在我前面的那位善良的老太太，她没有跟其他的乘客一样下车，而是选择坐在一个角落里，说着几句简单的家常话，让我在最不堪的时候，觉出人间的温暖。

一定要感谢的，还有公交车司机，是他得知情况后立即把车停在路边，打了急救电话。也许这是他职业的要求，但他适时提供的帮助，值得我心存感念到永远。

美国的急救警车和警察，医院的护士和医生，也是永远值得我感谢的一群人。第一次和美国警察打交道，竟是在这样的时间、这样的地点、以这样的方式。他们耐心地询问和安慰我，认真细致的工作态度，成了我欣赏的美国文化中重要的内容之一。

最后，我最应感谢的是上帝！一晚上都在思考这个有点酸楚的问题，还矫情地流了很多泪。

若不是玩笑，我清楚，明天的太阳照样升起，世界依然精彩，纵使雪不化，春天也终将到来……这就是渺小。

若不是玩笑，我会否成为孤魂野鬼，游荡在美国的泱泱天地？对着太平洋彼岸夜夜张望，伺机寻路归？

若不是玩笑，我给这个世界留下了什么？思前想后，除了留给亲人无尽的伤悲，大概就剩下我对他们生生世世的爱了。此时此刻，特别希望世间真有魂灵不灭，让我对他们的爱不会因肉体的消亡而有丝毫消减。

若不是玩笑，我最不舍的又是什么？这个问题简单得有些复杂，先让眼泪滂沱，再开始慢慢思考。

聆听历史学名家的讲座

先补上昨天的学习生活内容：午饭后去学校参加了学术活动，主题是哈佛与内战的关系，本以为是要讲哈佛在废奴运动和内战中的功绩，因会议的地点 Memorial Hall 就是当年为纪念参加内战的哈佛校友而建，结果却出乎意料。会议的主讲人之一是一位一直从事哈佛与奴隶制研究项目的学者，他带领的哈佛学生团队，从一手档案材料中梳理出了哈佛与奴隶制有关的负面历史材料。从殖民时期的奴隶主校长与维护奴隶制的哈佛毕业的法官，到独立战争后麻省废奴时期南部奴隶主对哈佛的捐资，再到某些宣扬“种族科学论”的哈佛教授，还有内战期间参加过南部叛军的哈佛校友，一一毫不保留地呈现在公众面前，全面、客观、真实。这种为哈佛“抹黑”的项目竟还得到校方的资助与学术支持。正视历史，求真务实的科学态度，不仅没有损害哈佛作为废奴运动与内战先锋的形象，反而更加验证了其校训“真理”的精神。

下午 5 点我返回，天色尚早，去了社区的草坪散步 1

小时，冷风不再刺骨，但吹到脸上还是有点疼。波士顿的冬天已经持续了整整半年，除了草坪上急不可耐想钻出来的小草，飕飕的冷风堵截着看到春天的希望。晚上心情大好，继续读书至10点半，收获不少。

今天上午在屋内继续读书，一本打算匆匆翻完就还的书，结果越读到后面越感觉深刻，不知不觉间已是正午12点。吃完午饭，去学校听全球著名的历史学专家、美国历史学协会会长、哥伦比亚大学终身教授Eric Foner的讲座。今天主讲的内容是19世纪早、中期纽约的“地下铁路”（underground Railroad）在帮助黑奴逃亡中所起的历史性作用。不愧是名家，Eric Foner教授70多岁的人，看起来像50岁，风度翩翩，风趣幽默，一个小时的讲座，口若悬河，滔滔不绝，惹得下面的听众笑声不断。难怪讲座开始前10分钟，大厅里已座无虚席，10多排的座椅和后面的沙发都已坐满，就剩下后排靠墙角的一片空间，和武汉的甜直接席地而坐。这是第一次坐在地上听完一场高水平的讲座。还有一件离奇事，发现不远处有人直接躺在两个椅子中间的地毯上听讲。开始以为自己老眼昏花，离地半尺怎么会有个人头在晃。定睛再看，这位先生的身体和腿被椅子所遮挡。如果他是来追星的还可以理解，倘若真是为了学术，这一躺可真是躺出了哈佛内奇葩满地的特色。

5点半讲座结束，赶场似的来到哈佛美术馆一楼的一个大厅，听另一场有关当代文化视野下人的身份问题的对话，霍米·巴巴是对话者之一。内容关涉非常前沿的纯文化理论问题。对话的另一位一上来先展示三张图片：一头驴，沙漠里照相者的影子，路中央的一名民工，再用他那“高大上”的文化理论，分析其中的身份问题。如此前沿的理论也许很快将会在学术界引起轰动，但现在只凭一场讲座显然无法使人了解和接受。我中途悄悄退场，去图书馆扫描完一本书后返回。

晚上7点半，校园里的各式路灯已亮，泛着暖色的光，把古老的红墙建筑映衬得朦胧而娇媚。我越来越喜欢这个神奇的校园了！

聆听名家第二讲

午饭后去学校听讲座，黑沉沉的天上开始飘起了一片一片雪花，刚落在地上便已融化。快 4 月中旬了，还这么任性地下雪。波士顿今冬的下雪量已经破了历史纪录，难道冬天的长度也准备迎头赶上？不过下车时雪花已经成了夹杂在纷乱的雨滴中的小雪粒。

我在图书馆看书至 4 点，去听了 Eric Foner 教授的第二场讲座，延续昨天的内容，还是有关美国黑人的自由之路的历史回顾。按照惯例，每个来哈佛讲座的学者，在讲座开始前都会有一个约 10 分钟的介绍，而且从介绍人名气的大小上可以判断主讲人的学术分量。介绍的内容当然极尽夸赞之能事，讲究风趣幽默。今天的介绍人就是研究中心的一位名师，她是用“Eric Foner 就是我的男神”来结束她的介绍，引起一片掌声。从中得知 Foner 的父亲生前就是做美国黑人问题研究的，而且颇有名气，其父 1932 年开始发表批评作品。看来 Foner 是子承父业，有着得天独厚的优厚学术资源。Foner 从 1965 年开始发表作品，目前出版专著 24 本，发表论文一百多篇，获过普利策、林肯等学术界大奖，荣誉无数。

今天我去得早，坐在一个靠前的座位，得以近距离听美国历史学权威专家的讲座，很是荣幸。上海外国语大学来的林因为平时讲课用的教材和影像资料都是 Foner 亲自编写的，她激动得像个骨灰级的粉丝，一直念叨着一定要和这位学术男神合影，昨天人太多心愿未了，今天跃跃欲试、摩拳擦掌地等着机会。可惜演讲完后 Foner 要赶飞机回纽约上明天上午的课，回答了几个问题后匆匆离开。林的失望可想而知，原来追星绝对不是年轻人的专利。

临近 7 点我再次来到图书馆，扫描了一本自己喜欢的书后，赶车回住所。因为今天去学校没带电脑，读书笔记都写在了本子上，晚上趁热打铁，重新整理到了电脑里保存，整理好已经 10 点多，再查看、回复、写邮件，已近午夜。

来美国半年之后，就越发感到时间流逝的惊人速度。4 月底哈佛停课进入考试季，也不再会有任何讲座，上课的日子没有几周了。一想到还有那么多事没完成，心里开始发慌。朋友圈里有人吆喝着去墨西哥，又开始心痒痒。很想去这个国家看看那里的玛雅文化，又担心满世界地跑会浪费读书的时间。刚来的时候，纠结是要多跑出去看看外面的世界还是待在学校学习，毕竟机会难得；后来纠结去听美国人讲中国国情的讲座还是上美国人讲关于美国的课，毕竟更了解中国的国情；再后来又纠结是自己借书看书还是去“追星”听听名师的课，毕竟自己看书会有更多收获。

这个度很难把握，至今没有结果。看来一年访学生活，要将纠结进行到底。

赶场般听讲座的一天

昨晚就开始下的雨还在下，淅淅沥沥，有了春天的味道。上午10点半我冒雨出发，去听已经注册的人文学系一个关于20世纪60年代黑人民权运动的讲座，因为与手头正在读的一本书 *Autobiography as Activism——Three Black Women of 60s* 的主题一致。讲座12点整开始，还提供免费的自助餐为午餐。严格意义上说是更像是新书推介会，主讲者刚在哈佛大学出版社出版了一本专著，这次讲座就是有关书的部分精华内容的展示和讨论。同其他这方面的研究一样，主讲人关注的依然是一些历史细节和文献影像资料，只是选择了一个新颖的角度，以不同时期的运动口号为切入点，比如“反对贫穷”“反对战争”“反对毒品”“反对犯罪”，梳理了这些口号表征下的国家政策的出台和执行所导致的社会问题。当然重点是美国黑人如何成了其中最大的受害者的历史史实，没有多少启示的意义，但至少和我的研究方向同步。

讲座结束后，我来到图书馆，扫描了一本 Maya Angelou 的书评专著，5 点去听了厦门大学的唐做的一个讲座。

唐的身份是博士生，性格直爽，聪明可爱，平时多有来往。唐今天还刻意化了妆，大冷天却穿了条短裙，来表示对我们这些同胞听众的尊重。她讲座的题目是“深层生态学质疑”。生态学在中国的研究，最早开始于 21 世纪初，鲁枢元、王诺是国内在这方面研究的领航人物。可惜近年来国内外生态学的研究都一直止步不前，没有起色。除了瑞典人把生态学又分成深层和浅层之外，就再也没出什么新花样，而且这个瑞典人的分类本身也有漏洞。我认为生态学已经走进死胡同，没有前途。除了讲求“天地人神”的和谐相处，相融共生，再也没有什么新意，也不可能有什么新意。而所谓的生态伦理，也无非是人类中心主义的自我安慰。

到场听的人只有我们圈子里的 6 个人，也难为唐了，中文专业，硬是用英文写了这篇讲稿，且不说讲稿内容的深浅，单是把其中那些拗口的关键词和术语正确地读出来就难度不小，佩服这位 70 后的勇气。办一次讲座是她访学所在的比较文学系的要求，她也算顺利完成了任务。

像赶场似的，听完唐的讲座，又来到另一栋楼里听了一位美国人讲的专题为“经典阅读在中国”的研究报告。主讲者先对中国思想界做了简单总结，从孔子、老子到梁启超、严复，从毛泽东到邓小平、习近平，大致勾勒了中国不同时期思想界的发展和转变，重点分析了亚里士多德和柏拉图的思想在中国思想界的传播和接受度，及其背后的历史政治甚至经济原因。主讲者还反复提到了杜维明、刘小枫等几个积极传播和解读西方思想的当代活跃的专家学者。因为只读过四五本才子刘小枫的专著，且从来

没有系统地读过中国思想史，听着还比较有意思，但尽管谈的是中国思想，却是没资格判断她报告的主题深度，觉得略为遗憾。

7 点半 Radicliff 研究院还有一场关于 hiphop 的讲座和表演，因为天冷雨又大，很不情愿地放弃，且把有点想去的武汉的甜也说服得改变了主意。只好求上海外国语大学的林发了照片，以补遗憾。

这是怎样的一天？

哈佛的作秀讲座

今天11点我有专业课，晚上7点是哈佛校长和美国著名纪录片制片人Nelson的访谈，所以早早吃了早饭，并准备好了午饭，10点出发，赶到图书馆把饭盒放进地下一楼的冰箱，还了两本书，才匆匆来到教室。今天Bobo讲的内容是贫民窟里的贫穷、家庭和文化的关系问题。他首先列举了从Du Bois（杜波伊斯）开始不同时期的名人对这一问题的看法，分析了黑人民族性的懒惰，白人社会中的不公平、歧视和偏见，黑人家庭结构的松散等原因，最终导致黑人经济地位低下，男性家庭地位衰微，黑人家庭不稳定以及黑人社区作用的缺失等问题。至于到底是文化问题还是结构问题，Bobo没有给出定论。但大量的旁征博引，还是清晰地展示出这一问题的现实原因。

我在图书馆的微波炉里热了自带的午饭，扫描了一本书，看书至5点。我和泓一起在校园里散步，草地上的绿色若隐若现，在室外活动的人也越来越多。无意间看到校长办公的Mass Hall前的每一个门口都被学生堵住。他们席地而坐。据说他们是从昨天半夜就开始了这次持续一周的“heat week”活动。两周前他们向校长提出书面请求，为了切实保护环境，希望校长考虑转移哈佛对石化燃料研究的投资，但没有得到回复，所以今天改为静坐示威。参加的学生大多是 college students（本科生），也有不少警察在周围静观守候。巧合的是，哈佛有关气候变化问题持续一周的座谈会到今天接近尾声，网上显示对公众开放，但无法满足所有听众参与的热情。校长办公室临时决定以抽签的形式决定。有朋友被抽中并做了简单点评：

“该 panel 由哈佛校长 Drew Faust 做开场白，由被《时代》杂志评为‘全球百名最具影响力的人物之一’的 Charlie Rose 担纲主持，与会嘉宾分别从政策、科学、技术、传媒等多维角度介绍了美国目前对气候变化研究的前沿观点和未来对策。嘉宾在访谈过程中频繁提到中国，说中国已取代美国成为世界上二氧化碳排放量最多的国家，中国存在经济发展和保护环境的尖锐矛盾等。这场座谈会上对中国的重重攻击，与学生静坐的主题形成现实版的反讽。喜欢指手画脚的美国人也该注意言行一致了！”

7 点钟校长 Faust 和制片人的访谈在 Memorial Church 如期举行。哈佛这个标志性的纪念教堂是为了纪念第一次世界大战中牺牲的哈佛学生而修建的。本访谈是针对制片人刚制作完成的有关黑人民权运动的纪录片 *Freedom of*

*Summer*而展开的。也许校长还在发愁怎样处理好学生的静坐请求，看得出来整个访谈过程是明显的作秀，只就选题的原因、音乐、筹集资金等一些表层问题进行了提问，回答自然也不会有什么高度。中间还穿插播放了纪录片中的几个片段，1 个小时的访谈结束后是提问时间，这位制片人对某些深度问题直接回答不知道，还反复拿出他下一个片子的宣传页做着广告。原来天下的制片人关注的都是钱。

访谈结束后，我吃了点招待餐和水果，返回住所已经是夜里 10 点。忙碌了一天，没觉得有什么收获。

又一种启发

8点半出发，去学校的车上，我见证了两位老年女性全然不同的言行。先上来的一位年龄大约在70岁，脚上穿双凉鞋，从前面直接走到后面，有人让座，老人微笑着说不用。车子开动，她的包碰到了我的肩头，再次问要不要坐，老人又微笑着回绝，说着“I'm fine，thank you”，露出补过的整齐的牙。下一站又上来一位老年人，年龄并不很大，戴副墨镜，走到前面专供老弱病残座位旁对着一位中年男士，大声说：“Hi，can you?”她的要求让那位像印度或巴基斯坦裔的中年人满脸尴尬地站起身。下车时特别留意了一下这位气势逼人的老太太，她动作灵巧地下了车，快步没入人群，向地铁口走去。看来她并没有像自己表现得那样弱。同样是美国老人，个性真是天壤之别。

让座与否实在只是一个道德问题。别人对自己的不尊重，你可以愤懑、鄙视甚至谴责，却没有权利强求。没准别人更需要这个座位，他/她可能有病，可能刚刚加了一夜班，也可能9点钟需要交一份事关生存的文案。就这样利用自己的老人身份，心安理得地提出强势要求，享受着别人的尴尬换来的舒适，于心何忍？喜欢网上的一句话，修养就是让别人舒服。说到底，还是城府有限，修养太浅。

来到学校，从 yard（广场）经过时，看到前天开始的学生静坐抗议活动还在继续，上面写着“远离石化燃料”的大条幅就挂在校长办公楼的正上方，侧门也被静坐的学生堵上。楼前并排站着八九个学生，手里各捧一本书，嘴里念念有词，听不出说的是什么语言，大概是《圣经》或《古兰经》之类的经书。围观的人群里还明显多了一组不像学生的大人，手拿标语正在集结，不知身份，但主题很明确，当然是迎合学生们保护环境的呼声。有警察在四周不远不近处走动，友善地和学生们聊着天，没有气势汹汹，没有针锋相对。静等这一事态的结果，看看美国顶尖级学校的学生们的威力有多大。

10 点在 sever hall 听了一节文学课，一位气质不凡的老教授讲授美国黑人作家艾力森的《看不见的人》，今天已经是第二讲，内容挺丰富，尤其是他对这本小说的分析很是独到，有关文本中语言和音乐的分析令我很受启发。

11 点是系里的专业课，今天的讲座是由上周四在人文学研究中心做讲座的那位女教师主讲。主题是美国监狱制度中黑人的遭遇，尽管内容与我的研究方向关联不大，但她流利的口才和批评角度的选取都值得学习和思考。12 点整结束，和几个朋友一起来到图书馆地下室吃午饭，发现这里成了中国人的主场，占了三个大圆桌，汉语交流得很热闹，真有点中国饭店的风格。

下午 2 点我上楼继续扫描完三本书，坐在阅览室读书至 4 点。查邮件发现网上 request 的书已到前台，直接过去领取，以后再也不用亲自直接去书架上找书，网上发个请求，管理员找到后会发邮件告知。有些资料只需告诉他们你要的页码，他们也会扫描好后发到你的邮箱。这种全心全意的服务，太值得推广和借鉴，遗憾之前没有充分用过这一功能。

5 点整我返回，晚上开始在网上看《平凡的世界》，情节几乎还没展开，眼泪一直在流。是因为那个特殊时期熟悉的生活方式，因为那似曾相识的经历和山水，因为那些身份卑微但内心强大的农村人的挣扎，因为那些看不到未来却从未放弃的梦想、希望，因为那历史原因主宰裹挟底层人命运的悲催，因为信天游里喷涌出的孤寂、绝望、哀怨和呐喊，抑或是那些遗失在生命年轮中乡俗、乡音和乡情？

或许就是因为那再也回不去的童年，再也不会有的特殊心境和氛围，不管它曾经是苦、是甜、是福、是怨……

原来自己很幸运

上午8点我起床，在家看书至10点半，突然心烦，觉得眼前的26个字母怎么那么不顺眼，读不下去，特别想念汉语书，于是在微信的订阅号上翻找一些能打发时间的读物。鸡汤类的短文到处流，标题党拙劣到让人鄙视，广告无孔不入。读微信本是为了逃避各种泛滥和低俗，却越来越被嗅觉灵敏的商家觊觎着塞进大量的广告，尤其看不惯有人在微信朋友圈内不断地发广告，只要看到，会一律拉黑。就是在这样的选择和批判中浪费了一小时的时间，头昏脑涨，更不想读专业书。从11点开始，打开电脑看《平凡的世界》，看电视剧一直看到第24集，到晚上12点，于是这一天的时间平凡得就剩下午饭、晚饭和黄昏中短暂的出外购物。

照样被一些情景、情节、情绪、情感感动得落泪，照样是对那些年发生的许多荒唐事的感叹，照样有对自己心路历程的比对。剧集中清晨的鸡鸣，正午的知了叫声，黄昏里的人群，广袤的黄土地，蜿蜒曲折的山路，破旧荒芜的窑洞，简单淳朴的民风，件件都会勾起一些遥远和陈腐的味道。而长天厚土间挣扎着的农村人的生活，在浪涛汹涌的历史背景中，被作者、导演和演员们的再度创作打造成鲜活多彩的生命浪花，远离平凡，是这部剧最出彩的地方。

反复想象，如果小时候没有那股傻傻的坚持和倔强，如今的我会是什么样？曾经和D认真地聊过这样的话题。也曾夸口，即使没上大学，不管干什么，相信自己绝对不会做得很差。被D奚落“还不是蓬头垢面，提个筐、牵只羊、背着娃，走在乡间小路上”。看了一半的电视剧，让我觉得D的说法不是没有道理。人生大多时候，梦抵不过命。这里的命是诸多客观条件的制约，是这些客观面前主观人的渺小。我小时候无畏地摸爬滚打，原来完全是出于无知。

很庆幸自己曾经在懵懂中全力追梦，很庆幸当年对自我渺小的认知不够深，很庆幸赶上了大变革的时代，因而才幸运地没有被梦想欺骗，没有被潮流击碎，没有被历史遗弃。非常理解好友留言中的“后怕”，这两个字里包含着无法想象、不敢想象的另一个天地。

美国诗人 Robert Frost 在他那首著名的《未选择的那条路》中这样写道：“也许多少年后在某个地方，我轻声叹息将往事回顾：一片树林里分出两条路——而我选了人迹更少的一条，从此决定了我一生的道路。”的确，尽管永远也无法知道若选择看不到尽头的另一条路会有什么结果，但我明白自己很幸运。

图书馆专室里的珍宝

今天，世界最高级别的马拉松比赛在波士顿举行，尽管2013年发生的恐怖袭击死伤几十人，但丝毫没影响人们的热情。因我11点有课，下午1点和导师有约，没有去看现场，浏览了朋友圈里朋友们分享的照片，等导师时在他办公室的电视上看了一会儿直播，也算是和马拉松的缘吧。

我和导师聊了自己的学习情况和一些研究方面的困惑，他的风趣、幽默、随和，敏捷的思维，让我领教了什么叫大师。任何问题都能一语中的，而且坦诚直率。最重要的是，他答应给我提供便利和机会，面见心中的偶像Toni Morrison（托尼·莫里森）。莫里森是1993年诺贝尔文学奖得主，也是史上唯一一位黑人女性得主，最近，85岁的她刚出版了她的第11部小说《天佑孩童》（*God Helps the Child*），如果好事成真，将成为我这次访学最大的收获，也将是我一生最大的荣耀。祈祷并期待。

2点多我去图书馆借书，差点在里面走不出来。1915年正式开放的Winder图书馆，至今仍是世界上最大的大学

图书馆，地上6层，地下4层，藏书350万册，书架连接起来共92千米长，走廊加起来有8千米。有人调侃“没带着指南针、三明治和哨子就不能进去”。今天为找一本书，也为了能顺利走出来，路痴的我，步步为营，每一个拐弯每一个书架都立足环视几分钟，记住方位图标和线路，还好顺利走出来了。

再说图书馆内的专室展品。里面展示了Harry Widener所捐赠的图书，今天才知道，原来都是珍贵书籍，照片中那套珍贵的莎士比亚对开本，是Harry小时候过生日父母送的，当时花了3 600英镑，相当于现在的45万美元。据说Harry的母亲在捐赠时附带条件，一是要求哈佛录取的学生都得会游泳，二是餐厅向学生免费提供儿子最喜欢的冰淇淋，后来证实这只是传说。但有一个要求是真的，Harry的母亲要求存放捐赠书籍的专室里每天摆放鲜花，这条要求哈佛坚持了100年。这样的信守承诺，是哈佛另一种人文精神之光。

3点半和同事姜在燕京饭店吃饭聊天到5点，然后冒着大雨返回住所。

“输在起跑线上”的黑人

窗外的小鸟4点就开始叫了，越听越觉得声音是陕西话里的“起床”。天色这么昏暗，它们能找到食物吗？早起的鸟儿是勤快还是不安分？

上午11点继续听专业课，这是本学期最后的两次课，接着进入考试复习周，春季学期结束，长长的暑期开始了。Bobo教授今天让他的一个女博士生讲了美国黑人学生的受教育状况，其实这是她博士论文的一部分，哈佛的教授也有偷懒的时候。

主讲人用了大量的调查数据、图表，甚至音像资料，从制度和文化两大方面，展现了美国6到17岁的黑人孩子接受教育的现状。美国打破种族界限的入学制度，其实经历了漫长的历史过程，是无数黑人斗争的结果。现有的这种混合制的学校，在校黑人学生在数学和阅读两门课程中的平均成绩远低于白人孩子，且在学校受老师和同学们歧视的现象仍然存在。从制度上说，单纯的黑人学校里教育资源的不公、学校管理是否科学、班级的大小、师资力量的强弱、学校的地理位置和硬件的配置等，都是导致黑人孩子在以上两门课上落后于白人孩子的原因。而黑人家庭的不和谐因素、贫穷、双亲受教育的程度、周围人文环境的影响等共同构成影响孩子们学习的文化因素。说到底还是所谓的“输在了起跑线上”。

讲座的最后，主讲人还引用哈佛大学教育学院一名教授提出的新理念，纯黑人孩子的学校从根本上说利大于弊，可以增进黑人团结，提供黑人认识的视角，维护黑人的文化传统等。

我吃完自带午饭后，继续在图书馆借书和复印。哈佛的图书馆内几乎每个阅览室、自习室里都有扫描仪、复印机，扫描仪可以免费使用。楼道里还有照顾其他文化人群而贴心准备的热水和一次性水杯。因为西方人只喝凉水、冰水，所以不管是图书馆还是公共场合都能看到装有水龙头的小水池，喝的时候按着水龙头就会有水冒出来，用嘴接着直接喝，连杯子都省了。

3 点多我返回住所休息片刻，醒来继续整理书稿至晚上 9 点。

诗人之死

今天微信圈里最主要的内容当属诗人汪国真的死讯，以及从历史的车辙里又捡拾回来的他的那些励志诗歌。20世纪90年代初的诗坛，基本上还算清净，没有那么多喧哗，汪国真便用他接近“绿色”的纯天然的干净语言，抒发着平常人的追求、困惑和朴素情感，因而稍有文艺情结的人，都可以借助传统文化观念里诗歌的高雅来装扮平常的生活。有人愿意读，有人愿意想，有人视之为“金”和“玉”，抄在笔记本上。并不全是因为其中少见的诗情画意，而是因为其中整齐的韵脚韵律。如今有了网络平台，几乎人人都成了作家诗人，虚拟的空间里也不乏真正的诗才，励志类的作品被当成馊掉的鸡汤遭人唾弃。所以如今再读汪国真的诗，怎么都有种老汤的陈旧和不新鲜。他的名字和诗歌在一天之内突然挤满网络，不仅是因为他曾经的辉煌，更是因为他的早逝，以及他的诗所勾连起对过往时光不可追回的无奈和遗憾。

曾经一直喜欢读（其实是朗读）他的诗，但自从在电视直播节目中听他把自己的诗歌读得那么缺乏诗情、索然无味后，突然开始对他的诗歌产生排斥，想不通写诗的人怎么可以那样没有激情。难道他那些闪光的语词、语句不是 William Wordsworth 所说的带着“啊”的“喷薄而出”？现在想来我的想法太偏激、固执甚至幼稚，欣赏他的才情就够了，难道写幽默小品的作家得一直在人面前不停地笑？

上午我在家继续修改书稿提纲，下午 5 点出去散步，再次收获了一堆春天的花。

中午午休，母亲又一次出现在梦里，穿着朴素干净的衣裳，还是那样慈眉善目，带着浅浅的笑和淡淡的忧伤，半睡半醒中特别想查遍网页，想知道她现在在哪里，过得怎么样。

几十年都改变不了的习惯，在梦里身体不适或是需要帮助时，还会大声喊着妈，是因为潜意识里我知道，只要我呼唤，她定会不负我心愿。是梦又怎样？在虚幻的时空里和母亲聊天，重温短暂的母爱的温度，让这几天晕头转向的忙活里，多了份被关心的幸福。

收获不小的讲座

上午 11 点的专业课是 Bobo 教授本学期最后一节课，10 点半出发，把午饭放到图书馆的冰箱里赶过去时已经开讲 6 分钟。好在是大课，并且哈佛的学生上课迟到是常见的事儿，通常都是前一节老师拖堂，加之教学楼之间距离太远。所以哈佛的教授从不因学生的迟到而抱怨。今天导师从社会学的角度，围绕“post racialism”（后种族主义）这一关键词，讲述了当代美国社会的种族问题。从乐观的角度看，美国当下种族的界限日渐模糊，种族身份与政治、社会规范不再有明显关联，不过种族隔离和歧视现象仍然存在。以中产阶层的黑人为例，他们住宅区域的边缘化，工作业绩和白人的偏差，就业取向基本都集中在公务员范畴（美国的政府部门被认为工资是最低的），经济收入和接受教育程度明显偏低，黑人的影响力还只是在黑人圈子里，等等。

他最后提到一个很新的说法，即正在兴起的种族线的划分，不是传统的黑与白，而是“黑人”与“非黑人”（包括白人、亚裔和拉丁美洲人群）之分，把黑人直接划归到和其他族裔相对的另一大阵营。尽管奥巴马当上了总统让美国黑人看到了公正平等的希望，但新的种族划分却标示出不容乐观的未来。

吃过午饭后如约去见导师，把这一周的成果拿给他过目。今天他的 office hour 等待的人尤其多。近 2 点才轮到机会，走进去时 Gates 教授还大口吃着卷饼，说自己好饿。他边吃边看我的提纲，坐在对面的我，忐忑不安。直到他嘴里不停地说着“good”，还当着我的面，在第一页的最后一段旁边，用笔写了“good”，把我一星期来的忙乱焦虑一笔勾销，还建议我删掉两个作家，大大减少了之后的工作量，心里暗喜。看得出来他的满意，下楼的时候，连来时装满书的沉沉的书包也轻得没有分量。

我在图书馆看书至下午 4 点，前往 Radicliff 研究院听了一场题为“1865 年的情感与政治：林肯被刺后民众的反应”的讲座，主讲人是来自纽约大学历史系的 Martha Hodes 教授。今年是林肯总统被刺 150 周年，主讲人独辟蹊径，避开官方的纪实资料，查阅了大量民间私人信件和黑人报纸，总结梳理了当时这场震惊世界的总统刺杀案在美国民间的反响，并且梳理出南部和北部、黑人和白人对此事件的认识。震惊、难过、伤心、遗憾、恐惧是一些基本的情感反应词汇。她回答问题时还提到，林肯的遗体从华盛顿运往伊利诺伊州，中间有三四百千米的路程，尽管当时交通不便，信息流通很慢，但沿途的民众竟然可以拖家带口按时集结在火车站周围等待，表达他们对这位总统的敬仰。Martha 即席的总结“人们知道这是一个历史事件，所以必须出现在那里，亲自参与，才能成为历史的一部分”，展现出一位资深教授深厚的学养。

6 点整我又赶到 barker center，带着好奇去听了另一场讲座“现代主义舞蹈和多元政治中的冷战关系”。走在路上我们就开始猜想，这个大得无边的题目是如何关联成一本书的？果然讲座不怎么样，很是失望。只有十多个听众，又坐在里面不好意思中途退场，硬着头皮听下去，一头雾水！以后凡是这种连题目都做不到精致的讲座一律放弃！

一回到家，Lida 悄悄把我拉出来说，Emma 29 号生日，她在网上为女儿买的礼物故意写的我的名字，想给她惊喜。细节上的用心良苦，都是母爱的流露。

充实的一天

10 点我要去听英语系的博士生答辩，9 点整来到图书馆，还了两本书，顺便把午饭放进冰箱里，看见地下大厅最前排的桌子上放着一大盒甜饼，旁边放着的纸牌上写着，“新鲜的，免费享用”。从来没在这里吃过早饭，不知道这免费的早餐是每天都有，还是今天的特供？刚刚吃过早饭，没有心动。在哈佛，早起的鸟儿真有食吃。

上午的温度只有 9 ℃，路上吹了点凉风，有些头疼，读不进去书，索性去扫描书，翻页的瞬间能瞥一两个句子，突发奇想，人类的智力将来是否可以发达到像扫描书一样，把内容扫进人的大脑，需要时拧拧耳朵转一下头，就可以轻易调动出不同的内容，那该多好。

10 点整我去了 Boyston Building 听博士生答辩，找到地方时已迟到 10 分钟，Presentation 也已进行到一半，教室里只有三位答辩委员、一位导师和一位看起来像中国学生的旁听者，整个过程随意得像是在座谈。双方都没有打印本，各自看着自己的电脑交流。学生自述完之后，几个教授开玩笑地互问谁是主席、什么程序，然后开始你一言我一语地聊起了论文，当然是以肯定为主，更多的是颇具建设性的提议，比如针对主题“19世纪戏剧舞台和资本主义的关系”，提出谈及舞台与资本问题时是否应该把同时代的小说、电影考虑进去？引言中的理论介绍和个别术语界定能不能更细化一些？同时还贴心地直接提供各种思路方法和关注对象。期间讨论的内容，时间跨度从中世纪到当下，范围涵盖全球文人，文类从小说到电影、戏剧，从剧作家、小说家到理论家，真心佩服各路专家这么庞杂的知识面。没有国内博士答辩现场那样的严肃气氛和委员们故作威严的苦苦相逼，没有刻板的程序和小问题上的刁难，更没有视答辩为一种虐待式的“审判”。不知是这篇博士论文确实瑕疵不多，还是答辩委员们的善良、修养，一个半小时的答辩，轻轻松松，笑声连连。实际上，能提交答辩的论文都是在严格外审认可之后进行的，博士论文不是《圣经》，孰能无过？小毛病肯定都有，但一般不会有什么硬伤。答辩也只是让各路专家当面指出问题使论文有更大出版成书的机会而已。

记得当年自己的博士论文答辩，尽管非常顺利，但还是有种感觉叫委屈，凭什么要坐在“被告席”上让别人吹毛求疵、轮番质疑？以后再参加硕士博士生答辩，也改变思路，尽量只提建议，不提问题。

午饭后我继续在图书馆看书至3点半，受透明的天窗外蓝天白云的诱惑，收拾书包到校园里转了一圈。湛蓝的天，洁白的云，深红的墙，嫩绿的草，哈佛校园那一刻醉人的色彩，完全使语言乏力。忍不住自问，该怎样做才不辜负眼前这美轮美奂的迷离春光？哈佛情结就在来哈佛八个月后的那一刻被深深地印在了心里。其实任何一种情的结，都是在某个时空交错点上形成的。花红柳绿、风吹草动，不期而遇、友人相聚，熙熙攘攘的人群里一个人的孤独，半夜醒来后一个人的落寞，或者仅仅是一串脚印、一个瞬间、一次回眸、某个不起眼的角落、某次不经意的路过……那些脚步所至、眼力所及、心有所牵、情有所动的事事物物打成结，从此进驻人心，扎了根，打了结，便成了情结。从此，那里和你之间，结成没有瓜葛的瓜葛，没有关联的关联。

5点和上海的林、黄一起去了泓所在的东亚系，参加那里的迎春茶会，见了几个像普安迪那样级别的学术界“大咖”，聊天吃饭之后，又赶去参加教育系研究生院举办的有关宗教自由和教育的关系的座谈会。从会场前三排预留的位子可以看出这次座谈的级别档次。果不其然，嘉宾是三位赫赫有名的思想家、宗教研究界的领航人物：一位是哈佛神学院的高级研究员，一位是希拉里智囊团的首席智囊，唯一一位男士是肯尼迪学院的资深教授。主持人是教育系系主任。几人从华盛顿的几封信谈起，围绕公立的中小学校该不该开宗教课、怎样开、如何讲等问题展开讨论，见识了什么叫口才和思维敏捷。

7点我返回时路过书店，终于买回了Toni Morrison 4月初刚出版的第11本小说*God help the Child*。坐在公交车上开读，重温莫氏的大气风格，陶醉其中！身旁站的一位女士忍不住说“不错”，原来她站在我身后一直跟着我的节奏。两人就聊了起来，Thang是加拿大多伦多大学的教师，来哈佛读博士后，从肤色判断应该是印度人，特别热情，和我一样迷恋莫里森，读过她的所有小说，同样住在Belmont，半个小时的路程在热聊中度过，互留了联系方式，约好再见。为什么只有和别人聊起自己的专业时，我才觉得自己信心满满，看来我的欠缺还是挺多的。

除了读的书少了点，今天还算蛮充实的一天。

“黑色”的一天

本学期最后一次正式课，怎么也不能缺。8点我炒好中午的菜，装点昨晚做好的米饭，一早赶到学校。开课前在图书馆读莫里森的小说，开篇还是莫氏一贯的以第一人称讲故事的风格，亲切平实；还是幽默中带点辛辣的语言，充满了智慧；主人公还是因皮肤太黑遭母亲嫌弃的小女孩，依然是多声部的叙事模式……至少在前半部分，没有读到与之前的10部小说的截然不同。通篇读起来，总有种听取邻家老奶奶在不厌其烦地讲述或重复着一个古老的故事，稍有些唠叨。现在还不知道结尾，不知还是不是她一贯的开放式结局，合上书后，让人感到郁闷、纠结、烦乱、有许多放不下的情牵。今年85岁的她，不知还会不会继续创作。祈祷并期待。

今天的课程是由一名博士讲的，从题目“我们的总统是黑人”里，读得出黑人主讲者明显的光荣和自豪感。这是到目前为止我在美国见到的肤色最黑的人，比他黑色的西装还要深几个层次。讲座从美国首位黑人总统奥巴马的出生谈起，重点讨论了奥巴马成功当选总统的策略，在任期间面对的国际国内问题及其应对措施，还有他如何在黑人和白人之间保持中立。最后探讨了一个敏感话题，鉴于目前美国黑人屡遭枪杀的现状，黑人与白人、政府的对抗性活动不断升温，公知们开始思考，黑人当总统对黑人民众来说是福是祸？黑人当上总统，一方面激发了黑人的乐观和斗志，一方面也激起部分白人的逆反情绪，所以美国社会近年来竟出现黑人与白人冲突事件愈演愈烈的怪象，让人对黑人总统能给黑人带来多大的精神福利产生怀疑。这节课还有个亮点，临近结束时，这位博士还把自己和老婆的自拍像放在屏幕上，祝福妻子生日快乐！这种做法显然不符合我们中国文化的理念，试想想，如果有哪位教授上完课把自己和老婆的自拍照放在屏幕上送祝福秀恩爱，在如今这个网络时代，不被“炒煳炒焦”才怪！

午饭后我到 lamont 图书馆看书，因为相对来说这里学生不多，而且里面有单人单桌，只是空间窄了一些而已。趴在桌上休息了半小时，读小说至下午 3 点 40 分。

4 点整我赶到 Barker Center 去听出生于 1934 年的尼日利亚作家、非洲第一位诺贝尔文学奖（1986 年）得主索卡因有关尼日利亚选举政策的讲座。索卡因出版了 50 多部书，其中有 46 本小说，2 部自传，但剧本《死亡与国王的骑手》仍是他在世界范围内最有影响力的作品。Thamson Room 座无虚席，连过道都坐满了听众。可惜这位文学大家的口音太重，很难听懂他说的英语，一小时后和朋友们一起溜了出来。

5 点半在肯尼迪学院有场我特别感兴趣的座谈，是由芬兰前总统（也是芬兰史上首位女总统）哈洛宁主持、有关乌干达女性独立、平等、健康问题的主题讨论。讨论前放映了由两个加拿大人用两年时间跟踪拍摄的、时长 50 分钟的名为《告别非洲》的视频，内容为芬兰 Rhrita 教授如何帮助芬兰女性走向独立、自主、健康的生活的纪实。

今年 68 岁的 Rhrita，1986 年去乌干达调研，被当地居民尤其是女性的家庭生活、健康状况、蒙昧的意识状态震惊，于是申请到了芬兰政府的资助项目，在乌干达一待就是 20 多年，帮助那里的女性争取平等权益和家庭地位，普及女性生理卫生常识。而热心公益的芬兰前总统哈洛宁（执政时间：2000～2012 年）也一直关注、参与乌干达女性解放事业，43 年来从未间断。另一位加拿大女制片人，深入乌干达两年多，跟踪报道了 Rhrita 在乌干达的工作与生活。第一次为这样的人这样的举动和坚持感动到流泪！

生活在文明世界里的人，看到与自己没有任何关系的他人的贫穷、苦痛、原始和荒蛮，麻木的人无动于衷，善良的人心有所动，而只有那些有大爱的人愿意付出自己的一生去行动，是什么样的文化孕育、熏陶出这样一类人，有这样的境界、执着、毅力和爱心，把帮别人爱别人当成自己终生的事业？座谈会后，除了真正的触动，更多的是敬仰，走上去跟她们聊天说谢谢，跟这些有无疆大爱的人合影留念，希望她们能照亮自己内心的昏暗，激发并张扬自己的善，学会爱别人、爱这个世界。

夺人眼球的哈佛专题会

午饭后我才去学校，先是和朋友们一起在图书馆查看芝加哥的住宿和交通情况，最终商定先去麦迪逊参观威斯康星大学，再回到芝加哥旅游，这样更便于订宾馆。芝加哥城到麦迪逊有三小时的路程，对比查看各种长途汽车运输公司的车票，很遗憾 megbus 上面售价为 1 美元的车票时间都不合适。在美国预订长途 bus 有很多优惠，最便宜的车票是 1 美元，便宜得不可思议。最终在“灰狗”和 megbus 上分别买了单程票。

临近 5 点，一起去 Sander Theater 参加了由哈佛研究生院举办的一年一度的 Harvard Horizon Symposium（哈佛大学新视野专题会)，这是由研究生院院长华裔教授孟小黎于 4 年前发起的活动。本活动的内容是从哈佛每年博士毕业生中评选出若干名最有成就、最具影响力的优秀毕业生并给予重奖。专题会上每个候选人只有五分钟的时间，利用多媒体向观众展示自己的新发明、新发现、新理论、新观点。今年获奖的是 8 位不同专业方向的学生，涉及天文、哲学、有机生物、人类进化生物、公共健康等学科，其中的一位男生是研究应用物理、名叫雷宇的中国学生。

如何把几十万字的博士论文、长达数年的苦心钻研的成果，在短短的五分钟内向零基础的观众陈述清楚，这几乎是另一个难度不亚于博士开题的挑战。据说为了今晚的展示，他们训练了两个月，最终达到一个字都加不进去的精炼程度。所以这项活动每年都会吸引哈佛内外的很多观众，活动地址选在 Sander Theater 本身已经证明它的规格。虽然凭哈佛 ID 可免费领票，但一周前消息发布的当天，票就被一抢而空，这也足以说明这项活动受哈佛师生欢迎的程度。说这是一场学术盛宴，一点儿也不算夸张。短短的一小时内，相关行业最领先的研究成果，被研究者本人以新颖、独特、直观、简洁的方式传播，不仅给观众普及了基本知识，还让其了解了行业前沿知识，更有可能激发出学生们“学海无涯苦作舟”的斗志，这可是一石多鸟的收效。

8 位获奖者中只有中国学生雷宇今晚没有发言。会后的招待大厅里，我们几个好奇地问了他原因，原来他研究的纳米和基因项目申请专利时没有通过，并且同样主题的硕士论文是在 MIT（麻省理工）发表的，所以还涉及专利权的归属问题，因而不便于公开宣讲。

不管是台上的镇定自如还是台下的侃侃而谈，这些哈佛的博士生们都表现出谦谦学者的风范。没有学究式的老气横秋，没有书生惯有的呆板迂腐，能看到的只有他们的秀气和灵光。真正的学识见解，不单是透过厚厚的眼镜片从书中挖掘而来的，一定会有天生的聪慧和丽质做铺垫，再加上后天的坚持和努力。不是人人都能成为学业上的佼佼者，大部分人的成功不可复制。

晚上 7 点活动结束后和几个朋友再次来到图书馆，最后在网上选定宾馆并付费，临近 9 点总算搞定一切。

今晚是哈佛学生本学期裸奔的时间。一年两次，地点在 yard 内，时间是每学期停课复习周开始的当晚 12 点。有人决定留下来看实况，泓和我选择回家，等着看朋友圈里朋友们的现场直播。

与好友论爱情

夏天真的来了，上午在家看书，热得直冒汗。美国人的家里，基本没柜式空调，大多是国内早已淘汰的窗式空调，打开像轰炸机似的隆隆作响，单是它的噪音就能让人出汗。波士顿人民刚从与严寒的斗争中解脱出来，现在又开始和炎热斗争了，真不容易。

下午1点半去学校，导师这学期最后一次 office hour (面谈时间)，以后再约就得通过秘书，聊了聊近一段时间的学习和困惑，确认了面见 Toni Morrison 的可能性，导师说 Morrison 从来不看邮件，所以会写信给她，并让我先写封自我介绍信。这件事有眉目了，很期待。

下午去了图书馆，扫描了 Maya Angelou 的两本书后返回，气温明显下降，风里带着寒气。

饭后七点我和泓、蓉一起在附近的草坪上散步，穿件外套还是觉得冷。我们聊到了婚姻中的爱情和亲情的话题，从年轻到年老，从真情到假意，从物质到精神，三人在认知上稍有差别，关于情的话题谁又能说得清楚？要不然自从人类文明诞生以后，爱情怎么就成了永恒的文学主题？有些方面，现实是大于想象的，总有某些事情、某种感情、某些片段、某些细节，是笔触无以抵达、表达无法穷尽、结果无法预知、期待无法满足的，这大概也是人类珍惜生命、祈求永恒的另一个缘由。

蓉是一位较真儿的朋友，凡事都愿意争个高低，并且坚守自己的阵地从不妥协，而泓沉着机智，慢悠悠的语速里总是藏着较为深刻的领悟。跟这样的一对朋友讨论世事，评头论足，很有味道。

约见偶像的忐忑心情

终于彻底明白英国和美国人为什么见面打招呼要说天气了！话说今天波士顿的天气，上午 13 ℃，在屋里待着还觉得有点寒意，午后温度迅速攀升，直接飙到 28 ℃，几小时之内温差达到 15 ℃。下午在电脑前做事，热得直冒汗。临近 6 点狂风大作，乌云密布，酝酿了半个下午的雷雨，被一场凉飕飕的大风吹得无影无踪。打招呼时不说说这般神经质的天气，似乎都有点对不起它千变万化的脾气。

上午在家看书，午饭后开始酝酿写给 Toni Morrison 的信，第一次给这样享誉世界的大作家写信，还真有点忐忑不安。坐在电脑前开始敲字的时候，才意识到比想象中的难。

首先是自我介绍，说得太多担心啰唆，说得太少又怕遗漏重要信息；说自己优秀怕人家认为是自负，说自己一般又怕分量不够。第二部分该谈谈对她作品的热爱和对她本人的敬慕吧。这一部分，内容倒没有难度，研究她的作品十多年，读过她所有的作品和大部分关于她的书评、文章，可以随口说出很多热爱她作品的理由，而对她本人的敬慕自然源于对她作品内容的理解和领会。不过如何拿捏深浅却又成了难题：只提及作品中一些基本主题怕没有深度，就某一特征展开阐明却又怕成了卖弄；表达对她本人的敬慕，太直接明了怕被视为肤浅，太隆重又担心成了谄媚溜须。最重要的当然是要说明无名小卒的我想要见她的理由。强调不会打扰只是简单地拜访问声好，明显是没这个必要；而说当面向她请教问题、要她释疑解惑，又怕她说没有时间。一封邮件千字不到，竟用了两个小时的时间，左右为难，感觉比当年几十万字的博士论文还棘手。只有到了最后一部分关于“感谢导师的鼓励支持和帮助，才有勇气有信心写下这封信，希望美梦能成真”等内容时才算顺利。谁让自己太渺小，够不上她的高度。虚荣是要付出代价的！

好在邮件先要发给导师过目，再以他的名义寄出，接下来就只有随缘等待了。如果天助我，今年最大的心愿也算得以实现。如果确实像导师说的那样她很忙，尤其是刚出版了新作，一般不会安排跟陌生人见面，那也绝无遗憾，至少尝试过了，至少不用花大量时间做心理上、学术上的准备，至少没了跑一趟纽约拜访她的压力。想象一下那场面，还真有点胆怯。听天由命吧！

在哈佛听敦煌学讲座

昨晚睡觉前发了个状态“远方”，引起满屏 sentimental 味儿。“哈佛户外”圈子里的思乡情绪，像流行病一样蔓延开来。大家纷纷亮出手机里储存的照片，开始伤春悲秋式地晒。圈子里大部分人离开家的时间都超过半年，也许到了某一节点，某种情绪突然被引爆。泓赋诗回应“离恨恰如春草，更行更远还生……”上海外国语大学的林说“淡定！波士顿也有值得留恋的地方”，四川外国语大学的娅回应“仅半月，窗外枯枝已浓荫满树，艳阳微风点点绿光闪烁……春去夏来，也会想家啊”！武汉的甜有认同，苏州的媛在调侃，几位男士藏在后面看热闹，只发些流着眼泪的假哭或捂着嘴的笑……你来我往直到午夜还未平息，所谓的近乡情怯，莫非就是这样的心境？

在哈佛大学燕京学社访学的敦煌艺术研究院的张，中午 12 点有个小范围的讲座，和另外几个朋友商量好去捧捧场，同时也了解点敦煌艺术。11 点出发去学校，讲座 12 点准时开始，十几个听众中大多数是中国人，看来张老师是做了精心的准备，没有稿子，对着 PPT，用他的张氏英语梳理了敦煌莫高窟的地理位置、历史渊源、形式内容、当下局面、未来挑战等方面内容，为我们这群中国人普及了一下艺术史的知识。真是难为他了，只有一个多小时的时间去讲这个融合了庞杂的世界文化知识的宝藏，单单是如何选材就够难的，更不用说还得用他不擅长的英语来讲。他的那些断断续续的英语不管是对老外还是非英语专业的中国人，都会是种挑战，大概也就是我们几个英语专业的人更容易懂。我们至少知道他真正想表达的是什么，原本正确的句式句法又是什么，他发错了音的英语单词到底是什么。不禁感叹，换作我们，肯定会表达得更流畅更细致更生动，可惜我们缺乏的是他那渊博的知识。而他满脑袋的知识却无法用最好的方式表达。真遗憾！有内容的人不通语言，通语言的人却没内容。世间的事就是这么不完美。一个小时的没有任何语法句法结构，几乎都是由术语、词语拼凑起来的英语讲座，对于非英语专业的他来说，实属不易。因而今天除了学到一些敦煌艺术知识，还收获了一点小小的自得。

下午在 Widener 图书馆二楼的书架前逗留了近一个小时，看着那么多的专业书，哪一本都不想放过，最后千挑万选，筛选了 6 本书借出来，显然读不完，索性先扫描在 U 盘里留着带回国慢慢看（至少现在是这么想的）。2007 年在英国，回国前的一个月几乎都在忙着下书籍资料，带回国后放在电脑的一个角落里，再也没有光顾过，但愿这回带回国的资料不会受冷落。

晚饭后我再次出外散步，同样的时间、同样的地点、同样的心情、同样的人，唯一不一样的是今日天边像鱼骨的野云。

给 Lida 做长寿面庆祝生日

今天是一个被商家炒作、被媒体大肆传播的时髦节日，打开电脑、手机，满天飞的文字和数字——5·20——又一个表达爱的日子，尽管真情的缺失不可能用这一天来弥补，情感的世界里，也不只是男欢女爱，但中国文化含蓄、保守，即使是真爱，也欠缺直接的表白。这是西方人永远不能理解的爱的态度。连说都说不出口，怎么还能有行动上的爱？他们如是疑惑，就如同我们质疑把“我爱你”挂在嘴边随意地像呼吸一样表达是否还有味道是同样的道理。商家鼓了钱包，媒体多了话题，平常人的平常生活让爱做回主角。

爱，是一种亲密感。谁又不曾有过所谓的千般柔情、信誓旦旦、缠绵悱恻、两情缱绻……然而不管你愿意不愿意，承认不承认，这种至纯至真的爱，终将或隐匿或潜伏或消失在时间的褶皱里，也可能会被生活的瓶瓶罐罐撞击得粉碎，被油盐酱醋浇得无形无味，被太远或太近的时空隔成疏离。这是人类生存、生命、生活的真实情态，不必太在意。

人人都有权利说喜欢生活中的平平淡淡，却也暗自渴望爱的浪漫能够在现实中实现，所以几千年的人类文明中，或苦或甜或恒久或脆弱的爱情，始终都是文学艺术的主题，而这何尝不是在映照生活的同时，也适时地填补了精神世界里的空缺？

风花雪月是专属于某些时段某个地方某些人的浪漫桥段，很难成为相伴普通人一生的爱的呈现。即使用全部的能量来封存过往的热量，也抵不过岁月这把寒光凛凛的屠刀。在这个人们越来越认可的“谁都不是谁的谁”的当世，在“陌生的熟悉”和“熟悉的陌生”里，留一点挂牵，有一点思念，存一点超乎亲情的感觉，有美好的前景可奔赴，有共同的岁月可回头，应该也算是爱了吧？

做早饭时和 Lida 聊起了中国近年来流行起来的 5 · 20。她说今天也是她的生日，刚好她今天在家办公，于是答应中午给她做长寿面，以示庆贺。面条做得应该算是成功的，她吃了满满一大碗，高兴得拍了照留念。吃饭时聊起了很多家常话题，说得最多的还是她六月初和 Paul 去希腊旅游。聪明的 Lida 真有语言天赋，不仅汉语说得不错，学起希腊语来也进步神速，就为了 10 天的旅游从零基础开始学起，而且居然还从中体悟到她说的哲学的味道。

为她高兴的是，她也已经找到了下一步要租住的新家，在 Watertown，从这里开车几分钟就到了。不过这次她租住的不是一整套公寓，而是一个 house 里的第三层，像我现在住的阁楼，一间卧室，一间书房，独立卫生间。她说现在的房子尽管大，但她常用的也只是那张电脑桌和一张床。这次干脆租个省钱的小空间。看她满脸的高兴，还跟她提及日本作家山下英子著名的《断舍离》这本书中的观点。然而，我还是愿意有个固定的、完全属于自己的家，一个关起门就可以随意扔拖鞋、换衣裳、高声说话或唱歌的地方，不想寄人篱下，这也是越来越想家的重要原因之一。这就是文化差异。

日本女孩 Yuri 昨天发邮件邀我一起喝咖啡，因为下雨不想出门推到了今天下午 2 点。Yuri 是一个月前认识的日本京东大学的教师，作为交换生来哈佛研究生院读博士。Yuri 三十五六岁，漂亮优雅，脸上始终挂着甜甜的笑。尽管我们的导师不同，但研究方向都是美国黑人文学，且都偏向于女性文学。我们是在一起等待导师的 office hour 时认识的，大概是投缘吧，碰到一起总有说不完的话题。

2 点赶到哈佛 yard 附近一家有名的咖啡店，各自点了咖啡和甜点，聊文学批评、聊研究现状、聊过去的经历，聊她正在拼的论文，你来我往很是热闹，没有丝毫障碍和尴尬。得知我是自己冒昧地写邮件联系到导师 Gates 教授并得到他的邀请函时，她羡慕不已，说同行的人都知道，他不轻易收学生或学者的。无知者无畏，看来有时候无知也是件好事。

谈笑间两个小时已过，各自去了自己偏爱的图书馆，相约以后再见。

8 点多我埋头写日志，转身抬头望西天，霞光似火，拍照留念，美好的一天就这样结束了。

准备新一轮出游

波士顿的气温是逗人玩的节奏！今日温度 7 ~ 13 ℃。上午在家看书，冷得恨不得开暖气。两天之间，二十多度的温差，还好不用出门，待在屋内不用受冻。

上午我基本准备好了采访主题，但仍有许多材料必须进一步查找核实并熟悉。毕竟作为第一个采访莫里森这位名流大家的中国人，准备工作做多细致都不为过。

午睡起来后我一边收拾行装，准备明天一早开始的芝加哥 5 日游，一边把手机里的照片上传到电脑，总数有 4 000多张，每一张上都刻着曾经的美好，都不舍得删除。重新凝视过去的照片，回想不复来的一个个瞬间，原来时间就是这样变成旧事陈年，而那些没有留下印迹的就这样一点点被遗忘。有些东西，再珍惜也终将会过去。

查看下一周的天气预报，芝加哥的温度基本在 20 ℃左右，祈祷平安，祈愿和朋友们玩儿得开心。

身临其境体悟世界

一下子从吵吵闹闹、熙熙攘攘中回到一个人的世界，有种从内到外的静和空。大部分时间躺在床上把白天当成夜晚，快要把床垫睡穿。中午洗完所有的衣物后，去了趟超市，走在安静燥热的小街上，才意识到自己的生活内容从外扬反转到了内省，该重新启动有烟火的生活了。

和好友外出旅游，随心随意地穿行在不同的时空，看着不同的风景，经历不同的人文，确实既愉悦心情，又砥砺精神、刷新思想，只不过苦了内存几乎被清空的身体，被精神的亢奋绑架着，疯狂在山水之间，渐行渐远，这也许是旅游该付出的代价。

有时候脚步到达不了的地方，其实思想也很难到达。只有身临其境去体悟世界，心才有萌动、触动和灵动，想象达不到现实的亲和与丰美，现场总比想象有质感。唱自己的歌，走自己的路，过自己的生活，完善自己的生命，只把世界当背景。

下午开始在纽约领事馆网站填写回国机票预订和开具回国证明的申请材料，还没有调整到看书状态，在写邮件回邮件中蹉跎到晚饭时分。

晚上我和女儿视频聊天，了解了她的近况：下周期末考试，接着是注册会计师考试，月底将进入正式的实习阶段。那双漂亮的大眼睛周围的黑眼圈上，写着女儿的不懈努力。“宝贝儿，其实你无须把自己逼得太紧，你的善良和聪明足以让你在现世中生存；你也无须为梦想那么拼，世界每刻都在变，有些成功会随缘天成。”不愿打击她年轻上进的心，这些话，也只能写在日志里。

愿天道酬勤。

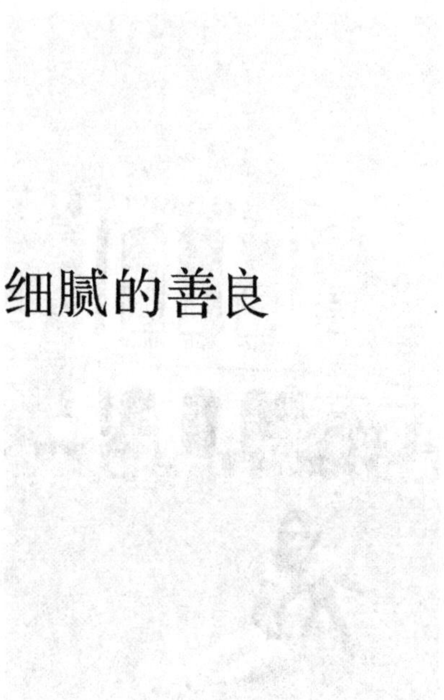

细腻的善良

周一，强迫自己的生活回归正轨。上午我准备访谈材料，下午提交了预订回国机票及证明材料的相关表格。时代在变化，手续比 2007 年在英国需要带着材料跑伦敦取机票简单多了，这次不必跑纽约，也不必打印各种纸质材料通过邮局递交，一切在网上都可以搞定，等待审核。

无法直视头顶上倔强地支棱着的白发，晚饭后散步回来，对着镜子，再次染发。当你深刻地意识到，双鬓微霜不是因为操劳而是因为岁月时，似乎才体会到什么是现实中的无力，什么是个人意愿的悖逆。你痛还是乐，你悲或者喜，时间给予你的都得默默承受。

又是一年毕业季，读着微信里学生们毕业时的感言，带着伤感。因为同病相怜，所以特别心疼那些伤离别的学生。不过既然能以细腻的情感体会离别时的伤感，也一定会以同样的细腻，体悟并享受到生活中的幸福情怀。这种情怀也是善良！因为善良，才特别珍爱生命中的每次相逢；因为善良，才愿意珍惜缘分，不忍说可能再也不见的“再见”。

在生命的节点上，有些人会唱欢乐的歌，有些人可以洒脱得像风一样飘过，有些人则双手捂住心的伤口，纠结于曾经的山水情长。更感同身受的是后者，眼看着四年与共的青葱岁月在缩减，走廊变得寂寞狭长，教室格外冷清，宿舍逐渐凌乱，曾经和同伴们共享过的时空，被一点点拉扯成平行线，而且渐行渐远。好在只是一段年少时学习经历的结束，未来还有长长的路，大大的梦，美美的景……还有一切皆有可能的可能！

不是“杞人”也忧天

感冒痊愈，按时起床，学习生活步入正轨，这得感谢一圈人的问候祝愿！白天修改补充被抛弃半个月的论文，有点进展，不算浪费了午餐。其实如果心情好且能充分利用时间，一天可以做不少事情，所以又开始惋惜前一阵子荒废在路上的时间。千里路已经行过，只等待摸不着的回报。人们常说的生活在远方，自由在高处，不过是遥远不及的梦而已，人类就是这样最擅长给自己描画鸿城美景！

晚饭前和朋友相约，出去到社区附近散步，处处是花是鸟是风景。绿草夏花，各自馥郁芬芳。悄然路过，不再像从前那样一边感叹，一边暗自愤愤不平地问“凭什么”，也不再会去想象住在充满诗意的房子里的人是谁，他们是否也有不如意和悲伤，甚至会冷静理性地推理，长期住在这种缺少人气、只闻鸟叫的花瓣似的洋房里，应该也有苦恼寂寞吧！要不然他们怎么逢人就热情地打招呼，恨不能拉着你聊他们的老祖宗，难道不是寂寥惹的祸？想想国内的人居环境，走出家门多的是选项，不熟悉的人尽可以视为如风吹过。不管怎样，后半年里至少学会了安抚自己：在别人的地图上，对比衡量自己的路径，欣赏一下平面意义上的美景，清理一下自己无序杂乱的思想，“也是极好的”。

6 点返回时 Lida 刚下班回到家。她一反常态地说着累，倒杯啤酒一边喝着一边聊起了一天的工作。原来她今天刚参加完一次重要的行业会议，为争得项目，还呈现了准备多日的陈述报告，效果不是特别理想。Lida 快 60 岁了，每天面对这么大的压力，应付这么激烈的竞争，除了是在挑战自己的智商外，还在挑战自己的精神和身体。但她很少叹息，过着顾城心目中那种“活得是自己并且干净”的生活，今天是例外。大概是因为近来找房子、看房子、整理两年来里里外外的杂物等样样都影响安宁的事情吧！真有点心疼她，多炒了个家常菜，邀她一起吃，Emma 自从参加完毕业典礼，晚上基本不在家。

谈起了 Lida 即将搬去的房子，她说目前谈妥了的这一家离自己常去的教堂不远，但地方很小，没有书房，只有一个卧室和厨房。还说反正自己一人住，也用不了那么大的地方。她说这些话时语气很平淡，不带任何感情色彩；反而是我，不由得从她平淡的语气中听出了些忧虑。

也许是文化因素影响，我难以理解，富足的精神生活难道真的不需要安逸？离开嘈杂的家庭生活的女性，真的可以活出独有的意义？选择她这般的超越平凡算不算活出自己？透过眼前拿着筷子夹菜的 Lida，我开始遥想她退休后的生活，不是“杞人”也忧天！

晚饭后打开 Lida 发的网址，尝试在网上制作名片，按照提醒做完后可以直接发给这家店，几小时内就可以取回。没想到花了一个小时也没有把图标和文字归总成理想的样子，鄙视自己太业余的电脑技能！来美国前没想着印名片，觉得自己一届凡人，无须让别人记着，来了美国之后才发现其实这只是跟别人打交道时的基本礼节，是给别人提供方便。第一次去见导师，就被催着要名片，临走时导师还再三提醒下次一定带上。这次去拜访偶像，是没办法再推托了。最后索性放弃，明天去时直接带着电脑或硬盘让他们帮忙得了。没文化，就得以浪费时间为代价！

功利阅读消磨乐趣

惰性是人类最大的敌人之一。不再像之前那样，无论如何都会坚持把当日的事情记下来，哪怕无味得像水，哪怕思想浅陋，哪怕表达不到位，哪怕文字鄙俗粗糙，总会坚持。感冒彻底好了，近几个月来的拖延症十分严重。有时太晚，有时太累，有时烦躁，有时会觉得没有意义，有时除了一日三餐几页书，找不到愿意想、渴望写的话题，有时直接连拖延的理由都找不到！一直以为只是懒惰，今天上午花了一个小时在网上读了几篇汉语写的文章，那个在别人的思想里看世界悟世事的过程，让我一下子明白近来懒于动笔惰于思考的原因。即使是流水账，也是自己生命生活的一部分，也不可疏忽遗忘。

已经好长时间都没有认真地读一本自己喜欢的书了！平日里的英语阅读多少都带点功利性，总急于从中抽离出自己需要的学术思想和观点。这种阅读，最多算作学习，称不上读书。少有醍醐灌顶的顿悟，没有畅快淋漓的愉悦，没有电光火石般的思想碰撞，只是一味地尝试认识、理解并接受，把读书的乐趣直接消磨在26个字母里。于是思想空洞，认识滞后，感觉麻木，表达僵硬，语言乏味。被掏空的大脑没有及时予以补给，陈旧迂腐的思想没有改变，落俗的语言得不到更新，思维方式方法没能升级成新版本。酒糟酿不出醇厚的酒，闭门造不出轻便的车，只觉得自己像台老机器，再也生产不出新颖的产品！

上午进一步细化补充访谈的问题和思路，越是花时间准备，越是发现需要了解的知识越多，如何在有限的时间内问一些别人没有问及的话题，而且能提出既有深度又有情趣、既有话说又不好回答的问题，挑战着我的智商和情商。在午后闷热的小屋内，埋头阅读资料到5点半，真有些“何必当初”的后悔和自怨。

6点，一个人步行去超市买水果，拎着购物袋绕道几个街区返回，好多家门外盛开的蔷薇花让人浮想联翩，把自家门廊打扮成花枝招展的人，生活里大概也不缺色彩吧。反倒是我这种手里拎着东西、徘徊在别人家门口、觊觎着别人家的美的傻子，即使是在花红柳绿的夏天，生活状态也只是幅黑白照！

晚上无聊，在美国人的肥皂剧里，清洗自己的乏味枯燥。

今天不画句号

我开电脑准备写日志时，一句话跳出来：如何给今天画上句号？这句话其实每天都实践着，只是没有这么醒目地在动笔（手）之前跳出来。一日三餐，读书两晌，即可轻易地涵盖今天所有的活动内容，除了那些缠绕在脑中的胡思乱想。

于是在想，任何一个句号，都是一次告别。一阵风、一场雨、一片星空、一个故事、一处风景、一种情绪或情感、一段或短或长的时间……遗憾的是，天不会处处遂人愿，句号里圈着的，不都是圆满，有时候画个句号不太简单。一个人所有的一切最后似乎只剩下似水流年，其余的一切，句号都将其变成有限的欢愉和不幸。

仔细回顾今天的学习生活，大概还是傍晚的散步更值得回味。7 点出门，一个人在社区的另一个大草坪漫步。临近 8 点半，太阳还没落山，悠悠浮云，“卷舒变灭了无意，粲粲不受纤尘污”，天空美得让人心醉！偌大的草坪上看不到一株任性的杂草，平整、翠绿、松软，露珠零星点点，三三两两的大人们聚在一起聊着天，孩子们捧着、扔着、踢着球在玩耍，四周的树叶里，有鸟儿在歌唱，树与树之间有松鼠野兔在撒欢。夕阳西下，月牙初上，微风清爽，身在天涯也可以心旷神怡。

快到9点我才返回，不管是整理自家花园的主人，还是路上偶遇的陌生人，都笑得像盛开的花儿一样地说着"Hi"。心中感叹，大概只有在这么简单纯净的人文环境里，人才能始终保持素心薄志，安闲自在。要想在国内人文圈内生活得自在，我还需要很长时间的修行。现在都可以想象得到，回国后如果有什么想念的话，这种人文的"绿"，首当其冲。

似乎还不该给今天画句号，因为句号除了是一种告别，更是一种终结。Lida打包好的箱子越来越多，客厅里大大小小的纸箱都快要堆到天花板了。她在这里两年的生活即将终结，我在这里300多天的日子也将画上句号。本周日（28号）她要搬家，除了没有了Wi-Fi，我现在正在用的桌椅和床也一块儿要被搬走。本来还想考虑第一房东AL的建议，在下一个租房的人来临之前，可以暂时留下来住一个月。可是看到家里狼藉一片，也没什么心思留在这里，尽管知道我会怀念这个小小的房间，怀念窗外的远山，怀念每日夕阳抚慰着的地平线……

临睡前给新房东发了封邮件，提醒她我快要搬家，并询问可否提前两天搬进去住。

今天，不画句号……

不得不搬

凌晨4点，又一次被外面执着鸣叫的一群鸟吵醒。这是在77 Gilbert Road(吉尔伯特路)，Belmont 寄住的倒计时第四天。鸟儿的快乐我明白，只是它们不知道我的存在。

又一觉醒来已快8点，上午准备张凤教授的采访时，离奇地读到她在《一头扎进哈佛》这本书里对张爱玲做的历史“补白”。她曾经颇费周折地找到了张爱玲曾在哈佛大学 Radcliff 研究院访学时的三页档案资料。上学期多次去过 Radcliff 研究院听讲座，竟不知那里的图书馆还保存着几页张爱玲访学时的档案材料。这些信息今天是第一次知道，可不知张爱玲怎么就出现在了梦里？没有全面读过张爱玲的小说，但明白她注定是一位闪耀在泱泱历史中传奇式的女性，才情兼备，可惜一生错在了爱里。

一上午恶补有关张凤的家庭、工作、生活和学术背景，浏览了她近年来写的博客、她在内地各名牌大学做过的讲座报告，还有网上搜索到的她的散文随笔片段。真是一个才女！再加上不懈的努力。她有着女性作家共有的思维细密、笔触灵动的特点，最大的优势还在于历史学出身带给她的精到、理性、翔实的叙述特色。至少到现在为止对她的认知可用“兰心蕙质、文史兼长”来总括。期待明日有更多的发现和领悟，期待一次满意的采访。关于张凤就此搁笔，以后独辟专门的章节对其进行全面的介绍和解读。

晚饭后我出去散步，拍了几张住所的照片，不长不短的 10 个月，经营出太多舍不得。原房东两次找我，说 Lida 搬走了，我还可以继续住在楼上，但会有些不方便。于是今日开始强迫自己列举离开这里的正当理由，让自己走得轻松潇洒。

第一，Lida 要搬走，少了一些必需的生活起居用品，会面临诸多不方便。很少和第一房东打交道，连豁达的 Lida 也曾抱怨过 AL 的吝啬。所以不想在剩下的两个月内和房东之间产生不愉快。

第二，住在 house 有西晒的阁楼里，进入夏天后，只要有太阳，室内的温度会比外面高出 8 ℃以上，像烤箱。午后长长的时间，听听音乐还可以，读正经书有些勉强。

第三，距离学校太远，这 10 个月来坐的公交大概能抵得上过去几十年里的总和，每个月六七十美元的公交费倒可以省略不计较，每天来回近一个小时的颠簸，还时不时晕车，胃里会不舒服一整天。而将要搬去的房子离哈佛老校园步行也就半小时，既方便也可以步行锻炼身体。

第四，周边环境太安静太优雅，心里不断出现不该有的不平衡和反差，没有一丁点儿优越感，会不自觉地把自己的阶层水准下拉到美国的最低层次。

第五，房东太知性、大度、豁达、友善，已经建立起来的友爱和友谊，无法潇洒两相忘，总有一天会被时空隔断，免不了情伤。早一点走或许更好。

第六，附近住的朋友太多，有事没事聚在一起聊得上天入地，玩得忘乎所以，少了些独处一室反观自身和体悟寂寞的况味的机会。

第七、第八、第九……如果还要说，也可以列举很多，以上这些勉强可以成为搬家的理由。

要走了。

当个家属的不易

波士顿时间凌晨 3 点，手机的绿色小灯闪烁，有朋友发来红色喜报，庆贺今年河南大学附属中学的骄人高考成绩。心里的酸大于本该有的乐和甜，并非因为被叨扰。靠自己的德与勤走到今天的 D，只有我知道他的不易。听起来带点光环的职位，其后是我感同身受的沉重、苦辣和疲累。

人事的繁杂，人性的险恶，人心的叵测，职场上的风吹草动，酒场上的阳奉阴违，教工们的恩怨是非，家长们的不时之需，学生们的惹是生非，前任的陈年旧账，更有把着命门的高考升学率……都会让心思缜密、天生爱操心的 D 大部分时间坐卧不宁。温良的个性中多了急躁和执拗，憔悴和萧索取代了脸上曾经的帅气，华发替代了当年浓密的乌发，回到家时常一头栽到沙发上不说话，大年三十晚上值班不在家，周末假日比平时还忙，不管一日三餐还是三更半夜都得耐着性子应对五花八门的电话，家成了名副其实的旅馆，哪天要是早点回来，习惯了他早出晚归的我会忐忑地以为他身体出了状况……

在快要知天命的年纪里，我才后知后觉：我嫁给了D，D却嫁给了工作和单位。平日里俩人交流最多、分歧最多、抱怨最多、吐槽最多的，大多与他的工作有关，包括现在隔山隔水的视频聊天，因而有时惶惶然觉得自己不是人妻，更像一个巨大的垃圾桶，里面收纳了D工作中林林总总的垃圾。此刻就想怯怯地问一句：我的角色，容易吗？

如果有人想说“得了便宜还卖乖”之类的话，我祈愿他今生或来世能当上校长或嫁给校长，亲自体验个中况味，验证我文字里绝不矫情的真心话。反正，我放弃！

万幸的是，D以自身的善良和真诚，换来身边一帮贴心贴肺的“狐朋狗友”，雨雪天送伞，饥饿时送饭，像我一样关心他的饮食，照顾他的身体，分担他的苦衷，包涵他的任性。感谢上苍！

最后理性一下，其实也认同网上流行的一句话：没有一种工作是不委屈的。就真心地祝愿D和他那些可敬可爱的老师们，在今后，多一些丰富多彩的生活。

今天的其他时间一边恶补中国思想史，一边继续熟悉张凤书中写的曾在哈佛受教任教的华人学者。下午6点和泓约好再次去爬Belmont hill，完成心愿。就在上次经过的岔路口，我们当时选择了向右的方向，今天决定走另一条路，果然通向森林的深处，还似乎推翻了美国著名诗人弗罗斯特的名句：“林中有两条路，你永远只能走一条路，怀念着另一条。”尽管他说的是人生十字路口上的抉择。今天下午的现实版中，我们不仅走了另一条路，而且幸运地遇到了一只可爱的梅花鹿。真难想象，距离闹市区这么近的地方，竟有梅花鹿出没（还好不是熊出没），真是难以想象这里有着怎样的原始生态环境。天色已晚，没继续往纵深方向前行。泓说在我搬走之前，一定约其他朋友一起爬到山顶。

8点半我返回，烤了个土豆当晚餐，结束了在这房子里的倒数第三天。

采访书写哈佛第一人——张凤

第一次从新住址步行去学校，9 点 15 分出发，9 点 55 分穿过哈佛 yard 到达燕京学社一楼的 Common Room(公共休息室)。因上午 10 点半有采访，不好意思穿得太随意，于是穿着拖鞋，带着高跟鞋，一路上还算顺利。大雨天过后的大晴天，光线刺眼，不方便一路看景。必经的地方有哈佛体育馆、哈佛商学院，再横穿查尔斯河到达哈佛广场。

不到 10 点我来到约定的办公室，这是张老师领衔的哈佛华人文化坊举行讲座的地方。之前来这里听过讲座，适逢假期，门开着，里面敞亮干净又整洁安静，没有人。拉开旁边的椅子坐下来学习，没人会问你是谁。这就是哈佛，只要你愿意学习，只要有 ID，随便走到哪个教学楼或教室或活动室，放心使用那里所有的设施，没有人会带着怀疑的目光问长问短，更没有人找个理由赶你走。大气的哈佛，实在是个学习的好去处!

张凤教授于 10 点 15 分提前到达，轻轻走进教室，她身穿白底小兰花的连衣裙，脚蹬一双黑色的坡底凉鞋，染得乌黑的长发披在肩上，脸部画着精致的浓妆，红色的唇膏配着那合身得体的连衣裙，漂亮、时尚、优雅、清爽，既有传统女性的柔媚，又带有现代知识女性的干练。聊了几句家常之后，采访正式开始。看得出来，她是有备而来的，包里装着厚厚的一沓她自己的材料，还有他人写过的有关她的评论，以及她发表过的一些小作品。一开始她稍显紧张，回答提问时会照着准备好的稿子读。这才明白为什么一开始她不愿接受视频采访，因为对于大部分人来说，口头回答都不如书面书写能更深刻地剖析某些问题。采访过程中，她还是更愿意讨论一些之前采访时被问及的话题，对于新问题或比较新的或敏感的话题，谈得比较简短。

而问到关于她的成长、家庭、生活的问题，她回答的兴趣很高，衣食住行、儿女情长，说起来滔滔不绝。至于专业方面，如文学与历史的互动关系、哈佛华人精英们的功利性、传记类作品的忌讳等，可能是时间关系，都没怎么展开来谈清楚。

说好的一小时采访时间，不知不觉间已经超了 40 分钟。这是一次很投机、有默契的交谈，聊到很多我还没问就自然引出的话题，省了很多问题转换间的突兀和尴尬。采访临近 12 点结束。忘了两件事：一是帮她准备水，二是合张影。随即发了封邮件对自己的疏忽表示道歉，合影以后还有机会。

总之，这是一次很有成效的采访，基本得到了想要的结果，接下来就是抓紧时间整理了。

中午在 Science Center(科学中心) 前的大篷车买了中国餐，饭后去参加了四位中国学者的讲座，内容是有关西方的移情说、大屠杀文学、中国的法典起草历史与现状、抗日题材的电影。他们所说的不全是中国文化，但看得出他们一定做了很长时间的努力。只是时间太长，没有坚持听到最后，去银行取了两个月的房租 1 625 美元，顶着 5 点夕晒的大太阳返回住处，吃了昨天剩的米饭，结束了 6 月最后一天的生活。

国庆节的艺术盛宴

美国国庆五花八门的庆祝活动今天正式开始，可参观的有各种免费的博物馆、艺术中心、音乐晚会、巧克力制作坊、啤酒厂等。大部分活动开始于下午，时间排不过来，就精挑细选了三个地方的三种活动，午饭后1点开始赶场。我和泓在哈佛地铁口汇合，先坐86路再倒93路到达海军港口，那里的海军博物馆、著名的宪法号舰免费开放。28 ℃的气温，晒在身上有点灼热的阳光丝毫没影响到参观的人群。博物馆里展出的是美国海军战舰的结构、装备、构成材料以及所参与的历次战争的有关历史资料，重点是1812年美国与英国之间那场著名的海战。“宪法号”最早建造于1796年，1896年百年庆典时从外地运到波士顿港口修复重建，得益于哈佛大学医学院一名学生写的一首呼吁美国人纪念这艘战舰的长诗。至今仍作为美国智慧象征的宪法号，带着某种难以表述的威武气场，停靠在港口的入口处。在大太阳下排了将近半小时的队，经过严密的安全检查登上去，却发现上面除了甲板还是甲板，远没有从外面看起来那样雄伟壮观。

3 点半乘车来到 Sowa 艺术区参观画廊，每个月的第一个周五，这里都有各路艺术家在现场创作，免费开放。有幸参观了不同画风、不同艺术门类的艺术品，和好几个艺术大师聊得很投机，还留了彼此的联系方式，太对得起这次大热天的赶场。印象深刻的有两个展厅，一是一对年轻的中国青年的展室，第一次接触到 3D 打印，工作室内安装有 93 个照相机，几乎全方位拍下客人的照片，再经过立体合成，便成为看上去活灵活现的真人。好不神奇！

另一个是照片展，里面挂的都是中国 19 世纪初的真实照片，据主人介绍，这是他爷爷留下来的真品。西子湖上穿着蓑衣驾小舟的船夫、羊群满地的圆明园、乡间的小路、平遥古城等。落后、贫穷甚至滑稽，应该是当年照相人的观感。在这样一个繁华的都市，还能呈现一百多年前的中国众生相，能将人带回中国片刻，带进历史，足可慰藉乡愁了。

这里举行的主要是以油画为主的写实、抽象派画展，而画家们现场泼墨，让艺术本身更贴近寻常生活。依依不舍地告别这一艺术聚居地，时间已到 5

点半，四楼还没来得及光顾，就乘车前往市中心观看查尔斯河畔的大型庆祝活动。一下车根本不必打探路径，备着干粮、带着座椅、牵着孩子、扶着老人的人流直接把我们带往要去的地点。街上的警察荷枪实弹，三步一哨五步一岗，头顶上的直升机盘旋个不停，路边每十米就有提醒人注意嫌疑人物的标语，精准而醒目。排队安检的人在六七个入口处排成了长龙，安检比机场严格得多。任何水和饮料不得带进去，双肩包绝对不允许进去，但单肩包不分大小可以放行。这是美国人的逻辑思维，难怪一路上看到人们把吃的喝的都放在透明的塑料袋里。也就是在这个关口，被美国警察无情地挡在外面，他们提议说如果愿意，可以用现场的塑料袋装我的东西，包必须放回去，要么直接扔掉。总不至于为了场音乐会把可以无所不纳、随我一年的书包扔掉吧！跟泓说了再见，一人坐车返回。问度娘才知道为什么双肩包不许入内，原来这是恐怖分子作案必备的行头，而且这样的装束最方便于他们逃跑。

虽然有点遗憾，但一天下来也确实有点累，再说对这里紧张的氛围也心有余悸。2012 年震惊世界的波士顿马拉松恐怖爆炸事件，至今还是人们讨论的安全话题。上午 10 点哈佛大学警署还给每个注册的哈佛人发来邮件，说昨天晚上凌晨 3 点剑桥附近连发两起持枪抢劫事件，提醒大家夜里出行注意安全，遇到嫌疑人跟踪，随时拨打求救电话。这样安慰着自己，让回家的路轻松了不少。

时间已过 8 点，走在陌生的街道上，朝着一个不太熟悉的地方，无限好的仍旧只是夕阳。

忆旧居

一早醒来翻看微信，被家人分享的老家宅院的照片“撞击”得泪奔！童年、过往、情怯、感伤，那一瞬间感悟的是真真切切的生命的味道！

灶台、木窗、老台阶，仿佛还留着父母在世时的印迹；门槛、门墩、旧门房，依稀看到和哥哥姐姐们共处的时光。透过泪眼贪婪地扫视着每一寸空间，祈望从中挖掘出尚未走远的过往，渴望剥离出父爱、母爱和姐妹情分。多少年风霜雨雪之后，老宅院里依然存储着古色古香的温暖，散发出一种抵挡不住的爱的召唤！

那里是我的第一个家，是我生命开始的地方，我的灵魂永久地驻留在那里，不肯远走，不管身在何方；那也是父母先后离世的地方，我把最多的眼泪落在了那里，最疼的记忆刻在那里，抹不去，忘不掉；那里还记录了我从懵懂无知到筑梦逐梦的关键一步，纵使当年的夙愿已实现，如今霜花尽染，叶茂枝繁，依然摆脱不了梦的萦绕，还有渗透到骨血里的无以言表的情愫情怀！

就是那个看起来破旧的宅院，曾聚拢着一户勤劳的人家，他们有着善良的天性、耿直的个性、不低的智商，有过短暂的辉煌、有过深深的屈辱，有过无言的抗争、有过不懈的奋斗，也有过刻骨铭心的生离死别……只是跨过了历史的沟沟坎坎，经历过压抑和悲愁之后，那个老宅院，依然弥散着简单的爱和被爱，依然铁骨铮铮，张扬出他人读不懂的韧性和尊严！

望着望着，突然心生天涯海角的孤独落寞，如闻晨钟暮鼓，满腹闲愁。说不清这是流年斑驳后的失意，还是岁月凋落后的贪念，只剩千行泪。

梁文道有一个说法：世上没有一种回忆是快乐的。若回忆是喜，你会因失去而感到落寞失意；若回忆是悲，你还会再一次经历苦痛。时日渐远，回望是徒然。穷也好，富也好，得也好，失也好，与老宅院相关的人都健康快乐地活着，最好！

今日依然是“桑拿”天，我没有出门，关在屋内读书。中午时分，晏老师敲门送来一碗手擀的汤面条。尽管排骨汤有点腻，面条有点硬，但三伏天里，吃到穿着正装的博导教授在厨房舞勺操刀亲手做成的面条，还是很感动。

晚上7点半，天天和已经工作的路妍刚好一起回来，四个人在门口相遇，彼此快乐地打着招呼聊着天。另一个屋檐下，又一个乐融融的小团体！

静夜思

天气闷热，不愿出门，屋子里没有空调，又不愿意步行半小时去图书馆，更习惯一个人自在地在家看书，上午、下午悄然而过。晚饭后去河边散步，不再像第一次看到景致时那样惊叹，尽管朦朦胧胧的黄昏没变，静静流淌着的绿水没变，夜幕下舒卷成诗的彩云没变，草坪上啄食着青草的野鹅也没少，只是心里多了份入“芝兰之室，久而不闻其香”的习惯和自然。闭月羞花、沉鱼落雁的美貌，触动大多只存在于一个个独立的瞬间，所谓的永恒和永远，大多只是传说。新鲜、变化的生活内容大概才会有生命感。审美上的

疲劳是人类认知上最大的无奈之一。

也想到了读专业书，长久地拘泥于一种专业、文类的阅读和思考固然可能达到熟练，但精深和广博却需要来自不同知识层次和领域的对接和碰撞。所以历史上各学科的“大咖”，无一不是八斗之才，文韬武略。

我散步回来 8 点半，恰逢周二晚上，对面的天主教堂又举行出游仪式，还是长长的队伍，还是双手捧着蜡烛，还是听不出歌词但同样掀起心中波澜的旋律，不同的是晴朗的天边几近圆的月亮。我独自傻傻地站在门廊边，心生虔敬和折服。那一刻倒希望自己也能成为某一宗教的信徒，仰望神像，怀揣着爱与虔诚，独守静心，期盼着全人类的幸福。

后悔并快乐着

一早起来我把床单、被罩扔进洗衣机，40 分钟洗完放进烘干机后，带着午餐去学校。又一个大热天，赶到图书馆门前，时间是 8 点 59 分，听着教堂的钟声敲响 9 下之后，随着等待的人流步入图书馆。凉爽是第一感觉，看书至 10 点开始感觉手脚冰凉，走进书库借书，顺便运动一下保持体温。Widener 一楼东，发现了五十多架专业书，可惜没有时间去读了，即便现在开始一目两页地扫描，估计回国前都扫不完。那一刻，再次后悔荒废过的时间：在网上发呆或闲逛，和朋友们狂聊，闻到周边有一点文化气息都凑过去看热闹，还有放纵地晚睡晚起，这些浪费掉的零碎的时间，其实都可以用来扫描书带回家的，尽管不敢保证回国后一定有时间有精力有兴趣有闲情翻看。每次站在书架前都既后悔又有贪念，恨不能把眼前这些书全部搬回家看，但离开图书馆仿佛一下子又回归酱醋油盐，觉得人间烟火才更接近生活。于是一边挥霍着时间，一边假模假样做后悔状，摇摆在两种状态的夹缝里，挤兑出口头上所谓的“两难”。

午饭后我继续待在图书馆，尽管有太阳从 Phillip 自习室的屋顶直射到身上，但免不了手脚冰凉，嘴唇发紫。每坐一个小时必须走出来晒晒太阳取取暖。想想昨天坐在电脑前汗流浃背的狼狈，暗自发问，这还是不是同一片天？

6 点钟朋友甜从附近的燕京饭店买了两份晚餐，加上来自武汉的黎带来的煎饼，一起在地下餐厅吃了晚饭。

我不想再受冻，饭后返回。走出图书馆，下起了阵雨，校园里人影匆匆，青草戚戚，路灯微亮，雨雾中的哈佛，楼更红，树更绿。没有戴望舒《雨巷》里的“寒漠”“凄清”“惆怅”“悠长”，只觉得周遭美如诗。

7 点我回到住所，阵雨初歇，屋子里更闷热，开着两台电扇，让热风在屋内循环。波士顿任性的夏天！

哈佛借书之便利

8点40分到达图书馆，等待对面教堂里的钟声敲响。记忆中所有的等待都抵不过那一刻的美好！校园里凉风习习，小鸟在树枝上欢唱，小道上人来人往，不少遛狗的人走得不慌不忙。清晨的校园掩映在组合相宜的红绿色中，清爽、幽静、空朗。随意拉一把彩色的椅子，打开一本随身带着的书，便是一幅美丽深沉的油画。

伴着洪亮的钟声，步入挺立百年的图书馆，红木的桌椅，安静的环境，清爽的冷风，刚一入座就自然融入周围的卓然静默，不同的是性别、年龄、肤色、民族和专业，相似的是知识信息在各自的脑海中碰撞荡漾。偶尔抬头，眼神触到的不是彼此间的冷漠，而是浅浅的会心微笑。这样的环境和氛围，把汲取知识提升成神圣和享乐。

12点下楼，和朋友们约好去memorial theater（纪念剧院）一楼的学生餐厅吃午饭。这里是风靡全球的电影《哈利·波特》的拍摄地之一，也是我们出高价（16.25美元）来吃自助餐的缘由。根据哈佛历来的习惯，这一餐厅常年免费为一年级新生提供餐饮，其他学生可以享受百分之六十的优惠价进餐，只在假期向其他有哈佛 ID 的人开放。走进餐厅，瞄一眼周围的环境，只觉得几百年古色古香的建筑用作能容纳六七百人的学生食堂，实在是任性。多彩的玻璃窗、既典雅又华丽的吊灯、形象逼真的雕塑和壁画，一顿价格不便宜的午餐，吃出的是历史和文化味道。

吃饭到 2 点，结束后返回图书馆，靠在自习室里的沙发上小睡了半小时后，继续读书至 4 点。周五 5 点关门之前，在前台取回前两天申请的两本书。

这是哈佛图书馆最贴心的服务之一，如果有些书目或文章在哈佛图书馆不好找或是没有，可以在网上直接提出申请，管理员会帮你在哈佛图书馆找到或在全美图书馆调用资源，书到后通过邮箱通知你就近取回。若索要的是文章或书的某些章节，他们则会将其下载成 PDF 形式后，三到四个工作日内发到你的邮箱。

说到图书馆的服务，不得不提哈佛借书的数量和还书的方便。只要你愿意，一次性可以借几十本甚至上百本书，期限为半年。不管哪个图书馆的书，还书时可以随便选个自己最方便的地点，只需往前台一放，转身走人即可。没必要战战兢兢地站在原地，等待管理员挑剔的眼光扫描完全部书页之后放行。经常去的 Phillip 自习室，还有更贴心的服务。去那里看书，管理员会根据你名字的首字母，把正在看或还没看的书，存放在相应的书架上，下次来自己直接拿来阅读即可。当然，存放时间若超过 10 天，不用打招呼，他们直接替你还回，而且绝对不存在丢书的可能，这种服务叫 10 day hold，不用每天背着沉重的书来来回回。

5 点我从图书馆出来，碰上华东师范大学艺术学院的程，她是利用暑假来哈佛查资料做调研的，她专业研究西方古典音乐，也搞一些音乐创作。坐在校园的椅子上聊了一个小时，了解到很多音乐艺术的创作和评论的相关知识。从某种程度上说，我们基本上做着相同的事情，只不过她解读的是音乐作品，而我对付的是文学文本。两者都需要有一定的知识体系和框架，探究出文学、艺术作品中深层次的内涵。她的导师不仅是艺术天才，更是哲学达人。荷兰物理化学家兼哲学家迈克尔·波兰尼的后批判哲学，是导师推荐给她的专题，引起我的兴趣，晚上在网上一搜，竟然可以免费下载两本专著，欣喜若狂！留着以后慢慢消化。

晚饭后我照样去了河边散步，带回来好多照片，累且快乐的一天。

我的住所成据点

从威斯康星大学来波士顿旅游、租住楼上的泓的同事要离开，6 点钟，收拾、搬运行李的声音开启了今天的生活。外面仍然很安静，睡在沙发上的甜还没醒。早上在热热闹闹中度过。

昨天晏老师分享了一个网站，不用注册，十几万本专业书免费下载，每天限量 10 本，既省时间又清晰易读。非常敬佩美国对于公共知识的开放态度，乐于和读者大众分享人类文明的共同智慧，将来产生蝴蝶效应，受益的最终可是全人类。

早饭后我从网上下载了 10 本书，翻译了几页专业书，读了几篇杂文。10 点整去附近最大的中国超市 88，买回一些典型的中国菜：大葱、白菜、萝卜和油菜等，人的口味大概最能显露出自己的籍贯。

近几天，20 Brentwood Street 就像是过节，人气特旺。除了昨天刚搬来的两位张姓人士，午饭刚过，对外经济贸易大学的庄从欧洲旅游回来，满脸的太阳色，风尘仆仆。

晚饭后，宁波大学的天天从费城、华盛顿开会兼旅游归来，满脸的喜庆。10点多了，几个人还聚集在厨房，叽叽喳喳聊得很起劲。这里俨然成了中国访学者现实中的大本营，像虚拟的微信圈子一样，纵向横向关联着上百位的访学者。

被称为“万能”的哈佛户外群，那可是藏龙卧虎，聚集了国内各行业的不少精英，但凡谁有油盐酱醋茶之类的疑问，都能在瞬间解决，根本不在话下。什么地方的房价最便宜，哪个餐馆的饭菜最好吃，哪一天适合出门扫货，哪条街上有别人扔的旧家具，哪个剧场有经典的艺术表演……至于哪里可以配钥匙，电脑出了什么问题，儿子摔伤了胳膊怎么办，该不该买当地的保险，丈母娘能不能来陪读，公公的心脏病能不能治好，都能在此得到回应，总有人献计献策，高招不断。感谢现代科技，在拉开人与人之间情感距离的同时，实际上也拉近了彼此间的空间距离，虽隔山隔水，却有一种天涯若比邻的便捷和自然。大家处于生活工作的平行线上，各自小心地收起锋芒，只展现自身的长处和优势，不存在任何利害冲突，友善得更像是一种陪伴，简单、随性、轻松、自然。

晚饭后我照样外出散步，回来时接近9点，简单地收拾好行李，准备明天一早的缅因州 Portland 一日游。

波士顿的疾风骤雨

波士顿今天的天气，像狗脸，时时刻刻都在变。早6点开始雷声隆隆，乌云密布，8点左右下了一丁点儿小雨。10点到12点多变成晴天，太阳高照。下午1点到3点半，气温急剧下降，满天密布层次分明的乌云，天色阴沉，刮起大风。向图书馆 request 的书已经到了，乘公交86路车去学校，刚开始借来书扫描，一楼 Phillip 自习室几十米高、透明的天花板上就有雨点砸下来，雷声千嶂落，黑云翻墨。刚开始以为有人敲打着什么，像是在维修，持续了几分钟后才明白是“白雨跳珠”，埋头读书的人都忍不住抬头呆望着天花板，这样的阵势实属罕见，但这还只是个开始。没过几分钟，雨夹着铜钱大小的冰雹落在玻璃钢制作的天花板上，四处滚落，噼噼啪啪，震耳欲聋。这时有人开始关上电脑合了书往外走，谁能保证从天而降的冰雹砸不破头顶的玻璃？好在扫描书的小屋子是实体房顶，没有停下手中的活儿，眼睛盯着外面看。冰雹持续了5分钟左右就停了，雨还在下，忽大忽小。约10分钟后，太阳忽然从房顶直射下来，像什么事也没发生过一样。5 点半，泓在图书馆外面喊话，说外面光线正好，出来拍照吧。于是很快有 6 个人从图书馆走出来，找了几个有代表性的场地、建筑物，在暴风雨过后的哈佛院内，在湿漉漉的草坪上，在时隐时现的光线中，疯疯癫癫拍照到 6 点。

和朋友甜在哈佛广场的酒吧 Russell House 吃晚饭，经常从这家酒吧门口路过，每次都看见等待进入的人排成长队，原以为只有外面的有限的几个座位，走进去才知道地下一层还有那么大的空间，人满为患。尽管不是周末，吧台周围喝酒的位子已被占满，只有靠墙角的地方尚有两个空位。我们点了一个牛肉比萨、一盘虾，在吵闹喧哗的美国酒吧里吃完晚饭，加小费 30 美元。席间聊了这一年来的得失喜乐，聊了各自的过去、现在和未来。甜说，要走了，最舍不得的不是波士顿，而是哈佛校园，还有这一年来结识的新朋友，更有纯净的人文环境，还没结束，石家庄的张已经催促赶快回去打牌，说牌已经准备好。

顺路陪甜去了哈佛商学院，雷雨后，地面上狼藉一片，被冰雹打落在地的水果、树枝、树叶随处可见，只不过印象最深的还是被刷洗得透明清新的空气。

洗澡洗衣后打牌至 11 点。甜是新手刚上路，兴趣大于牌技；张是高手，老奸巨猾；只有我和晏老师水平一般，跟着瞎玩。快乐又一天！

失与落

甜今天回国，平时不太喜欢早起的她，不到6点就醒了。说心里装着事儿，睡不着；说有太多的舍不得。外表强大、内心脆弱的她，有怎样的心情我感同身受。吃早饭的时候，她一边忙着发微信，一边偷偷地抹眼泪。还很感伤地回忆昨天跟一众好友分别时竟忘了拥抱，离别时只简单说了声再见。伤春悲秋这一类话题，让我们俩的早饭，吃出了咸涩的眼泪味儿。

甜搭乘下午3点的航班，饭后继续收拾心情，整理行李。在俩人东一句西一句地聊天中，暗自提前体验着即将面对的局面。有人说，人生中的每一次相遇（不只是人与人）都是久别重逢。只是生命里的这个“久”，不知是隔山隔水，还是隔天隔地？所以“别”一些人、事、物，“别”某个地方、某种情感，都会有一种强大到让好心情瞬间灰飞烟灭的失落感。但访学之后的回国，真正失和落的又是什么，却难以言表。是学富五车的导师？平日联系并不多；是异国浩瀚的知识库？在哪里都可以学；是新建的透明的朋友圈？回国后大多数自然淘汰成彼此的平行线；是能怡情的自然景观？单纯身体的颐养离精神有点远；是宽松自由的人文环境？有时会缺少温度，人情味不足……

所谓的失和落，若难以具象成具体的内容，最后都将抽象成时间或是回不去的岁月流年，或是某一时空中心动情牵的瞬间。阳春白雪般的访学生活，不会有刻骨铭心，更无关风花雪月，平静里酝酿出风动，涟漪汇聚成波澜，或许大多与时间有关。

365 天，从常态化的生活节奏和轨迹中剥离出来，把混迹于历史中的时间碎片，风干成一个个看得见的生活风景，幻化成立体的、能够用心来衡量的具象，其长度、宽度和厚度，被刻在生命的年轮里，一天又一天，新鲜清晰，活灵活现。“一年”，终于有了长与短的概念。

有限的人生，一年，不长不短。生活在一个完全不属于自己的环境里，人总会努力地尝试把认知、学习、理解的根须伸向周围的人文土壤。即便封闭在一间陋室，也总还有双脚站立的地方。于是，不管愿意不愿意，都会蔓生出和周围世界的关联。或纵或横，或大或小，或繁或简，或深或浅。而任何东西被连根拔起，都会有疼痛、有扯牵、有黏连！那些不知不觉间和你的血脉相连起来的人、事、情，物、态、景，看着你抽身离去，模糊成渐行渐远的背影，成为你道不明说不清的失和落。

失落，内涵博广；离别，只有一个冰冷决绝的意思：比较长久地跟熟悉的人或地方分开。但离别带来的失落，几乎能把整个世界用情牵在一起，而“情为何物”，被诗人问了几千年，没有答案。

海航是波士顿大多数国人回国必坐的直达航班，据说近来天气不好，经常晚点，甜3点多的机票，5点20分才登机。祝福她顺风顺水顺一生!

下午订好了20号去纽约的车票，宾馆正在核实中。晚上一个人去河边散步，晚霞映红了半边天，又想起了住在Belmont 77号时大多数傍晚出现在天边的美好夕阳!

“心”的负荷

波士顿的气候，也不忘配合中国老祖宗总结的二十四节气，昨天立秋，今天就凉飕飕的。有朋友在网上高喊，再见，波士顿的夏天！还是心急了点吧，奈何夏风吹，几度秋风才有凉。

上午在屋内看书，至少不用打开两个电扇对着吹，也不用跑到学校图书馆去受冻，凉爽的秋天是看书的好季节。10 点左右，跟晏老师聊起了他最近的烦心事——儿子的婚礼。平时亲和、随性、善良、开明的晏教授，为了这样的事坐卧不宁。不禁感叹，人活着还真不易！自己摸爬滚打慢慢长大，求学、结婚、生养子女，一个轮回刚结束，却不得不开始下一个轮回，为下一代同样的问题劳心伤神，突然感觉到人心的疲累。哲学家柏拉图经过思考和推理，无奈将“人”定义成“两足动物”，不知道这“两足”何以能够承受“心”的负荷。

下午我继续准备访谈内容，在网上搜来莫里森以往的访谈视频一一观看，也有不少启发，但很明显随着年龄的

增长，今年 85 岁的她，反应已经没有之前那样灵敏、机智，尽管不乏思想深度。与之前访谈时表现出的锋芒毕露相比，语言柔和了很多，有时还表现出返老还童似的调皮和可爱。让我觉得问什么问题和怎样问并不重要，重要的是亲眼见见这位美国当代文学史上的 first lady 的日常生活情态。

晚饭后我照样去河边散步，这是所有回国后的朋友们的共同劝导。想把他们念念不忘的蓝天、草坪和云彩，看在眼里，装进心里，酝酿成以后生活里的甜和美！

闻蝉客心愁

一整天宅在家里看书，窗外的秋风带着夏的温度，室内稍有些热。忽然意识到，波士顿的夏天似乎没有蝉鸣。上个月在南部阿拉巴马和南卡罗莱纳旅游，燥热的天气里总少不了知了，尤其是在傍晚，熟悉的蝉鸣声让周围的陌生多了丝丝缕缕的亲切感。“落日早蝉急，客心闻更愁”，最是恰当地描述了当时的心情心境和心声。

还记得小时候，尤其是在黄昏时分，听到那种小小的、灰色的、落在树枝低处的小蝉有节奏的鸣叫时，心里总会涌起一种莫名的焦躁。现在细想，那应该是一种对未知的远方的向往，隐隐觉得自己当时所处的时空，不是心中所属的地方。只是几十年过去了，现在听到同样的节奏和声响，已经没有了孩提时对未知的向往，取而代之的是对童年的回忆，以及回忆里淡淡的愁和失意。

自己总是太贪婪，过去的一切都不想丢弃，于是只能背负着沉重行在路上。过去的美好已失去了味道，未来的愁闷却在郁积。声音串联起时空，现在被记忆吞噬成过去，人在夹缝里，纠结成殇。

该回国倒计时了，才真心想静下来读书，堆在书桌上的每一本书都成了最爱，都舍不得归还。也明白这舍不得里，一定还有除了知识之外的东西。但“心绪逢摇落”，跌落的是满地的无色、无味、无趣、无意。晚饭后我出外散步，连美丽的河边夜景也成了夕阳残红。

知止不殆

秋天注定是令人悲、愁、念、怨的季节吗？窗外天色阴沉，秋风萧瑟，细雨霏霏，一整天莫名其妙地郁闷着，想念过去生活中的某些人、某些事、某些地方、某些场景、某些氛围。心掉进了漩涡，沉静不下来。吃早饭时刚好听的是刘欢的《从头再来》，“心若在，梦就在，只不过是从头再来”，忽然悲惨地意识到，这样的话，我已经说不起了。从小到大，梦做过不少，慢慢地都在实现，可一晃眼，能从头再来的还有几个？千万种悲观从心中起，连眼前塞缪尔·厄尔曼那篇曾轰动过全球的短文《年轻》，读出的竟全是鸡汤味儿。说什么“没有人仅仅因为时光的流逝而变得衰老，只是随着理想的毁灭，人类才出现了老人”，可信吗？能信吗？

其实很清楚今天的心态，是一种无病呻吟的精神苦恼，好在杨绛先生为此类病把过脉：“读的书少而想得太多！”我需要读书了！

雨下了整整一天，我也在屋子里待了一整天，继续赶进度读书看视频，一切尚在计划之内。下午5点左右，淅淅沥沥的雨终于停了。站在门廊下和张、晏聊天，说起了各自当年的求学经历，自然提到了在大部分国人心里都像梦魇般的高考。几十年过去了，大家都还能够清楚地记得自己各科的成绩，连考场上的某些失误还如数家珍！在中国，高考无疑是人生的分水岭，命运在此为不同的人指着不同的方向，牵着他们走在不同的路上。回想自己的求学路，还算一帆风顺！只是在某些该拐弯的地方，滞留的时间过长；还有在某些路段，荒废了太多时间。老子的“知足不辱，知止不殆，可以长久”，正是现阶段我所需要的“精神鸦片”，能不止，则不殆。

晚饭后雨停的间歇，出门去附近的社区散步，一整天的小雨刷新了房前屋后的花花草草，昏暗的天空下，小鸟还在唱着，蛐蛐也已开始鸣叫，松鼠、野兔在树林间蹦蹦跳跳，对面的圣安东尼教堂里，圣歌再次响起，又是周二。

时间！时间！

该庆幸所有

昨天我为提神喝了茶，结果晚上2点还醒着。今天的计划全部打乱，上午没看成书，在哈佛图书馆网上下文章，网速慢得像蜗牛爬。努力挺直脖子到10点，一头栽倒在沙发上补觉到11点。

午饭后我开始读书，3点半又开始睁不开眼，合上电脑睡至4点多，提前开启了倒时差的模式？

这两天世界太乱！且不说人民币大幅贬值，一夜之间兑换1 000美金就要多花110元，人们带着恐慌在兑换美金。天津发生的集装箱爆炸案，死伤过百。今晚的波士顿事故频发。警方12日晚9时发出警报，Kendall Sq（肯德尔广场）附近发生枪击，警方正在现场调查，嫌疑犯在逃。提醒学生和民众远离该区域，注意安全。其后剑桥市警方确认，枪击发生在700 block of Main Street，受害人在车内被枪击，送医后死亡。在大家还在讨论MIT（麻省理工学院）枪击案之时，波士顿警方又报告，同一晚波士顿市内还有5人被枪击，3人在Mattapan，其中1人死亡，另2起

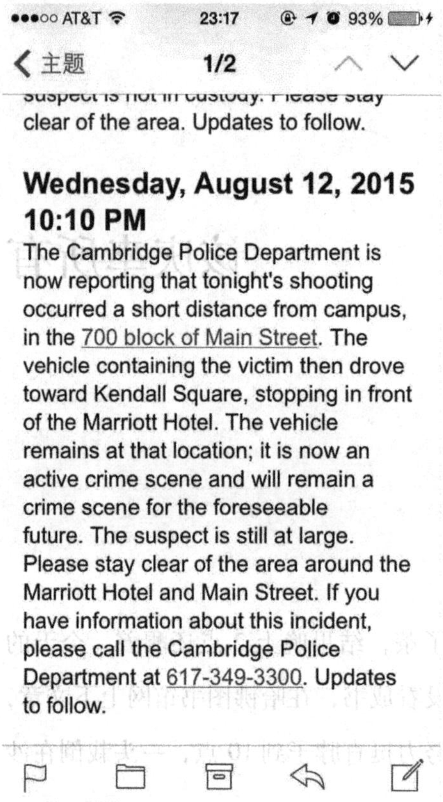
●●●○○ AT&T 23:17 93%
主题 1/2
suspect is not in custody. Please stay
clear of the area. Updates to follow.

Wednesday, August 12, 2015
10:10 PM

The Cambridge Police Department is now reporting that tonight's shooting occurred a short distance from campus, in the 700 block of Main Street. The vehicle containing the victim then drove toward Kendall Square, stopping in front of the Marriott Hotel. The vehicle remains at that location; it is now an active crime scene and will remain a crime scene for the foreseeable future. The suspect is still at large. Please stay clear of the area around the Marriott Hotel and Main Street. If you have information about this incident, please call the Cambridge Police Department at 617-349-3300. Updates to follow.

枪击则发生在 Roxbury，且警方目前还不知道这些枪击案是否相关联……

作为幸运的生者，带着恻隐之心，读着网上的伤亡数据信息，无法想象每个一晃而过的数字后面，将会有多长多深多惨烈的伤痛，多少个生命故事，牵动着多少个家庭……生命戛然而止，梦想破碎了，剩下的大概只有莫里森小说中所描写的“既没有顶又没有底的一圈一圈的悲”。

天灾人祸，生活不易，生命脆弱。网上流行着这样的话，“你永远不知道事故和明天哪一个先到”，听来残酷却不无道理，学会珍惜生命，别再抱怨生活。别嫌弃天热、事杂、路窄、心累，该庆幸自己还有抱怨的机会，还有健康的身体，还能感知自然的温度，还有情绪思量内心，还好好地活着……

别轻易违背自己的内心，别把自己逼得太紧，选择一种潇洒的姿态，把自己活成不可替代。坚持在有限的自由时空里，过自己简单快乐的生活。

愿天下太平！愿生者珍重！

伤　逝

宅在家里一整天，一边埋头赶读书进度，一边为天津爆炸事件焦虑。伤亡数据在增加，心在下沉。诚然，每一个生命的陨落都值得痛惜，但一群生龙活虎的小伙子永远没有了明天，分外让人心痛。满屏的蜡烛、鲜花和赞誉、全球华人的眼泪，又怎样？他们存放在心中的梦想去哪里找？他们纠结于心的情话去哪里说？他们孝敬父母的意愿如何来实现？谁来为这些无辜的生命买单？该怎样吸取教训避免类似的悲剧重演？该怎样抚平死者家属难以愈合的伤？

思考生死人生，多少有些凝重，该怎样才能不辜负生命，如何调整自己的生存和生活，是这些无辜逝者带给人最多的思考，至少在近几天如此。

下午出乎意料地收到麻州保健中心寄来的医保卡，才想起来元月跟朋友泓一起，冒着严寒去麻州剑桥总医院办理医保卡的事情，后来有医院的信件说需要邮寄一些补充材料，最终嫌麻烦放弃了。时间过了大半年，早已经忘了这回事儿，在快要回国的今天才拿到。不清楚这个令人哭笑不得的卡，经历了怎样的过程才辗转到达目的地，只是期望它永远不会派上用场。

胃不舒服，晚饭没吃东西，照样去了河边散步。昼夜的长短变化明显，8点半天已黑，河边的路灯亮起，朦胧成夏夜里独有的曼妙和神秘。

用力生活就是爱

国内今天还是七夕节的前夜，早上起来打开手机、电脑，各种情史、情诗、情话、情歌扑面而来。一个神圣的字眼——爱，被写着、说着、唱着、赞美着、向往着、期待着……玫瑰一下子仿佛开遍了世界的各个角落。有的期望“共饮长江水”，有的求“长命无绝衰”，虽不知“情为何物”，却愿“生死相许”，有人欲“执手偕老”“为伊消得人憔悴”，也有“曾经沧海难为水”，有“泪痕红浥鲛绡透”“无处话凄凉”的悲叹，有“两情若是久长时，又岂在朝朝暮暮”的自我安抚，有“相留醉，几时重”的期盼。一时产生错觉，让世界充满爱的祈愿，似乎在今日已实现。

不能否认情诗、情话的温暖和迷醉感，谁不曾有过前情旧事，谁年少时不曾冲动着提笔写爱，只是这种把人世间崇高的情感毫无顾忌地抛到网上，任人咀嚼、踩踏，不禁杞人忧天地担心，这样大规模消费爱，会否让其失去本有的醇、美、甜，失去其与生俱来的神秘感？

七夕节里，似乎该说的是情话。

小镇黄昏，草原朝露，海滨沙滩，步履所至，有人无怨无悔地相伴，算不算爱？

从来不当面认错，但再生气都会做好饭一声声地喊你享用，算不算爱？

众人面前从不提你一个好，面子比命还重要，却会在众目睽睽下在机场揽你入怀，算不算爱？

说过的腻歪话，算起来十个手指就能数过来，但出差时会为你打点好行李，平日里忙里偷闲打扫卫生，洗衣叠被，算不算爱？

人海茫茫，人生漫漫，一人娶你为妻，陪你哭，陪你笑，随你到天涯海角，算不算爱？

有人说婚姻是一场美丽的意外。在今生这次“美丽的意外”里，有人愿和你一起尝油盐酱醋，一起当窗看风花雪月，够吗？

只是因为今天这个特殊的日子，才说一些凌乱的幸福。因为相信，即使到了只爱爱情本身的年纪，也不等于没有爱。所以用力生活，尽享幸福就好！

走近莫里森

纽约的天，阴沉沉的。等待这一天已经有好几个月了，过程的艰辛和复杂让我怀疑当初的冲动是否值得。联想到近来看的莫里森的采访视频和讲座现场，采访人、媒体的高规格和观众们的兴趣、热情，都让我觉得渺小如我，有机会步入她家采访，已经算修行不浅了。跟 BBC 的记者们坐在一个平台上，怎么说也是自己的荣幸。

出门叫了华人出租，行驶一个半小时到达纽约上城莫里森的家。哈德逊河沿岸有一排漂亮别致的小洋楼，掩映在碧绿的树丛中。224 号是一栋三层灰色小楼。保姆出门办事，正巧看到了站在门外等待的我，递上名片，提前 30 分钟走进文学“大咖”的家门。右手边是带有周转间的卫生间，左手边楼梯处放一小书架，上面放了一排新书（可能是别人的赠书）。一排储物柜隔开了厨房和过道，被保姆领着来到左手边大约 20 平方米的客厅。面南而坐，手里拿着一根点着的烟，和一位老年男士侃侃而谈的正是托尼·莫里森，美国在世的唯一诺贝尔文学奖得主，被称为文学界第一夫人，我崇拜的偶像。后来才知道这位男士是纽约戏剧院的一位大导演 Peter。我掩饰着激动，走上前打招呼拥抱，顺便送上几件中国特色的小礼品，包括一把画有清明上河图的小扇子，还开了个小玩笑。“This is a fan for you，and here is a fans of you.” 老太太激动不已。Peter 说今天是我的 big day！

我一边等待他们的访谈结束，一边仔细打量客厅环境。一圈乳白色的布艺沙发，中间放一个棕色茶几，上面放满了装饰品一类小东西（还有烟灰缸）。客厅的东面是一排落地玻璃窗，哈德逊河尽收眼底。从楼道望下去，能看见她的写字台和一圈书架，楼上大概是卧房。

进门右手边的客用卫生间一定要看看，入口处的梳妆台面上，放着主人具有代表性的照片和家人的照片，墙上还挂着不知谁的亲笔信，还有和总统克林顿的合影。卫生间的墙面上有几个代表性的画作，是她 2002 年患胰腺癌去世的画家儿子的习作。

随后跟保姆出门走到阳台，白色圆桌和四把椅子，下面是平静流淌着的清澈的哈德逊河。右手边不远处是一座横跨哈德逊河的白色大桥，湛蓝的天空，桥上的车流，像是挂在天边。当时暗想，给我这样一套河边别墅，天天看着碧蓝的河水，享受着世外桃源式的安宁安静，我能不能写出惊世的作品？趁机和保姆 Lisenc 聊天。一看她就是个善良热情、慈祥、任劳任怨的老太太，来自海地，讲英语时口音很重。平时白天负责做饭打扫卫生，周末、晚上回家。看不出年纪，已经在她家工作 13 年，很健谈。她说莫里森冬天也住在这里，一到冬天，河水结成冰，特别冷。说自己年纪已大想退休，目前正为莫里森物色一个自己可以放心的后继者。保姆的两个女儿在纽约工作，她每年都会回海地一次，那里有她的亲戚朋友，但已经不适应赤道国家的热和吵。当然了，适应了半山腰间的安静，临河而居，任何地方都会变得嘈杂不堪。

抓紧机会询问了莫里森的作息时间，她早上起得较晚，喝完一杯咖啡后看书写作。因为腿脚不便，很少出门。

采访没有按照原来计划的问题顺序展开，内容涉及写作、文本、主题、日常生活喜好，还有一些我的疑虑、好奇。详细内容有待整理出录音以后再细说。

访谈开始得很自然，她说20世纪80年代去过中国，和其他六个美国作家，包括华裔作家汤亭亭，当时还带着她的二儿子同行。问起对中国的印象，她说儿子到了上海后，把手表忘在了洗手间的台子上，两个小时后回去找，竟然还在原地，这让她没想到。还说记得当时的大街上，到处都是自行车，我说你可以想象，现在都是汽车了。顺便谈到了她的作品在国内的研究现状，说到上周为止，在中国研究她的硕士论文有681篇，博士论文有24篇，学术论文有501篇，她表示很吃惊。接着谈到她对中国研究者的期待，希望我们能替她传递什么样的精神和审美观。

……

有一点值得我骄傲一下，请她推荐书目，她毫不犹豫地推荐了我已经读过，且2010年同时让4个研究生选为论文题目的爱德华·琼斯的《已知的世界》。这一点上和文学“大咖”莫里森所见略同，心中暗喜。

我再次来到纽约，也可能因为心里有压力，市区的脏、乱、大成了主要印象，三月份第一次来时看到的繁华街景被这次背街的脏乱差清洗干净。当年在美丽的英国听朋友谈及的事实这次进一步得以证实。浮躁，喧嚣，只觉得以前看到的美，很肤浅很表面很虚空。

6点回到纽约，我付给司机180美元车费，路经纽约的唐人街时，看到林则徐和孔子的雕像树立在街道旁，想到华人崇尚民族英雄和文化先祖的传统，顿时有种敬畏感。能在纽约这样的大都市立足扎根生存且发展成一定规模，不知他们一代代经历了怎样的坎坷，付出过多大的努力。

到达朋友家附近，我在旁边的一家中国餐厅吃了晚饭，找到一家超市为朋友买了礼物，到朋友家已是晚上 8 点半。现移民美国的前同事秦打电话来要见面，还贴心地带来凉皮和大西瓜，聊到夜里 11 点半。因担心天黑她一人回家不安全，她也留宿在了我朋友家，聊着这几年彼此的生活，不知不觉间已是凌晨 1 点。

我在哈佛做讲座

8点半临走前，我还在狼狈地改着演讲稿。今天的讲座人有三位，除了我，一位是来自南京大学的卞东坡，研究领域是中国域外典籍研究，另一位是河北科技大学的张飞龙，他的讲座是有关非洲文化的思考。地点在哈佛燕京学社的 Common Room，到会听讲座的有三四十人，部分来自哈佛户外群，部分来自北美华人作家协会。我的是第一个讲座，也许大家都还精神，听得特别认真，中间的几个点引起一片笑声。自己没法判断讲座的质量，结束后大家纷纷要联系方式、要看看我的稿子，还有几个老先生送上谬赞，让我觉得这几天的努力没有白费。只是要是再多一天的时间准备，效果可能会更好！

讲座完成后的提问环节时间很短，照相留念结束后已经2点。北京姑娘锟悦约大家一起吃饭，同去的还有北京的梅、在北京做3D打印技术的赵、从事医学整容的上海的皮、读生物学博士后的冯，六人一起来到一家越南餐厅吃午饭，AA制，不约而同都点了这里的米粉，味道还不错。聊天吃饭到4点，饭店门口说了再见。返回的路上，没有紧张之后的释然，反倒有种莫名的失落。算算时间，离回国还剩下4天。

我回到住处的第一件事是写邮件。Lida早已急不可耐地发了几个信息询问采访情况，于是分别写邮件给Lida、导师、黑人朋友Debra和Gilda、白人朋友Ruth，还有前天晚上搭她便车回家的印度裔美国姑娘Kanchana。导师的回信简直是神速，说他在外地休假，9月2号回波士顿，很遗憾不能再见面。与Gilda约定周六下午见，Ruth说周日9点半来接我一起去吃午饭。Debra的自动回复像她之前说的那样，8月31日才回波士顿。又一个遗憾！

下午5点多去Star买回牛奶面包和一点蔬菜。意识到不用再买很多菜的时候，我才感觉回国的日子真的临近了。

情商智商都很高的泓今日回国，在微信圈发了条总结性的状态，感叹转瞬经年，咀嚼和哈佛的情缘，我想我能够理解她心中那种复杂的失意和惶惑！

晚上，在微信圈里和苏州的罗聊天道别，已经回到北京的晏老师，很善意地提醒行李太多时如何check in。看来明天除了还书，我还得开始打点行李，准备撤离波士顿了。

去年的今天，是我来美国的第一天，当时的陌生和狼狈感清晰地在心中重现。一年365天，原来是这么长又这么短，这么快又这么慢……

一场意外又惊喜的采访

上午继续在家装箱打包，还好想带回去的东西全部装得下，且不会超重。午饭后匆匆赶到校园，我和 Gilda 约好 1 点在哈佛见面。还没走到图书馆前，就听到一浪高过一浪的呐喊声在校园里回荡！今天是新生开学后的第一个周末，14 个不同院校的学生穿着 14 种不同颜色的 T 恤，集结在 Widener 图书馆前集体活动。喊着口号，又唱又跳又吆喝，玩着接力、拔河类的比赛，硬是让这群生龙活虎的年轻人比出了奥运会的紧张刺激，每一次胜利，他们都要抱成一团嘶吼。一种只属于年轻人的激情和活力，让整个哈佛 yard 弥漫出青春的活力和烂漫。所谓的青春无敌、朝气蓬勃、无拘无束、无所顾忌大概都是为今天哈佛 15 级的新生而创造的吧！此刻，他们似乎有着一种能搅动天地的力量，有能燃烧世界的激情！对于美国大学生，尤其是哈佛的精英们来说，他们即将面对的大学生活是智商、情商的大竞技、大考验。就文科学生而言，每一门课程每周一篇的paper，不是在网上看几篇文章就能简单拼凑起来的

“百衲文”，而是读几本书后的思想的创新，而时间和精力的有限性，让学习成为拼才智、拼敏锐、拼灵动、拼技巧的荷枪实弹的实战。讨巧的小聪明和死记硬背在这样的校园里根本没有用武之地。

看着、听着眼前的沸腾，我不由得将他们和国内的大学新生做个对比。军训是中国大学生步入大学校园的第一课，不能否认军训的好处和优势，只是觉得所谓的军训，规训的是整齐划一、是步调一致、是顾全大局、是服从命令。还是觉得该让在题海中磨尽锐气和阳光的高三的孩子们，尽情释放十八年来的身心俱疲和压力，荡涤老气横秋、木讷呆板，发挥发掘他们各自的个性特长，让他们找回青春期该有的开朗、活泼，甚至小小的任性和调皮，让生命的阳光照亮每个人的心里。然后再沉静下来，凭理性的思想，探索未来的路径和目标。大学的第一课，中国和美国的起跑线似乎不在一个平台上，一个激发斗志，一个规训天性。谁是谁非还是让时间去评说吧。

接下来是对 Gilda 的见面采访。本是回国前的一次告别，临时起意采访了她对黑人艺术家在美国社会的地位、种族平等问题的一些看法。

Gilda 今天是和她正在上大二、学音乐专业的小儿子 Bough 一起来的。她的头上裹一块色彩雅致的头巾，脸上显然精心地化过妆，身穿一件与头巾很匹配的外衣，颇具艺术家的范儿和知性气质。见面地点选在 Widner 对面的教堂前，那里既开阔又安静，在椅子上坐定后，聊了聊彼此的近况，就开始了采访。

首先聊她的学术生活，Gilda 打开话匣子，从小时候牙买加的成长环境，滔滔不绝地讲到现在的大学老师的职业。说自己从小在牙买加长大，那里是西班牙殖民地，居民比较杂，大部分人是非洲裔，她小时候的闺蜜还是华裔，赤道国家阳光充足，到现在最大的乡愁还是故乡山上那一片片明亮的光。

再问她是怎样开始喜欢美术的。Gilda 说自己有绘画天赋，小学时没有绘画课，她就自己练习画画，上高中后才开始跟着专业老师学习，大学学的是会计专业，毕业后在牙买加的一家银行工作，同时也没忘记画画，银行还出资为她办了画展，一举成名，成了牙买加艺术明星，报纸、电台、电视台争相报道了她的绘画作品及其特征。两年后辞职，申请到波士顿五大名校之一的 Tufts University（塔夫茨大学，美国大学排名第 29 位）读硕士。毕业后留在一所社区大学任教至今，期间多次办个人画展，获得过最高的奖项是总统奖。

接着的问题是她在学术领域内有没有感到种族歧视的存在，她从几个方面谈了这个问题。从个人的角度来说，没有受歧视的经历，从文化的角度上说，歧视和偏见不少。比如黑人社区里的学校比起一些乡间白人学校来说，师资很差，设备不够精良，图书馆藏书有限。教育是走向社会不同层面的钥匙，而学校的优劣直接决定着教育的成功和失败。所以她的三个孩子都受过高等教育，两个大的已经工作。对于弱势群体来说，教育永远是一把打开更好生活的钥匙！

跟一些画家接触后发现，他们似乎都有自己偏爱的颜色，问 Gilda 最喜欢什么颜色，答案是没有最爱，都可以，亮色是她的最爱，那是故乡的颜色。

问她最大的梦想是什么，她告诉我想去世界上更多的地方旅游、创作、办画展，还想要更多实现以上这些梦想的工具——钱。

还问到既然在牙买加是“鸡头”，为什么还要来美国当“凤尾”。Gilda 说人的天性是对未知的向往，对更大的外部世界的向往，美国自然成了她向往的地方。

问到她业余时间，有没有像钢琴家那样招收一些学生。她说她没有，也不想。一是太累没精力，二是自己需要属于自己的时间，在画室独处、读书、思考、习作。刚还说需要钱的 Gilda，把读书和思想排在了挣钱之上，让我佩服。这才是一种超脱的生活态度，不是很多人都有。

一个半小时的采访，内容太多，有待将来再详细整理。总之，教师出身的 Gilda，是个很好的采访对象。只要点到主题，便会如数家珍般表达出自己的想法。因 5 点和朋友有约，就此在哈佛美丽热闹的校园道别。

再见了，朋友 Gilda，祝福你的愿望早日实现。

回国倒计时的第三天，在晚饭、散步、休息后，消失了。